KB270802

모 둘

성기완

모듈

펴낸날 2012년 3월 2일

지은이 성기완
펴낸이 홍정선
펴낸곳 (주)문학과지성사
등록번호 제10-918호(1993. 12. 16)
주소 121-840 서울 마포구 서교동 395-2
전화 02) 338-7224
팩스 02) 323-4180(편집), 02) 338-7221(영업)
전자우편 moonji@moonji.com
홈페이지 www.moonji.com

모 둘

성 기 완

문학과지성사

2012

어머니께

'모듈module'은 전체의 일부분이면서 독자적으로도 기능하고 다른 모듈과 호환되며 탈접속이 용이한 독립적인 신체를 말한다. 모듈들의 접속으로 이루어진 보다 큰 단위를 '모듈러modular'라 한다. 모듈러에서 하나의 모듈을 빼더라도 돌아가는 데는 이상이 없다. 전체와의 접속이 끊긴 모듈은 스스로 기능하는 독자적인 모듈러가 된다. 음악하는 사람들은 흔히 신시사이저에서 마스터 건반을 뺀 핵심 부분을 모듈이라고 부른다. 모듈들은 대개 미디 케이블을 통해 서로 연결되어 있다. 요즘의 이른바 소프트-신시, 다시 말해 플러그인 형태로 컴퓨터 프로그램에 직접 끼워지는 악기 프로그램들 역시 모듈이라고 할 수 있다. 그것들은 서로 링크되기도 하고 독자적으로 소리를 내기도 한다.

'나'라는 단위는 하나의 신시사이저처럼 스스로 소리를 낸다. 나의 목소리 역시 하나의 모듈이다. 목소리들끼리 연결되기도 한다. 전체 목소리, 다성 화음의 코러스는 그 개별 목소리의 다발로 존재한다. 목소리는 세상과 다양한 방식으로 탈접속한다.

단어들을 끼워 문장을 구성한다. 한 단어는 하나의 레이어layer다. 레이어들의 결합 관계가 문법으로 정리되기도 한다. 낱말들은 낱알들처럼 흩어져서 구호가 되기도 하고 모여서 밥이 되기도 한다. 문장이 모여 글이 된다. 하나의 글은 다른 글들과 하이퍼링크된다. 컷&믹스cut & mix 되어 새로운 맥락 속으로 들어간다. 대화의 장 속에 놓인 담론은 언제라도 서로 끼워질 가능성이 있는 모듈로 존재한다.

이 책에 모인 글들은 모두 우발적으로 끼워진 모듈들이다. 설명문, 편지글, 산문, 시, 소설 등 여러 방식의 글쓰기가 다양한 레이어를 구성하고 있으며 그 글쓰기 방식들 사이의 대화를 시도한 책이다. 이 텍스트의 글자들이 서로 부딪치거나 혼자 울면서 내는 소리들을 상상하시길. 그것이 올바른 읽기일 수도 있다. 소리는 글의 목소리이자 글 너머에 존재하는 그림자로서, 최소한 나의 경우 글은 발성 기관이다. 접속하는 일은 세상 목소리의 창조적 듣기, 크리에이티브 리스닝creative listening의 과정과 겹친다. 나, 세상, 사물, 개념 등 테마는 여러 방향이다. 사실 테마는 중요하지도 필요하지도 않다.

나뭇잎과 혈관계와 강줄기의 상동성

여기에 귀 대봐 비 오는 소리 들려_인터폰

오작동

소라 껍질 안에서 3만 년 전의 빗소리가 들려
그때 우리는 누구였었니

귀찮은 글을 맡아준 희경, 고마워

2012년 봄 연희동에서

|차례|

라마냐, 피오스크, 달리아 1

Lamagna, Fiosk, Dalia

이 세 곳은 어느 날 갑자기 생각난 이상향들이다.
라마냐는 남미 어딘가에 있고 피오스크는 그린란드, 달리아는 태평
양에 있다.
달리아는 곧 물에 잠기게 되어 있는 섬이다.
주인공이 세 지방을 순례하는 이야기.
라마냐, 피오스크, 달리아의 순으로.
달리아는 죽음이기도 하다.

그러나 실은 이 세 곳은 같은 곳이다.
이 뻔한 사실을 어떻게 설명하면 좋을까.

K 씨는 컴퓨터를 켠다

데이터가 한 번 디지털 네트워크에 뜨면 영원히 삭제되지 않는다. 그 데이터들은 디지털 네트워크의 바깥으로 빠져나갈 수 없다. K 씨는 요즘 연극 음악 하나를 맡아 바쁘다.[*] K 씨는 오늘도 눈 뜨자마자 컴퓨터를 켠다. 어젯밤 작업실에서 작업하던 내용을 클라우드에 올려놨는데, 그걸 내려받아서 계속 작업하려는 참이다. K 씨는 집에서는 노트북 컴퓨터를, 작업실에서는 데스크톱 컴퓨터를, 카페나 커피숍에서는 집에서 들고 나온 노트북 컴퓨터를 켠다. K 씨는 원래 스타인버그Steinberg 사에서 나온 '누엔도Nuendo'라는 매우 대중적인 프로그램을 썼었는데 최근에는 에이블턴Ableton 사에서 나온 '라이브Live'라는 프로그램을 새로 익혔다. 이 프로그램을 다루면서 음악과 음향을 만드는 재미가 쏠쏠하다. 컴퓨터는 K 씨의 가장 중요한 악기다. '라이브'는 다른 프로그램들처럼 죽을 때까지 업데이트된다. 소프트웨어는 파충류다.

---

[*] 2011년 4월 1일~4월 17일까지 서울 남산드라마센터에서 상연된 연극 「살」의 작업을 예로 들은 것이다.

(사진 1: 에이블턴 사의 강력한 오디오 툴, '라이브')

'라이브' 프로그램의 오른쪽 맨 위의 버튼 하나를 보면 'key'라고 써 있다. 'key map mode' 스위치인 이 버튼을 활성화시키면 컴퓨터 자판을 피아노 건반이나 볼륨 노브처럼 지정할 수 있다. 미디 신호를 통해 간단하게 인풋 장치를 할당하는 거다. 집에는 아주 간단한 미디 키보드(코르크Korg 사에서 나온 '나노키Nanokey')가 있어서 USB 케이블을 통해 그것을 연결시켜 건반으로 사용하고 작업실에는 보다 정교한 미디 콘트롤러가 있지만, 카페 같은 데서 작업할 때는 컴퓨터 자판을 건반으로 쓴다. 원래 피아노 같은 건반악기를 키보드라고 하는데, 이때의 '키'는 자판을 뜻하기도, 건반을 뜻하기도 한다. 피아노에서 건반은 단순한 인풋 장치라기보다는 피아노라는 아날로그적인 신체의 가장 중요한 기관이었다. 그러나 컴퓨터로 음악을 할 때는 악기라는 신체는 무의미해진다. 모든 악기들의 신체는 해체된다. 컴퓨터의 사운드 라이브러리에 그 음원들의 디지털 시뮬레이션 데이터들이 들어 있고, 그 소리들은 플러그인 형태로 결합된 미디 악기들을 통해 그때 그때 호출된다. 악기들의 개별적인 신체와 그 소리들은 분리 불가능한 것이었으나 컴퓨터로 작업하는 K 씨에게 그 신체의 개별성은 무의미하다. 물론 아날로그적인 소리들의 '진정성Authenticite'을 그대로 재현할 수는 없겠지만, 어느 순간부터 그 재현은 목표가 아니다. 컴퓨터로 시뮬레이션된 사운드들은 그 나름의 개성이 있다. 오히려 그것들을 처리하는 과정에서 원래의 소리가 가지는 오리지널리티originality는 무의미해진다. 그것들을 효과적으로 무력화시킬 때, 재미난 소리들이 탄생한다.

K 씨는 무한대로 트랙을 만든다

어느 음악 툴도 마찬가지겠지만, '라이브' 역시 여러 트랙들을, 버추얼하게는 무한대로 새로운 트랙들을 만들 수 있다. 지금 작업하고 있는 음악은 비교적 간단한 것이라 5개의 트랙을 열어놓았다. 사람마다 다르겠지만, K 씨의 경우, 보통 스무 개 남짓의 트랙이, 음악 하나를 만드는 데 개설된다. 예전 아날로그 시대에는 상상도 하기 힘든 일이다. 24트랙짜리 아날로그 녹음기를 마련하려면, 엄청난 돈과 공간이 들었다. 또한 그것을 효과적으로 쓰기 위해서는 어마어마한 크기의 콘솔이 필요했다. 그러나 이제는 그런 크기의 스튜디오를 초경량 노트북에 간단하게 들고 다니는 것이나 마찬가지다. 비틀스가 1960년대 중반에 처음 멀티 트랙 녹음기를 써서 녹음하기 시작할 때 고작 4트랙이었다. 그것만 가지고도 혀를 내둘렀지만, 이제 그런 시대는 지나갔다.

K 씨는 집에서 작업하다가, 약속이 있어서 오후에 집을 나왔다. 저녁 때로 잡혀 있는 연극 현장의 녹음을 위해 소니Sony 사에서 나온 고성능 디지털 포터블 하드레코더를 들고 나오는 것을 잊지 않았다. 이것 하나면 거의 프로페셔널한 수준의 현장 녹음을 할 수 있다. 오후에 이런저런 일들을 처리하고 나니 시간이 좀 남았다. 그래서 극장 근처 커피숍에 들러서 낮에 집에서 작업하던 음악 파일을 완성하기로 한다. K 씨는 최근에 헤드폰 하나를 구입했다. 카페 같은 데서 작업할 때에는 모니터링에 방해를 받을 때가 많은데, 가격 대비 성능에 대한 평이 괜찮은 슈어Shure 사의 'SRH-440'을 장만하고 나서는 비교적 신뢰할 만한 모니터링 결과를 얻게 되었다. K 씨는 헤드폰을 쓰고 아메리카노 한 잔을 홀짝이면서 작업한다. 음악이 완성됐다. 음악을 엑스포팅exporting할 때는 웨이브wav 파일이었지만 그것을 전송하기 위해 MP3 파일로 컨버팅했다. 커피숍 직원에게 와이파이 비밀번호를 물어 인터넷에 접속한 후, 완성된 파일의 MP3 버전을 연극 스텝들이 공유하는 웹하드에 올리는 데 걸린 시간은 30초

(사진 2: 소니 디지털 포터블 하드레코더 'PCM-D1', 슈어 'SRH-440' 〉

정도였다. 코앞에 극장이 있지만 완성한 음악 소스를 지구상 어딘가에 있을, 어디에 있어도 상관없을 웹하드의 FTP 서버에 올린다. 그런 다음 조연출에게 '카카오톡kakaotalk'으로 문자를 보낸다. 파일 내려받아서 모니터링해보라고.

연극 연습실로 도착한 K 씨는 녹음기를 꺼낸다. 배우들의 대사들 중에 녹음해야 할 소리들을 녹음하기로 했다. 예를 들어 극중 부장님의 대사 하나는 전화기 목소리로 변환해야 한다. 디지털 포터블 하드레코더로 녹음한 소리를 USB 케이블을 통해 컴퓨터로 받는 데 걸리는 시간은 20초 남짓. 그 소리를 '누엔도'로 불러와서 필터링을 거쳐 바로 전화기 목소리를 만든다. 그렇게 하여 USB 이동식 하드디스크에 담아 조연출에게 건네준다.

K 씨의 아이튠스iTunes에는 89.36GB의 소리 데이터가 들어 있다

K 씨가 참여하는 연극에는 안무가 들어간다. 안무가가 연습에 쓸 연습용 음악을 미리 좀 줄 수 없겠느냐고 부탁한다. K 씨는 자신의 컴퓨터를 검색해본다. 아이튠스를 열자 11,747개의 파일이 검색된다. 89.36GB, 연속 재생하면 32.6일이 걸리는 양의 음악들 중에서 갑자기 하나를 골라내는 일은 쉬운 일이 아니다. 어떤 노래가 어디에 박혀 있는지 찾아내는 일은 때로 음악을 만드는 일보다 더 많은 시간을 필요로 한다. 데이터가 너무 많다. 누구나 자신의 컴퓨터에는 이 정도 양의 소리 파일을 라이브러리로 가지고 있다. K 씨에게 아이튠스에 담겨져 있는 소리 파일들은 매우 중요한 정보다. 가끔 클럽에서 DJing을 하는 K 씨는 이 파일들을 '트랙터 DJ 스튜디오Traktor DJ Studio'라는 매우 간단한 DJ 프로그램에 로딩시켜서 연속재생

한다. 예전 같으면 이 정도 분량의 소리 파일을 가지고 있는 사람은 애호가 아니면 전문가들뿐이었으나 이제는 거의 대부분의 개인이 이와 같은 거대 라이브러리를 보유하고 있다. 거대 음악 데이터베이스는 공유의 과정을 통해 개인화된다. 개인은 자신의 취향에 따라 구축된 개별적인 거대 데이터베이스를 가지고 있고, 그중의 일부는 늘 웹을 통해 다시 공유된다. 거대 데이터베이스를 소유하는 것은 권력을 독점하던 기관의 업무였다. 그러나 이제는 이와 같은 데이터베이스를 개인이 가지는 것이 일반적인 일이다. K 씨는 집에 가서 찬찬히 들어보면서 알맞은 연습용 파일을 골라보겠다고 말한다. 음악을 만드는 일이 가지는 독창성과 거의 맞먹는 수준의 독창성이 음악을 '고르는 일'에 요구된다. 왜냐하면, 음악 파일들이 너무 많기 때문이다. 그처럼 데이터 베이스를 다시 소팅sorting하는 업무를 수행하는 사람이 바로 DJ다. DJ는 역사가이자 비평가이며 데이터베이스 관리자다. 그가 하는 일은 '컷 & 믹스cut & mix'다. DJ의 믹싱 작업은 거대 음악 데이터베이스 시대의 매우 중요한 음악적 표현 방식이다. 잠재적으로는 누구라도 DJ가 될 수 있다. 온라인에서 확인 불가능한 음악 레퍼토리라는 것은 존재하지 않는다. 최근에 K 씨는 윤이상 작곡의 하프 곡인 「공후」의 인트로 파트를 확인해야 할 일이 생겼었는데, 유튜브를 통해 간단하게 그 음원을 들을 수 있었다. 'puncuspallinus'라는 아이디를 쓰는 사람이 파일을 올려놓았다. 그 사람이 어느 나라 사람인지는 잘 알 수 없으나, 곡 설명은 이탈리아 말로 되어 있다. K 씨는 요즘 CD를 거의 사지 않는다.

K 씨는 음악적 소리와 일상적 소리를 구분하지 않는다

K 씨의 소리 작업에서 '레이어layer'라는 개념은 아주 중요하다. 소리의 레이어를 쌓는 것, 그것이 사운드 디자인 작업이다. 사운드 디자인을 할 때 음악과 비음악의 경계는 근본적으로 모호하며 무의미하다. 즉각적으로 데이터들을 '컷&믹스'하며 레이어를 만드는 K 씨에게 소리 데이터는 디지털 오디오 프로그램에서 한 트랙을 차지할 뿐이다.[*] 오디오 프로그램들은 소리들을 '수치화된 사운드 데이터quantized sound data'로만 인식하기 때문에 일상적인 소리와 음악을 통합적으로 다루는 것은 너무나 자연스러운 일이다.

예를 들어 K 씨는 최근에 작업한 연극의 극 중 어머니 임종 장면에서 사운드를 다음과 같은 방식으로 레이어링했다.

a. 어머니의 임종 전, 심전도 측정기의 심장박동을 나타내는 '삐, 삐, 삐……' 소리가 울린다.

b. 어머니가 임종한 후에는 '삐—' 하고 이어지는 심전도 측정기 사운드.

c. 10여 초 후 '삐—' 소리의 주파수가 상승하기 시작하여 매우 높은

---

[*] 20세기 중반에 등장한 '구체음악musique contrete'의 테이프 뮤직은 이미 일상적 소리를 순수한 음악적 재료로 쓰고 있다. 유명한 「Ionisation」(1929~1931)에서 사이렌 소리 등의 일상적인 소리를 음악적으로 소화한 에드가 바레즈Edgar Varèse, 더 거슬러 올라가 소음을 음악적으로 활용할 것을 주장한 루이지 루솔로Luigi Russolo 같은 미래파 음악가들의 선구적인 경향은 '음악적' 소리의 영역을 확장하는 데 기여했다. 디지털 오디오 프로그램들은 여기서 한 걸음 더 나아가 구태여 '음악적'일 필요가 없는 소리 데이터들도 통합적으로 다룬다.

주파수 대역에서 사라진다. 이때 잔향 효과를 주어 일상적 소리에 신비감을 부여한다.

d. 삐 소리가 사라질 때쯤, 아름다운 새소리가 울려퍼진다.

e. 새소리가 나오고 5초 후쯤, 사인파 위주의 합성음으로 만들어진 키보드 소리가 죽음 이후의 경건한 분위기를 받쳐준다. (소리 감상)

이 장면에서 K 씨는 일상적인 효과음이라 할 수 있는 심전도 측정기의 '삐' 소리에서 시작하여, 그 소리를 보다 상승시킴으로써 음악적으로 변모시키고자 했다. '삐—' 소리의 상승은 죽음 이후 영혼의 이탈을 암시하기도 한다. 그다음에 예쁜 새소리를 심어서 죽음 이후의 세계를 '자연'과 연결시키려는 의도를 보다 리얼하게 드러내고자 했다. 자연의 소리가 등장한 이후에 비로소 전통적인 개념의 '음악적'인 소리가 등장한다. 이 장면에서 음악적인 소리와 일상적인 소리의 트랙들은 '죽음'이라는 상황을 음향적으로 표현하기 위해 평등하게 참여한 사운드 레이어들일 뿐이다.

K 씨는 사운드디자인의 전문가는 아니다. 여전히 '음악가'로 분류된다. 그러나 최근의 작업에서 음악가의 작업과 사운드디자이너의 그것에 근본적으로 차이가 없다는 점을 보다 절실히 깨달았다. 물론 사운드 분야는 여러 종류의 전문적 영역으로 세분되는 것이 현실이다. 가령 영화의 최종 사운드 편집을 담당하는 사람들은 보다 전문적으로 일상적 사운드의 영역에 속하는 소리들을 다룬다. 그들은 음악보다는 효과음과 사람 목소리(대사)의 녹음과 믹싱에 관해 더욱 전문적인 경험을 가지고 있다. 또한 음향 엔지니어들은 여러 트랙의 소리들이 믹싱되는 과정을 전문적으로 관리한다. 마스터링 엔지니

어들은 믹싱된 음원을 마스터링하는 과정을 책임진다. 음악가들은 그들에게 음악적 요소의 사운드를 제공하는 사람으로 분류될 수 있다. 그러나 근본적으로, 사운드 종사자들은 음악, 앰비언트 사운드, 사람 목소리로 구성되는 전체 사운드 트랙의 여러 요소들을 통합적으로 다룰 수 있는 보다 넓은 청각적 시야를 가져야 한다. 프로그램 측면에서도 음악가들이 활용하는 프로그램과 사운드 디자이너의 그것은 근본적인 차이가 없다. '프로툴스protools'는 음악가들과 사운드 디자이너들 모두가 신뢰하는 표준을 제공한다. 한 프로그램 안에 존재할 수 있는 여러 단계의 작업 중 어느 대목에 집중하느냐가 차이를 만들 뿐이다.

K 씨는 모든 소리를 비트beat의 관점에서 재구성한다

사운드 레이어들을 쌓는 일을 통해 보다 큰 소리의 단위라 할 수 있는 소리 모듈이 구성된다.* 소리 모듈의 구성에 있어서 가장 중요한 것은 '비트beat'의 개념이다. 비트는 소리 데이터의 레이어들을 동기화synchronization할 때 기본이 되는 음악적 개념이기도 하다. 디지털 시대의 사운드 툴들은 음악 작업을 할 때 소리의 '점dot'들을 찍도록 만든다. 소리의 점들을 찍는 작업을 '시퀀싱sequencing'이라 부른다. 미디 프로그램들을 활용하여 음악을 만드는 일은 한마디로 소리의 점들을 찍는 일이다. (사진 3)의 오른쪽 하단에는 '라이브'의 미디 시퀀싱 데이터가 표시되어 있는데, 보는 바와 같이 하나의 점이 하

---

* 졸고 「아프로, 호환되는 모듈」(『문학과사회』 2008년 봄호)을 참조하기 바란다. 모듈은 전체의 일부분이면서 독자적으로도 기능하는 플러그인 가능한 신체를 말한다.

(사진 3: '라이브'의 미디 시퀀싱 화면 예)

나의 비트를 이루는 단위가 된다.

'1 beat 1 dot'의 개념은 멜로디에도 적용될 수 있다. 음정을 지니고 있는 긴 박자의 소리 역시 하나의 도트로 '어택attack'과 '릴리스 포인트release point(시작점과 끝나는 점)'를 표시할 수 있다. 목소리 역시 반복적인 비트로 처리되는 경우를 우리는 흔히 볼 수 있는데, 그것을 가능하게 해주는 장비는 아날로그 오디오 신호를 디지털 신호로 바꾸어 저장해주는 기기, 바로 '샘플러sampler'다. 컴퓨터의 용량이 크지 않던 과거에는 '샘플러'가 독자적인 외부기기로 출시되곤 했지만 지금은 컴퓨터로 완전히 통합되어 플러그인 형태로 프로그램에서 로딩된다. '샘플러'는 미디 신호를 주고 받으며 아날로그 데이터가 비트 단위로 기능하도록 도와준다. 스티브 라이히Steve Reich의 1988년작 「Different Trains」의 1악장 'America-Before The War'는 샘플링된 목소리를 반복적으로 플레이함으로써 독특한 효과를 자아낸다. 기차의 반복적인 리듬을 묘사하고 있는 현악 4중주의 연주는 시간의 흐름을 상징하는 동시에 미국의 산업화, 도시 개발 등을 사운드로 추억하게 만든다. 거기에 더해지는 사람 목소리 샘플의 반복적인 활용은 비트로 기능하면서 기차 안에서 흔히 들을 수 있는 승무원의 소리, 판매원의 외침, 안내 방송 등을 재현함으로써 리얼한 느낌을 불러일으키면서 기차의 사운드에 역사성을 부여한다.

디지털 시대의 음악은 근본적으로 '리듬 중심의 음악'이다.[*] 심지어 음계나 화음 역시 비트의 개념 안에서 재구성된다. 폴리포니Polyphony 음악 체계인 유럽 고전음악은 비트의 기능을 멜로디보다 상대적으로 등한시했던 반면 근본적으로 폴리리듬Polyrhythm 음악 체계인 아프리카 음악은 반대로 멜로디보다 비트의 기능을 중요시해왔다. 세네갈의 타악기 연주자인 Guem의 음악을 들어보자.

　　Guem, Balance, dans l'album 「le Serpent」(2003)

여러 리듬의 레이어들이 동기화된 전형적인 폴리리듬 체계를 보여주는 이 타악 음악은 분명히 아날로그 음악이지만, 모든 음악적인 요소를 비트 단위로 처리하고 있다는 점에서는 가장 쉽게 디지털화시킬 수 있는 음악이다. 아날로그 시대의 음악적 주도권이 폴리포니

---

[*] 스티브 라이히Steve Reich 등의 미니멀리즘minimalism 음악가들은 이미 음악을 리듬 중심으로 다뤘다. 그러나 리듬 중심 음악의 모태는 아프리카 음악이다. 아프로afro적인 요소를 바탕에 깔고 있는 현대 대중음악에서 리듬은 다른 어떤 음악적 요소들보다도 중요하다.

체계의 유럽적인 음악에 있었다면, 디지털 시대의 음악적 주도권은 폴리리듬 체계를 가지고 있는 아프리카적 음악에 있을 수밖에 없다. 비트를 점으로 치환하는 데이터 처리 방식에 의해 앞으로도 아프리카적 음악의 영향력은 보다 확대될 것으로 예상된다. 아프로적인 요소를 지니고 있는 음악적 모듈은 다른 음악적 모듈의 허브 노릇을 하면서 디지털 시대의 음악들의 결합과 증식을 이끌어가고 있다.

K 씨는 소리 데이터와 영상 데이터를 통합적으로 처리하는 법을 배우려고 애쓴다

최근에는 소리와 영상 데이터를 통합적으로 다룰 수 있게 만드는 오디오-비주얼 프로그램들이 많이 등장하고 있다. 대표적인 것이 '사이클링 74Cycling 74' 사의 '맥스/Msp지터Max/Msp Jitter'라는 프로그램이다.

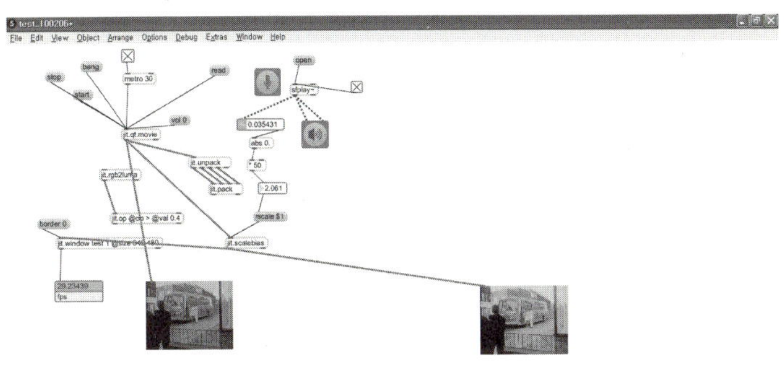

(사진 4: 맥스/Msp지터의 실행)

C언어를 기반으로 시그널 플로우를 다루는 이 프로그램은 소리와 영상 데이터가 인터액티브하게 상호작용하도록 도와주는 매우 효과적인 방법들을 제시한다. 소리든, 영상이든, 이른바 '오브젝트Object' 박스들의 연결을 통해 작동하는 데이터들일 뿐이다. 그 아웃풋output이나 인풋input의 감각적 재료로서의 특징들이 다를 뿐 그것들이 데이터로 처리되는 과정은 근본적으로 통합적이어서, 소리나 영상이냐의 구분이 아날로그 시대와는 전혀 다르다.

(사진 4)에서 보는 것처럼 맥스/Msp 프로그램은 영상 데이터의 출력에 소리가 영향을 미칠 수 있도록 프로그래밍할 수 있다. 영화 모니터 두 개 중에서 오른쪽 화면은 외부에서 들어온 소리 데이터의 영향에 의해 영상 데이터가 자동적으로 필터링된 모습을 보여준다. 왼쪽은 오리지널 영상 데이터의 화면이다. K 씨는 여전히 이와 같은 프로그램들을 다루는 일에 서툴다. 그러나 이미 예술적 실천 과정에서 소리와 영상, 텍스트가 분리될 수 없는 요소들이라는 것을 절실하게 느끼고 있는 K 씨는 앞으로의 작업에 그러한 요소들이 통합적으로 상호작용하는 것을 보여주고 싶어 한다. K 씨는 그 과정을 콘트롤하는 것이 관건임을 잘 알고 있다.

K 씨는 다채널 입체 음향 환경에 걸맞은 사운드를 구현하기 위해 노력 중이다.
K 씨는 이번 연극에서 '프로툴스'를 활용하여 사운드의 다채널 재생을 시도하고 있다. 영화에서는 3D 입체 영상 시대에 부응하는 5.1채널, 7.1채널, 심지어 그 이상의 입체 음향 시스템들을 활용하는 것이 일반화되어 있지만 아직 공연에서는 그와 같은 시스템의 활용이 상대적으로 제한적인 것이 사실이다. 이번 연극을 올릴 N 극장의 시

스템은 모두 10채널의 아웃풋을 활용할 수 있는 것으로 확인됐다. 2채널은 배우들의 무대 모니터링용으로, 또 다른 2채널은 센터 메인 아웃풋용으로 내준 상태라 나머지 6채널을 2개씩 묶어서 입체적으로 활용할 수 있는 상황이었다. N극장에서 도입한 'MBox pro 오디오 IO'는 '프로툴스' 시스템을 활용하여 제한적으로나마 서라운드 입체음향을 구현할 수 있었다. 왼쪽-오른쪽의 두 채널을 분리해서 입체감을 구현하는 고전적인 스테레오 개념에서 확장된 현대적인 서라운드 음향의 개념은 디지털 사운드 처리 기술의 진화로 점차 대규모 극장 시스템 이외의 환경에서도 필수사항으로 자리 잡아가고 있다. 이런 환경은 다채널 믹싱을 가능하게 해주는 디지털 오디오 프로그램들이 아니면 그 성립부터가 불가능하다. 아날로그 시대의 테이프 머신으로 이런 다중채널 환경을 보장하려면 실로 엄청난 양의 장비들이 요구된다. 디지털 시대에는 오디오 신호들을 수량적 정보로 바꾸어 간단하게 특정 채널에 보낼 수 있고 동시에 다중채널로 출력된 여러 소리들을 동시에 믹싱하는 일이 가능하다. 최근에 CGV 극장은 16채널 시스템을 도입하여 보다 풍부한 입체 음향 시대를 준비하고 있다. 돌비Dolby 사는 13.1채널 돌비 서라운드를 선보임으로써 입체 음향 효과를 극한까지 끌고 가겠다는 의지를 보여준다.

K 씨는 앞으로도 동시 구현 가능한 오디오 채널의 수가 점차 늘어갈 것으로 예상하고 있다. 뿐만 아니라 아르헨티나의 유고 수카렐리Hugo Zuccarelli를 비롯, 사운드 전문가들이 실험하고 있는 이른바 홀로포닉스Holophonics는 2채널만 가지고도 입체 음향의 효과를 재현할 수 있다. 또한 아이폰의 어플리케이션인 '3D 오디오 일루젼스3D Audio Illusions'는 아이폰 스피커만으로도 환상적인 입체 음향의 질감을 시뮬

레이션해준다. 극장 같은 대규모 환경에서는 다채널 입체 음향으로, 스마트폰이나 MP3 플레이어 같은 포터블 환경에서는 3D 일루젼으로 입체 음향의 효과를 최대한 구현하고자 하는 것이 요즘 사운드의 한 경향이다. K 씨는 그러한 경향을 '사운드의 공간화', 내지는 '장소특정적 사운드site-specific sound'의 현실화로 이해한다.

K 씨는 자기가 만든 소리를 인터넷에 링크시키고, 동기화시킨다

얼마 전 K 씨가 속해 있는 록 밴드의 음악을 좋아하는 스코틀랜드 여자가 K 씨에게 메일을 보냈다. 자신이 K 씨 소속 밴드의 음악을 소개하는 페이스북facebook 공식 페이지의 '관리자administrator'가 될 수 없겠냐는 내용이었다. K 씨는 그것을 허락했다. K 씨는 그 여자를 만난 적이 한 번도 없다. 또한 그 여자가 앞으로 운영하게 될 페이스북의 밴드 공식 페이지에 직접 관여할 수도, 그럴 생각도 없다.

K 씨는 2010년 봄, 서울 난지 구역에서 열린 어느 야외 공연에서 스웨덴 사람 하나를 만났다. 서울에 여행 온 이 스웨덴 사람은 K 씨가 속한 밴드를 매우 좋아해서 공연 스케줄을 수소문하여 난지 지구를 찾게 됐다고 했다. K 씨는 공연이 끝난 후 이 스웨덴 사람과 사진을 찍었다. 처음 만난 이 스웨덴 사람은 마치 오래된 친구처럼, K 씨의 근황이라든가 밴드 계획을 물었다. K 씨는 웃으며 그에 답해주었다.

K 씨는 가끔 자신이 속한 밴드의 음악을 링크해놓은 수많은 블로그들을 체크하기 위해 포털 사이트의 검색창에 자신의 밴드 이름을 써본다. K 씨가 속한 밴드의 음악을 링크해놓은 블로그가 2011년 4월 25일 현재 3,957건이나 검색되는 것을 알고 새삼 놀란다. K 씨가 자신의 음악이 링크된 블로그를 모두 검색하는 일은 불가능하다. K 씨

는 자신이 만든 음악이 이미 저자가 콘트롤할 수 있는 영역 밖에 존재한다는 것을 잘 알고 있다. 그 음악 파일들은 빛의 속도로 전 세계를 떠도는 수많은 디지털 데이터의 일부일 뿐이다. 그 파일들에 접근하는 일은 공간과 시간적 제약을 초월한다. 다른 시공에 존재하는 소리들은 즉각적으로 결합하여 하나의 음악적 모듈 안에 공존한다. 소리의 창조는 '새로운 관계의 창조create new relationship'이다. '새로운 대상의 창조create new objet'를 창조적 예술의 기본적 생산 조건으로 여기던 시대가 이미 지나갔다는 것을, K 씨는 절감하고 있다.

디지털 시대의 소리의 존재 조건들 중에서 가장 중요한 것은 '관계'다. K 씨는 관계 중심의 음악, 관계 중심의 예술이 대상 중심의 음악, 예술을 압도하는 시대가 이미 와 있다는 것을 잘 알고 있다.

아방가르드 매뉴얼

"운이 좋아야 한다."
— 브레히트, 「추리소설로 돌아가자!」

웰컴!

우선 저희 제품을 구입할 생각을 거의 전혀 해주지 않으셔서 감사드리는 것은 물론 앞으로도 그렇게 해주십사 하는 바람을 가져봅니다. 여러분들이 반드시 잘 구입해주지 않으셔야 합니다. 그러므로, 결과적으로는 이 제품이 당신들과 아무런 관계가 없음을 미리 알려드립니다. 당신들은 매우 따분한 여러분의 닭장에서 채취한 한 컷의 장면을 통해 본 회사가 전해드리고자 하는 바를 (비록 그것이 당신들의 삶 자체라 해도) 대개 알기 힘들거나 알게 되더라도 속수무책일 겁니다. 이것은 마치 EU 출신 인류학자가 아프리카 원주민을 대상으로 벌이는 근친상간의 기원에 관한 리서치 비슷한 겁니다. 때로는 본 제품의 전위적 특성이 그런 식으로 증명되기도 합니다.

☞ 그러나 때로는 거꾸로 구입해주셔야 할 경우가 있을지도 모릅니다. 예를 들어 구입하지 않는 것이 너무 권태로운 대세이기 때문에 거꾸로 가는 게 게임을 이기는 방법일 때가 있을 테니까요. 물론 그것도 어떤 사람들의 어떤 말 못할. 때로는 절실한 사연들 속에서만 가능한 척하겠죠. 그러나 아무리 그때가 오더라도 여러분은 그렇다는 사실조차 모르고 계실지 모르니 사용 전에 이 매뉴얼을 세심하게 읽어주셔봐야 별로 달라질 것은 없다는 것을 알아주시면 더 한층 감사하겠습니다.

사용하시기 전에

이 책자의 내용 및 제원에 관한 해석은 사전 통보 없이 언제나 변경될 수 있습니다. 이를 양해 바라며, 기 출고된 제품에 대해서조차 변경 내용을 사후 통보하거나 추가 적용시키오니 이 점 더욱 양해 바랍니다. 이 책자는 제품의 일부이니 항상 보관하여 필요시 참조하셔서 더욱 혼란을 가중시키시고 제품을 타인에게 양도할 경우에는 반드시 책자의 내용을 암기하셨다가 이빨까는 데 써잡수시기 바랍니다. 제품의 아우라나 가격을 올리는 데 도움이 될지도 모릅니다.

품질 보증 및 전기 쇼크

특히 품질 보증과 관련된 내용은 이 책자의 뒤편에 없는 보증 수리 및 지역별 서비스망 안내, 품질 보증서 등을 참고하셔봐야 아무 소용이 없습니다.

☆ 전기 쇼크를 일으킬 수 있는 스파크가 튈지 모르나 생명에는 전혀 지장이 없으니 안심하고 스파크를 음미하시기 바랍니다.

이 글에는 경고 ☆, 주의 ☞, 주 * 등과 같은 표시가 잘 되어 있지 않고 설사 되어 있더라도 여러분들의 혼란만 가중시킬 것입니다.

죄송합니다. 회사의 명예를 걸고 좀더 불친절하겠습니다.

만일 불친절하지 않다면 반드시 AS해드립니다. 불친절할 때까지 최선을 다하겠습니다. 때로 실수로 친절할 때가 있습니다. 이미 말씀드렸지만 별것 없다는 것이 드러난다면 여러분들의 흥미가 반감될 것이므로 고객이 만족할 때까지, 끝까지 최선을 다해 불친절하도록 죽어라고 노력하겠습니다. 전 세계의 본 회사 AS 센터 및 대리점을 운영하고 있는 갤러리 마담들, 비평가들, 문과 교수들의 AS는 본 회사의 모든 제품을 대상으로 특별한 불친절을 서비스해드릴 겁니다. 덤핑을 치거나 가격을 올리거나 제품 자체보다 더 난해하게 만들거나 이해할 수 없는 지도를 그려드립니다.

만일 경고 ☆, 주의 ☞, 주 * 등과 같은 표시가 된 곳이 있더라도 말리기 싫으시면 절대로 주의하지 마십시오.

☆ 본 사항을 준수하지 않아도 사람이 다치지 않으나 사람이 다치거나 죽는 척합니다. 특히 뜻이 없는 부분이니만큼 더욱 주목하지 않아도 되지만 그렇게 지나가시도록 만든 것 자체가 함정입니다. 그러면 AS 받으러 가셔도 '그 뜻을 모르고 지나쳤으니 당신과는 대화할 수 없다'는 통보를 받게 될 것입니다. 그러니 웬만하면 죽은 거북 등껍질 만지는 심정으로 잠깐만이라도 건드리고 지나가주시라는 뜻입니다.

☞ 본 사항을 준수하지 않으면 제품이 손상되거나 고장 날 우려가 전혀 없습니다. 그러나 혹시라도 호기심 때문에 작품을 훼손하는 행위는 나중에 본 회사가 평소에 싫어하는 척하는 법정 싸움으로 가게 될지도 모릅니다. 그렇게 되면 당신이 매우 불리합니다(본 회사의 고객이나 로비가 가능한 친구들의 저변은 당신 생각 밖으로 질기고 엿 같고 무시무시합니다. 심지어는 검사들도 있습니다. 우리는 대략 비슷한 동네 출신이거나 학교 선후뱁니다). 제품이 손상되면 당신 신상에 해롭습니다. 당장은 팔 생각이 없어도 예술의 강보에 싸서 오랜 세월 다치지 않고 가게 하려는 어머니 같은 마음, 손길로 만든 제품입니다. 당신이 길 한가운데 있다면, 비키십시오. 역사는 본 회사가 제일 먼저 달려가야 할 길입니다.

* 내용의 이해에 도움이 안 되는 보조 설명입니다. 본 제품을 사용하는데 꼭 알아야 할 내용 이외에도 수많은 보조 설명들이 있을 수 있습니다. 모두 쓰잘데기없는 설명들이니 재미 삼아 읽으실 분들을 제외하고는 시간 낭비하지 마시기 바랍니다.

목차

각 부위의 명칭

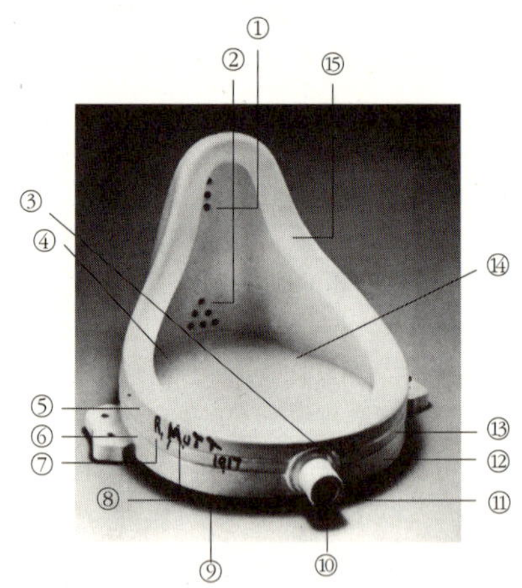

① 혁명　　　　　　② 진정성　　　　　　③ 미래

④ 구체성　　　　　⑤ 아우라　　　　　　⑥ 영원한 젊음

⑦ 팝　　　　　　　⑧ 매스미디어　　　　⑨ 복제영역

⑩ 포르노그래피　　⑪ 실험영화　　　　　⑫ 풀 바르는 곳

⑬ 안전벨트(내적 필연성)　⑭ 정신의 삼각형　　⑮ 우연

재생 forward ▸ 화면 떨림 현상 심합니다.

* 마음에 이슬 맺힘 현상 역시 주의하시기 바랍니다.

빨리감기 fast forward ▸▸ 디스토피아

되감기 rewind ◂◂ 미래파와 야수파

시간 표시(초 단위) 미니멀리즘

12345

리버스 반 anti 자연주의

일시정지(화면 떨림 방지) ‖▸ 하이퍼 리얼 텍스트

1) 포장 뜯기

본 제품은 '아우라aura'의 강보에 싸여 있습니다. 아래 그림의 순서에 따라 아우라라는 강보에 싸여 있던 예술 제품에서 강보를 벗기시면 됩니다. 강보를 벗기시다가 제품이 망가지지 않도록 설사 세심한 주의를 기울이시더라도 강보가 벗겨지는 순간 제품은 완전히 망가질 것입니다. 그러니 차라리 아우라의 강보를 벗기지 마시기 바랍니다. 그런 식으로 제품을 사용할 수도 없는 최초의 그 상태를 끝까지 유지하시는 것이 재정적으로나 기타 여러 가지 의미에서 볼 때 나쁠 게 없습니다. 본 제품은 영원히 아우라라는 포장을 뜯을 수 없으며 그런 식으로 사용되지 않는다는 점, 사용가치가 없다는 신화 때문에 교환, 유통됩니다. 그 점 유념하시어 만일 제대로 그 신화를 벗겨 제품 구입 시에 들인 돈을 날리시거나 친구들과의 우호적인 관계를 파괴하기를 원치 않으신다면 사려 깊게 행동하실 줄 압니다. 설사 당신이 아우라라는 강보를 벗기셨더라도 저희는 일체의 보상을 해드리지 않습니다. 결국은 당신만 바보 되고 손해보는 건, 이것이 본 제품의 유통 규칙이라섭니다. 게임의 룰이라고 보셔도 무방합니다.

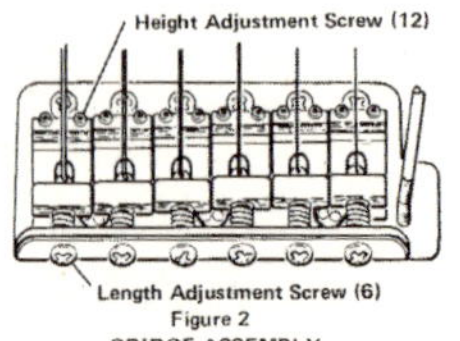

☞ 때로 본 제품에 'fragile──스스로 파괴될 운명'이라고 써 있을 때가 있습니다. 이때 주의하셔야 될 것은, 매뉴얼에 따라 제품을 파괴하는 순간 아우라 강보가 에어백처럼 튀어나오면서 순간접착제보다도 더 강력하게 제품을 감싼다는 점입니다. 보다 더 나은 서비스를 위해 고안된 쇼이오니 놀라지 마시고 본 제품을 감상하십시오. 게다가 이런 쇼는 본 제품의 스스로를 파괴할 권리로부터 나온 것이므로 유의하시기 바랍니다.

＊ "우리의 리얼리즘은 〔……〕 관습보다 우월해야 한다." 구동독의 쇼 호스트 브레히트의 AS 문건입니다. 매우 오래된 문건이므로 '우월하다'는 등의 원시적인 말에 너무 집착하지 않으셔도 됩니다.

☆ 다시 한 번 말씀드립니다. 만일 본 매뉴얼의 이와 같은 강력한 암시에도 불구하고 아우라를 뜯어 제품을 망가뜨렸을 경우 절대로 보상 또는 교환·환불되지 않습니다. 본 회사는 무책임합니다. 죄송합니다. 회사의 명예를 걸고 무책임하겠습니다.

2) 컷&페이스트cut and paste

그림과 같이 배터리를 분리한 다음 잘라 오리고 붙이십시오. 그러고 나서 다시 끼우면 제품은 완성됩니다. 아무 데서나 자르시면 됩니다. 잘라내어 수염을 그려 넣으시거나 실크스크린으로 뜨셔도 무방합니다. 권장해드리는 자매품들은 다음과 같습니다; 팝, 털, 땟자국, 종기, 클리토리스, 봉다리, 망가진 시계, 신문지, 교과서, 악보, 보일러 소리, 후진 기어 넣었을 때 들리는「즐거운 나의 집」등등.

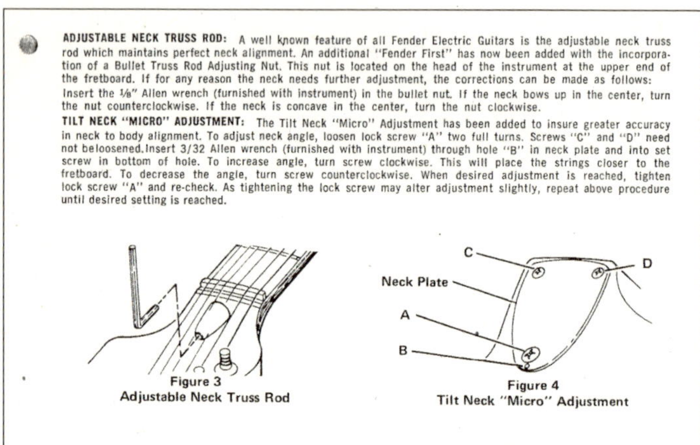

ADJUSTABLE NECK TRUSS ROD: A well known feature of all Fender Electric Guitars is the adjustable neck truss rod which maintains perfect neck alignment. An additional "Fender First" has now been added with the incorporation of a Bullet Truss Rod Adjusting Nut. This nut is located on the head of the instrument at the upper end of the fretboard. If for any reason the neck needs further adjustment, the corrections can be made as follows: Insert the ⅛" Allen wrench (furnished with instrument) in the bullet nut. If the neck bows up in the center, turn the nut counterclockwise. If the neck is concave in the center, turn the nut clockwise.

TILT NECK "MICRO" ADJUSTMENT: The Tilt Neck "Micro" Adjustment has been added to insure greater accuracy in neck to body alignment. To adjust neck angle, loosen lock screw "A" two full turns. Screws "C" and "D" need not be loosened. Insert 3/32 Allen wrench (furnished with instrument) through hole "B" in neck plate and into set screw in bottom of hole. To increase angle, turn screw clockwise. This will place the strings closer to the fretboard. To decrease the angle, turn screw counterclockwise. When desired adjustment is reached, tighten lock screw "A" and re-check. As tightening the lock screw may alter adjustment slightly, repeat above procedure until desired setting is reached.

Figure 3
Adjustable Neck Truss Rod

Figure 4
Tilt Neck "Micro" Adjustment

3) 연결

제공되지 않은 오디오 비주얼 코드와 역시 제공되지 않은 전원 코드를 당신의 상상력이 닿는 그 어디, 그 어떤 시절, 그 어떤 여인의 성기, 남자의 후장, 아무런 상관 마시고 그냥 아무렇게나 갖다 꽂으십시오. 뇌하수체 영역의 여러 조건에 따라 이미지나 사운드가 당신의 머릿속 스크린에 맞지 않는 경우도 있습니다. 그때는 변속 레버를 중립(N)에 두시고 가속 페달을 밟지 않은 상태에서 눈꺼풀을 START 위치로 돌려 수동 전환합니다.

☞ 우연에 관해서는, 유선경 작가가 쓴 2005년 5월 19일자 〈세계음악기행〉(EBS FM) 오프닝 멘트를 참조하십시오.

▶ MR　　　　signal

성기완/　　혹시 이 노래를 아십니까?

제목. 밀과 보리가 자라네

노래를 부를 순 없고 가사가 이렇습니다.

(M/ UP-DOWN)

밀과 보리가 자라네. 밀과 보리가 자라네

밀과 보리가 자란 것은 누구든지 알지요.

농부가 씨를 뿌려 흙으로 덮은 후에

발로 밟고 손뼉 치며 사방을 둘러보네.

친구를 기다려 친구를 기다려.

한 사람만 나오세요. 나와 같이 춤추세. 랄라랄라—

(M/ UP-DOWN)

어렸을 땐, 이 동요를 부르면서 춤까지 췄었는데,

어른이 되서 가사를 보니까 전혀 앞뒤가 맞질 않습니다.

밀과 보리가 자라는 것하고, 친구를 기다리는 것,

게다가 춤까지 추다니—

도대체 셋이 무슨 연관이 있을까요?

(M/ UP-DOWN)

꼭 앞뒤가 맞아야 즐거운 것만은 아닌 것 같습니다.

오히려, 즐거움의 포인트는 예측불허에

있는 거 아닐까요?

밀과 보리가 자라고 있는 5월 19일 목요일,

〈세계음악기행〉, 성기완입니다.

☆ 오스트리아의 AS 센터에서 오랫동안 종업원 생활을 하다가 런던으로 망명한 프로이트는 이와 같은 믹싱에 대해 이렇게 말합니다. "생각이란 그 근원이 어디인지 알 수 없는 곳에서 갑자기 떠오르는 것이다. 우리는 그 생각의 뒤를 추적해갈 수도 없다."

4) 재생

텔레비전을 끈 다음 리모콘의 이젝트 버튼을 누르고 트레이에 당신의 약간은 쿨하고 잘난 체하는 감각을 밀어 넣으십시오. 인풋셀렉터INPUTSE-LECTOR 버튼을 누르고 시그널이 되는 대로 춤추는지 확인하십시오. 감각에 따라 메뉴 화면이 스크린에 뜨는 경우에는 바둑을 두듯 메뉴 화면을 하나씩 지워나가십시오. 아예 뜻을 모르겠거나 미친 짓이다 싶을 경우 화면을 끄거나 눈을 감고 사운드를 즐기십시오. 그러면 더욱 미친 짓으로 들릴 것입니다.

＊ 이지도르 이주Isidor Isou 씨의 제품 사양: 이지도르 이주가 파리에서 레트리슴Lettrisme, 즉 문자주의를 역설하면서 음악과 시와의 융합을 시도했다. 그는 언어의 음성적 가능성에 주목, 언어를 소음주의Bruitismus적인 '의미를 갖지 않는' 시적 음성 소재로서 취급하고 있다. 그 악기는 인간의 성음 기관, 즉 후두, 혀, 입이다. "우리들은 몇 세기 동안이나 경화된 24개의 문자 속에 움츠리고 있던 알파벳을 찢어 냈다. 그리하여 그 배 속에 19개의 새로운 문자(들이키는 숨, 토하는 숨, 속삭임, 목구멍 소리, 신음, 한숨, 콧소리, 하품, 기침, 재채기, 입맞춤 휘파람 등등)를 첨가시켰다.

—프리베르크, 『전자기술시대의 음악』, 편집부 옮김, 삼호출판사, 1976, p.22.

☆ 임산부가 재생할 때에는 아래쪽 벨트를 태아를 피해 가능한 한 골반 아래쪽을 지나도록 착용해야 합니다. 상세한 사항은 의사에게 문의해도 소용없을 겁니다.

진정성, 덤핑과 세금 감면

시동이 걸린 상태에서 환기가 잘 되지 않는 학교나 관공서, 부모님 앞 등의 곳에 오래 머무르면 작품이 훼손되거나 질식이나 가스에 의한 중독의 위험 같은 것도 없긴 하지만 매우 따분할 수 있습니다. 특히 공무원들이 구입한 제품들이 걸려 있는 관공서 건물 벽 같은 곳을 주목해서 본다면 얼었거나 미끄러지기 쉬운 이미지들의 흐름 때문에 폭소가 터질 수도 있습니다. 그런 곳에 작품이 걸리면 쪽팔린 일이므로 주의하시기 바랍니다. 그러나 때로 모른 척하면서 덤핑으로 넘겨서 세금을 감면받는 경우도 있사오니 널리 양해해주시기 바랍니다.

디스크의 특정한 포인트 찾기

당신은 그림을 모니터링하거나 느리게 재생함으로써 디스크의 특정한 포인트를 신속하게 찾아내기 힘들 겁니다. ▶▶를 두 번 누르시고 디스토피아 쪽을 지향하거나 ◀◀를 누르시어 추억의 팝송, 미래파와 야수파, 스윙잉 런던의 좋았던 시절을 다시금 열망해도 무방합니다. 이때 시간은 무의미하게 미니멀한 분할을 거듭합니다. 하면서 2739 결국은 당신이 있던 곳의 맥락 속으로 빠져듭니다.

흡입력 조절 스위치와 터널 효과

이때 흡입력 조절 스위치를 사용하여 알맞은 흡입력으로 빠십시오. 입술을 내밀고 혀를 위로 차면서 쪽쪽 소리나도록 빨면 흡입력이 강해집니다. 반대로 혀를 늘어뜨리고 핥듯이 아래위로 움직인다면 흡입력은 약해집니다. 흡입력 스위치를 최강 위치에 놓고 호스의 흡입구를 갑자기 막은 후 버섯 등을 먹으면 아코디언 호스를 간편하게 줄일 수 있거나 터널 효과를 느끼실 수도 있습니다.

☆ 터널 끝으로 너무 질주하지 마시기 바랍니다. 그쪽에는 본 제품과 일정하게 무관한 혁명의 아해들이 주둔하고서 올바른 청소를 방해할 것입니다. 그들은 절대로 언제 종이 필터를 갈아 끼울지 알려주지 않으니 유의하시기 바랍니다. 클리토리스의 색깔이 빨간색이면 새것으로 갈아 끼워야 합니다. "프랑스혁명은 마치 유행이 한물간 옷을 끄집어내듯이, 고대 로마를 인용하였다"고 한, 독일 AS 센터 지점장이었던 벤야민의 말을 꼭 상기할 필요는 없습니다.

부품	재질	사용 여부	해체 시간	
혁명	보통 유리	아니오(1)	3~5분/바리케이드	1. 금속 부품이나 계급적 테두리가 없을 경우.
진정성	내열성 유리	아니오	1분 30초	
미래	내열성 유리와 자기	아니오(1)	2~4분/조각	2. 민감한 부위를 살살 어루만져주면서 감싸는 경우에 한함.
구체성	질그릇	예·아니오(2)	4~5분	
아우라	내열성 도자기	아니오	3~5분	
영원한 젊음	보통 플라스틱	아니오	조리 불가	3. 가열하기 전 박판 섬유판을 반드시 제거해야 함.
팝	내열성 플라스틱	아니오	1분/차트 상위권 5분/하위권	
매스미디어	알루미늄 호일 용기	아니오(3)	3~5분	
포르노그라피	알루미늄 호일	예(2)	버터녹이기 15~20분	
복제 영역	종이	예	계산 불필요	
안전 벨트 (내적 필연성)	금속 단지	아니오(2)	750W로 2분	
정신의 삼각형	거울	아니오	그냥 갖다 버릴 것	
우연	문	예·아니오	오메가	

☞ 마이크로파란 무엇인가?

TV 전파나 라이트 전파, 급진 혁명파, 전위파, 미래파, 쪽파 등과 유사합니다. 직접 볼 수는 없으나 그 효과는 감지됩니다. 일반적으로 물, 기름, 지방에 의해 흡수됩니다. 본 제품은 건조하게 말려 진공상태의 시공 속에 놓는 것이 일반적이나 약간의 누수 현상을 피할 수는 없습니다. 이때 마이크로파를 이용하면 시간이 절약됩니다. 손바닥을 서로 비빌 때 열이 나는 것과 마찬가지로 서로 문지릅니다. 특히 포르노그래피는 문지르는 속도가 온도를 결정합니다. 마이크로파는 뜨겁지 않으며 단지 본 제품 자체가 스스로 열을 발생하게 만들 뿐입니다.

1) 비평에 의한 해동 시 유의사항

포장 상태에 따라 해동 시간이 달라집니다. 녹기 시작할 때 조각을 내주면 보다 잘 녹습니다. 약간 덜 녹여서 기다리는 동안 저절로 해동되도록 하는 것이 좋습니다.

☞ 가령 구 동독 대리점의 쇼 호스트였던 브레히트는 이렇게 말한 바 있습니다.

"예술이 더 이상 존재하지 않는 한 예술 비평은 더 이상 필요치 않다. 비평을 금지하는 것은 예술을 금지하는 것과 같다. 그런 점에서 볼 때 비평을 금지시키는 것은 예술가들에게는 도움이 되는 행위이다. 예술가들이 예술 행위를 할 수 없을 때 예술가들에 대한 비평을 허용해서는 안 된다."

— 브레히트, 「자기비판」, 『브레히트의 리얼리즘론』, 서경하 옮김, 남녘, 1989, p.48.

2) 정보의 양

담고자 하는 정보의 양이 많을수록 개떡이 됩니다. 감자 1개를 담는 데 4분, 2개에는 약 7분 정도 소요됩니다.

3) 진정성의 함량

본 제품의 마이크로파는 진정성의 함량에 작용하기 때문에 물먹고 싶으신 분들은 진정성의 조제 시간을 잘 조절하시기 바랍니다.

4) 응축

감상이나 해체 시 예기치 않게 흔히 일어납니다. 벽면이나 문 안쪽에 응축될 수도 있습니다. 해머를 사용해 뽀개시거나 뚜껑으로 그대로 덮어두시든가 아니면 돈세탁을 하시기 바랍니다.

5) 압력 감소

당국의 압력이 감소되면 될수록 재미가 적어지므로 당국의 압력을 최대한 높이도록 실내 온도를 조절하십시오. 그렇지 않으면 체 게바라 티셔츠처럼 되오니 유의하시기 바랍니다.

6) 대기 시간

당신의 지각장에 본 제품이 들어온 후 일정 시간 동안 그대로 두십시오. 녹이기, 데우기 후에는 대기 시간을 늘임으로써 효과를 높일 수 있습니다. 본 제품은 생산이 차단된 이후에도 계속 자기 생산됩니다. 더 이상 마이크로파에 의해 작용하는 것이 아니라 중심부로 높은 잔열이 이동함으로써 생산되는 것입니다. 밀도가 큰 경우는 무려 10분 정도로, 생산 시간보다 더 길 수도 있습니다. 박물관에 들어간 미라의 중심부에 들어 있는 경화된 살덩어리 같은 겁니다.

FAQ

Q1 1954년 초연된 에드가 바레즈의 「사막」이라는 제품에 이런 이상한 점이 있어서요, 혹시 스피커가 망가진 것은 아닌가 해서……

"2개의 확성기군의 하나에서 무서운 묵시록적인 윙윙거림이 나왔다. 처음에 그것은 그것에 선행하는 부분과 아무런 연결이 없는 것처럼 보였는데, 그러나 마침내 소음의 안개를 통하여 명백해진 것은 이 리듬의 대부분이 선행의 리듬에 역류하는 것이었다는 점이다. 다시 두 번 테이프의 소리가 오케스트라를 중단했다. 그것은 회를 거듭할수록 강렬해져서, 기관총의 발사, 동물 울음소리, 거대한 귀뚜라미의 울음소리, 얼굴이 없고 신음하는 인간의 거대한 무리의 소음이 교대로 나타나는데 이르게 됨으로써 참다운 경악의 효과에 도달한다."

—같은 책, p.125.

A 스피커가 망가진 것은 아니니 안심하시기 바랍니다. 시간이 지남에
따라 이 노이즈들이 참다운 음악이라고 생각하게 될 겁니다만 결국은
그것이 대중화됨으로써 나중에는 지겨워질지도 모릅니다. 물론 노이즈
의 개념은 본 제품의 핵심 중의 하나로 여전히 남아 있습니다. 다만 시
끄럽지 않은 노이즈 같은 역설적인 개념의 제품을 만들기 위해 혼신의
노력을 하고 있으니 기대하시기 바랍니다.

☆ 10세 이하의 어린이들에게 본 제품을 감상하는 것을 많이 권장하지는 않습니
다. 또한 10세 이하의 어린이가, 혹은 그런 어린이처럼 볼륨을 높이다가 만일 스피
커가 망가지더라도 그것은 본 회사의 책임이 아님을 미리 알려드립니다. '재미 삼
아' 물건들을 함부로 다루라는 것이 설령 본 제품의 메시지더라도 그것이 어디에
도 기술되어 있지는 않으니 유의하시기 바랍니다.

Q2 혹시 게임 기능은 없나요?

A 게임 기능, 있습니다. 후진 기어를 넣으실 경우 「즐거운 나의 집」이 흐릅니다. 이때 안심하지 마시고 룸미러를 주시하시기 바랍니다. 원칙적으로 후진과 「즐거운 나의 집」은 아무 상관없으나 본 제품의 특성상 컷&페이스트cut & paste, 맥락을 옮기면 관련이 있게 되오니 이 점 유념하시기 바랍니다. 「즐거운 나의 집」이 나오는 동안 후진을 함으로써 이 퇴행적인 행위는 나의 후진 즐거움의 공간인 「즐거운 나의 집」으로 나를 데려갑니다. 예를 들어 프로이트가 "무의식이 인간 행위의 진정한 장소다"라고 말한 것과 정확히 같은 그 공간으로 이 후진 다마스는 나를 데리고 갑니다. 이 대목에서는 고속 촬영을 하여 4배 정도 느리게 화면을 돌린 다음 그것을 다시 '리버스'시키면 원하는 장면을 얻을 수 있습니다.

Q3 혹시 파리에서 밥을 굶고 있는 트리스탕 차라라는 무명의 시인이 만든 제품을 구입할 수 있을까요?

A 죄송하지만 완전히 품절되었습니다. 사실은 제품이 나올 때부터 본 제품은 품절 상태였습니다. 다다 지점은 이제 매일같이 무의식에서 자동기술의 문을 열고 있사오니 영동호텔 나이트클럽의 〈자라〉에게 문의하시기 바랍니다.

Q4 더욱 맛있게 먹을 순 없을까요?

본 제품은 웬만해서는 맛이 없으므로 맛있게 잡수실 수 없습니다. 차라리 더욱 맛없게 잡수시려 할 때 참맛이 우러납니다.

☆ 역한 기운이 몰려올 수도 있으니 비닐 봉다리를 준비하시기 바랍니다.

☞ 가끔씩 본 회사는 피나는 자기비판을 통해 거듭나려는 노력을 함으로써 고객 여러분의 충실한 아방가르드 취향을 만족시키기 위해 최선을 다하고 있습니다. 생산 중단을 선언함으로써 개념의 생산을 이어가는 경우조차 있사오니 고객 여러분

의 착오 없으시길 빕니다. 또 반대로 개념의 생산을 중단함으로써 재생산이 가능
한 경우도 있습니다.

☆ 본 회사는 다국적 기업입니다.

의 착오 없으시길 빕니다. 또 반대로 개념의 생산을 중단함으로써 재생산이 가능
한 경우도 있습니다.

☆ 본 회사는 다국적 기업입니다.

카프카*
—카프카의 『성』, 미발표 원고 발견

*** 편집자 주**

현재 문학계의 마지막 주문으로까지 불리면서 전 세계인의 관심을 불러일으키고 있는 카프카Franz Kafka의 『성』 미발표 원고를 프랑스의 문예지 『마가진 리테레르*Magazines Littéraires*』 1998년 6월호의 특종을 토대로 번역하여 싣는다. 『마가진 리테레르』는 현재 발견 원고의 앞부분 5쪽만을 공개하고 있으며 10월호에 실릴 가을 특집에서 나머지 부분을 다룰 것임을 약속하고 있다.

『마가진 리테레르』 측에 따르면 이 원고는 카프카 최후의 연인 도라 뒤트만과 카프카가 가정을 이루기 위해 그뤼네발트로 떠나기 전 6주간 머물렀던 베를린 근교 쉐데그리츠의 작은 아파트에서 발견되었다. 이 아파트의 관리인 프란츠 클룸슈토크 씨는 올봄 지하 창고에 보관되어 있던 오래된 책상 하나를 끄집어내어 폐물로 처분하려고 서랍을 정리하다가 우연히 15쪽 분량의 철한 원고 뭉치를 발견하여 집으로 가져온 후, 파리에서 기호학을 공부하다가 부활절 휴가를 위해 마침 집에 와 있던 아들 막스 클룸슈토크에

---

* 이 글은 문화무크지 『이다』 1998년 제3호에 실린 「드러난 결말—카프카의 『城』, 미발표 원고 발견」을 수정·보완한 것이다.

게 보여주었다는 것이다. 아들은 이것이 무척 값진 원고일 가능성이 있다는 말을 남기고 원고를 파리로 가져갔는데, 수주일 후 원고를 자세히 검토한 아들이 "아버지, 당신은 지금까지 한 모든 일보다 더 위대한 일을 하셨어요. 이 원고는 카프가의 작품이 확실해요"라는 이메일을 아버지에게 보냈다 한다.

전문가들은 이 원고가 20장까지 씌어진 『성』의 다음 부분인지, 아니면 중간 어디엔가 삽입될 내용이었는지는 아직 불확실하다고 전한다. 『마가진 리테레르』에 실린 한 장의 사진으로는 자세히 확인할 수 없지만, 발견 당시 원고 앞부분은 뜯겨 나가 있었고 발견된 첫 페이지의 맨 위에 갈겨쓴 글씨로 "성, 삽입시킬 것"이라는 구절이 있는 것으로 보아 작품의 중간에 삽입될 내용일 가능성도 배제할 수 없다는 것이다. 그러나 내용상 이 원고는 중간 어디에도 삽입되기 힘들뿐더러 그동안 막스 브로트Max Brod와의 대화를 토대로 한 『성』의 결론 부분에 대한 추측(『성』에서 거주할 조건부 통지를 받으며 임종을 맞는다는)과도 배치되는 것이어서 주목을 끌고 있다. 이 원고에 따르면 카프카는 K가 성으로 들어가 적어도 몇 년간을 거주하는 내용을 구상하고 있었던 것이 확실하다. 내용상 K는 성에 거주하면서 성의 전복을 꿈꾸는 혁명 그룹과 접촉하고 있다.

현재 독일 문헌학계는 매우 우울한 상황에 빠져 있다. 원고 발견의 특종을 프랑스에 빼앗겼기 때문이다. 독일 측에서는 현재 이 원고가 카프카의 작품이 아닐 수도 있다는 주장을 조심스럽게 내놓고 있으나 『마가진 리테레르』 측은 터무니없는 소리라고 일축하면서도 프랑스어로 번역된 글 이외의 독일어 원문을 전혀 공개하지 않고 있어 귀추가 주목된다. 『마가진 리테레르』의 편집장 에

티모 씨는 왜 원고를 공개하지 않느냐는 질문에 아직 조사가 덜 끝났다는 답변만을 내놓고 있는 것으로 알려졌다. 더욱 궁금증을 촉발시킨 것은 『디 자이퉁*Die Zeitung*』지 7월 2일자 문화 면에 실린 프란츠 클룸슈토크 씨의 인터뷰 기사다. 이 기사에서 그는 원고를 발견한 일이 있지만 그 원고가 이것인지는 잘 모르겠다고 말하고 있다. 반면 아들 막스는 7월 5일자 『르 몽드*Le Monde*』지에 실린 인터뷰를 통해 아버지가 독일의 자존심을 위해 진실을 왜곡하고 있다는 발언을 하고 있다. 현재 양국 문헌학자들의 공동 기획으로 원문을 검토하자는 주장이 일고 있지만, 여전히 원본이 공개되지 않고 있어 공동 검토가 언제 성사될지는 매우 불확실한 상황이다. 한편 영국의 인터넷 가십 잡지 『애스 유 허드*As You Heard*』는 7월 첫째 주 판에서 막스는 아버지에게 이메일을 보낸 일이 없다는 기사를 특종으로 다룸으로써 사태가 더욱 복잡해지고 있다.

우리는 오스트리아의 빈에 거주하는 김태환 박사로부터 자문을 구하고자 했으나, 김 박사 역시 『마가진 리테레르』에 실린 프랑스어 번역본 이외의 자료를 접할 수가 없어 조사에 어려움이 크다고 전해왔다. 카프카 연구의 세계적 권위자 가운데 하나인 김 박사는 프랑스어 번역본을 검토한 후 문체상 카프카의 작품이 아니기는 힘들 것이라는 조심스러운 추측만을 내놓고 있다. 그는 도박판에서 카프카 원고가 진본이냐 아니냐를 놓고 돈을 걸 정도로 분위기가 어수선하다고 현지 분위기를 전하고 있다.

『이다』는 『마가진 리테레르』에 실린 원고를 가능한 한 직역하여 그대로 싣는다. 카프카가 썼다가 지운 부분은 『마가진 리테레르』를 따라 모두 고딕체로 처리했다.

클럽은 영업정지 처분당해 있었다. K는 뜻밖이라고 생각했다. 아니, 그보다도 더러운 양탄자가 깔린, 지하로 향하는 복도를 따라 내려가면 나오는 클럽 현관 오른쪽 윗부분에 붙어 있는 그 딱지는 충격적이기까지 했다. 그 딱지에는 빨간색의 줄이 오른쪽 위에서 왼쪽 아래로 사선으로 두 개 그어져 있었다. '본 업소는 영업정지 처분을 받은 업소'라는 문구와 '이 표지를 훼손하는 자에게는 3년 이하의 징역, 혹은 5년 이하의 추방령이 주어진다'는 문구가 함께 씌여 있었다. 어떻게 모를 수 있었을까. K는 계단을 올라와 바깥 공기와 접하면서 지금이 황량한 가을이라는 점을 새삼 깨달았다. 다른 멤버들은? 클럽이 아무리 은밀하게 운영되고 있다 하더라도, 또한 멤버들 간의 연락이 평소에는 거의 없는 것이 관행이라 해도, 이건 좀 알 수 없는 종류의 사건이었다.

다른 멤버들은? K는 계속 의문을 품으며 돌아섰다. 건물 밖에 위치한 성냥갑 같은 관리실에서 두툼한 코트 속에 목 이하의 몸을 숨기고 이쪽을 빤히 바라보고 있는 관리인의 눈길을 K는 애써 외면했다. K는 불안했지만 돌아보지는 않았다. 저 관리인은 벌써 지하로 내려갔다가 돌아서는 사람을 몇 명이나 보았겠지. 만일 다른 멤버들도 금요 모임을 위해 여기에 왔었다면 말이다. 아니다. 클럽 안에 그들은 모여 있을지도 모른다. 생각이 여기에 미치자 K는 클럽의 문을 두드리거나 문고리를 잡아당겨보지 않은 것을 후회했다. 사실은 어렵게 성안으로 들어와 살아온 몇 년 동안에 길러진 소심함이 K로 하여금 영업정지 처분 딱지의 권위를 전적으로 인정할 수

밖에 없도록 만들었던 것이다. K는 왜 그런지 화가 나 우뚝 섰다. 그러나 발걸음을 돌릴 수는 없었다. 관리인의 눈길이 아직도 자신의 등에 머무르고 있는 것 같았기 때문이었다. 지난번 모임 때에도 나온 이야기지만, 관리인은 클럽을 감시하는 파견 요원일 가능성이 있었다. K가 만일 클럽에 진심으로 애착을 갖는다면 자신의 위험에도 불구하고 발걸음을 돌려 기어코 무언가를 확인해보려 했을 것이다. 클럽에 애착이 없는 것은 아니다. 그러나…… K는 클럽의 해체 가능성에 대한 염려보다 자신의 미래에 대한 그것을 본능적으로 앞세운 자신을 책망했다. 그러나 어쩔 수 없는 일이었다. K는 또다시 아무 일 없다는 듯, 가던 길을 계속 걷기 시작했다.

아마 그 관리인은 K가 모르고 있는 중요한 사실들을 미리 알고 있을 것이다. 그렇다면 그는 K의 간수나 마찬가지였다. 모르는 일을 알고 있으면서도 묵묵히 시간을 지나치는 모든 사건들의 내막 속에 흐릿하게 존재하는 자는 누구나 다 간수다. K에게는 그런 일이 몇 번 있었다. 이혼할 즈음에는 아내가 그랬다. 이혼하고 나니 모든 사람이 그랬다. K는 지금, 주변의 모든 사람과 모든 풍경이 그럴지도 모른다고 추측한다. K는 갑자기 열이 오르고 있음을 깨닫고 걸음을 재촉했다. 빨리 여관에 가서 쉬지 않으면 오래도록 일어나지 못할지도 모른다는 걱정이 들었기 때문이다. K는 자신의 병이 어디까지 진행되고 있는지 잘 알지 못해서 의사가 두려웠다. 그러나 의사 앞에서는 언제나 밝은 표정을 지어 보이곤 했다. 많이 호전된 듯한 인상을 풍기기 위해서였다. K의 신경

증적인 추측인지는 몰라도 의사는 병이 악화된 듯하면 더욱 기뻐했다. 아무도 가르쳐주지 않았지만 병세는 사실 꽤 악화 되어 있을 것이다. 걸을 때 자꾸 진땀이 솟고 다리가 풀리는 것을 참기가 힘들었다. 만일 병이 자꾸 깊어지면 성으로부터 의 추방에 한 빌미를 제공할지도 모른다고 K는 생각했다. 단 지 의사와 성의 관리들만이 자신의 병세에 대한 정확한 정보 를 가지고 있을 것이다. 매달 피를 뽑고 그 데이터에 대한 정 보가 추가되지만, 그 정보에 대한 정확한 인식은 영원히 유 보되고 단지 보존될 뿐이었다.

이래서는 안 돼.

K는 클럽이 영업정지 처분당한 사실에 일종의 분노를 느꼈 다. 또한 그 이유가 표지에 명확히 기재되지 않은 것에도. 그 러는 중에도 K는 계속 걷고 있었다. K는 빨리 걷고 있다고 생각했으나 실제로 걸어온 거리는 얼마 되지 않았다. 대로에 면한 클럽 건물을 나온 뒤 K는 본능적으로 골목을 택하여 걷 고 있었다. 그렇게 수없이 클럽을 드나들었지만 클럽 뒤편의 골목으로 들어선 건 이번이 처음이라는 것을 K는 그제서야 깨달았다. 골목 사이를 한참 누비고 걸어가니 내리막길이 나 왔다. K는 내리막길 저 아래 버려진 마차가 한 대 있는 것을 보았다. K가 길을 내려감에 따라 점점 크게 보이던 마차는 가까이에서 보니 창문이 깨진 채 덩그러니 놓여 있었다. K는 그 마차가 누구의 것인지 안다. 아마도 클럽 주인의 것일 것 이다. 전에 그 마차를 탄 적이 있었다. 그렇지만 하도 정신이 없던 때여서 확실하지는 않은 일이었다. K는 안을 들여다보

았다. 속에는 먹다 만 빵쪼가리 하나가 버려져 있었고 의자
는 심하게 훼손되어 있었다. 한참 차 안을 들여다보다가 K는
무의식중에 내리막길의 위쪽을 바라보았는데, 누군가가 이쪽
을 보다가 갑자기 몸을 숨기는 것이 보였다. K는 더 이상 이
마차 안을 들여다보아서는 안 되겠다고 생각하고 바삐 발걸
음을 앞으로 옮겼다. 몸에서는 극도의 열이 치솟아 오르는
듯했다. K는 호흡이 가빠져서 심하게 기침을 했다. 기침 소
리가 골목 안에 퍼졌다.

내리막은 꽤 길었고 길이 다할 때까지 가지를 친 골목이 하
나도 없었다. K는 엉겁결에 이 내리막을 택한 것을 후회했지
만 어쩔 수 없었다. K는 조그만 소리에도 신경이 쓰여 뒤를
돌아보았다. 그러나 뒤에는 아무도 없었다. 아까 본 인기척
도 어쩌면 열 때문에 일어난 환각이었을지 모르겠다는 생각
이 들었으나 그러한 추측도 K의 불안을 잠재워주지는 못했
다. K는 계속하여 걸었다. 내리막이 끝나갈 무렵 저 앞쪽에
두 갈래로 길이 나 있는 것이 보였다. K는 그중에 왼쪽을 택
하리라 마음먹었다. 왼쪽의 길이 서쪽으로 나 있는 길이었고
그쪽이 여관과 같은 방향이었기 때문이다. 그러나 K는 벌써
지칠 대로 지쳐 있어서 거의 발걸음을 옮기기도 힘든 지경이
었다. K는 무의식중에 있는 힘을 다하여 제발 이 내리막만은
지나게 해달라고 기도를 올렸다. 어느덧 날이 어둑어둑해지
고 있었고 K의 앞에는 미세한 섬유질로 이루어진 검은색의
어둠이 천천히 깔려왔다. K는 모자를 벗어 땀으로 범벅된 머
리를 쓸어넘겼다. 갑자기 냉기를 접한 이마가 얼얼했다. K는

또다시 후회했다. 모자를 벗었다 쓰자 이내 기분이 나빠졌기 때문이다. K는 앞에 놓인 검은색의 어둠이 푸른 형광빛으로 변하는 것을 바라보았다. 어른거리는 시야 저 멀리 다시 한 사람이 나타났다가 사라졌다. K는 멈추었고 멀리서 종소리가 들리기 시작했다. K는 멈춘 채 쓰러지지 않으려고 안간힘을 썼다. 숨을 헐떡이며 앞을 찬찬히 바라보았지만 푸른 형광색으로 변한 시야는 여전히 지속되었다. 나타났다가 사라진 사람은 아마도 지나치는 행인이었을 것이다. K는 그렇게 위안하며 이 길이 꿈속에서 몇 번인가 보았던 바로 그 길임을 그제서야 깨달았는데, 내리막이 다하는 오른편에 조그마한 찻집이 하나 있음을 발견했기 때문이다.

K는 꿈속에서 이 뒷길들을 건너 포위망을 피하곤 했다. 큰길에서는 언제나 검문이 있었기 때문이다. 꿈속에서 이 길의 끝에는 딱딱한 해초 더미가 굳어서 형성된, 밟으면 아래쪽이 통통 소리를 내며 울리곤 하던, 언제 꺼질지 모르는 붉은 구릉이 있었다. 바닷물이 K가 서 있는 바로 앞에까지 거품을 일으키며 기어 올라왔다. 꿈속에서 K는 도망갈 곳이 없을 때 오히려 안심을 했다. 이 구릉이 꺼지면 어떻게 될까? K는 더 이상 갈 수가 없었다. 물이 차오르기 시작했기 때문이다. 그때 허름한 양복 바짓단을 무릎까지 접어 올린 한 아저씨가 푸른색 양동이에 담긴 물을 살살 땅바닥에 뿌리면서 노란색 플라스틱 털이 달린 빗자루로 대문 앞을 닦고 있는 것이 보였다. 미세한 거품들과 더불어 부드러운 마찰음이 땅과 빗자루 사이에서 일었다. K는 아무 말도 하지 않고 그 곁을 지나

치러 했으나 아저씨가 말을 걸어왔다.

핏자국이야.

그렇군요.

K는 핏자국 정도는 평소에도 어느 때건 닦는 매우 평범한 것이라는 듯 애써 태연하게 대답했다. 아저씨는 다시 K를 쳐다보지도 않고 열심히 핏자국을 지우는 일에 열중했다. K는 왠지 불안하여, 더군다나 이 아저씨에게 의심의 꼬투리를 주어선 안 되겠다는 강박 때문에 하는 수 없이 계속하여 말을 걸었다. 시간이 없었다.

바다에 왔다면 기차를 타고 집에 가야 되겠지요?

K는 딱 한 번 바다에 가본 일이 있었다. 그래서 바닷가에는 옷을 갈아입는 곳이 몇 군데 있는 것을 알고 있고, 또 바닷가에서는 아이들이 나무 삽으로 모래 장난을 하는 것도 보았다. 또 저편으로 여관과 호텔이 있었고, 그 뒤로는 기차 정거장도 있었다고 생각했다.

그러나 지금 K가 빠져 있는 물은 바닷물이 아니고, 누군가 자신의 키가 아홉 자로 커졌을 때 흘린 눈물임을 알았다.

정말 괜히 그렇게 울었어. 울지 말걸.

아저씨가 그렇게 말하며 계속 울기 시작했다. K는 눈물의 못에서 나오려고 헤엄을 치기 시작했다.

나는 너무 울었던 벌로 자기 눈물에 빠져서 죽을 거야. 이런 일이 세상에 어디 있어. 오늘은 정말 이상한 일들뿐이야.*

아저씨가 훌쩍거리며 그렇게 말하는 동안 물은 K의 머리 위

---

* 루이스 캐럴Lewis Carrol, 『이상한 나라의 앨리스』.

로 넘치기 시작했다. K는 완전히 기진맥진하여 이제 꼬르륵하고 물을 먹기 시작했다. 물살에 쓸려 이리저리 자맥질을 하는 사이 아까 보았던 찻집이 시야에 들어왔다. 찻집은 이런 일이 너무도 많아 이젠 귀찮다는 듯이 그저 묵묵히 K 쪽을 바라만 보고 있었다. K는 있는 힘을 다해 찻집 쪽으로 몸을 돌렸다. K는 찻집 간판을 잡는 데 성공했다. 이제 조금만 더 힘을 쓰면 찻집을 들어갈 수 있었다. K는 마지막 힘을 다해 눈물에 쓸려 내려가지 않도록 몸을 가누면서 찻집 문을 머리로 받았다. 신기하게도 찻집 문이 조용히 열렸다. K는 다시 아무 일 없었다는 듯(그러한 태도를 애써 가장해야 했으므로) 찻집에 들어서면서 이렇게 말했다.

수건을 좀 주시오.

자리가 없어! 자리가 없대두.

테이블이 많이 비어 있었는데도 둥그렇고 큰 테이블에 자리를 잡고 있던 사람 중의 하나가 그렇게 외쳤다. 그사이 웨이터는 광목으로 된 수건을 가져왔다. K는 머리를 닦으며 말했다.

자리가 얼마든지 있지 않소?

K는 기분이 언짢아 한 테이블 옆에 있는 큰 안락의자에 주저앉았다.

자, 포도주나 한잔 들어요.

모여 있는 사람 중의 하나가 K를 달래듯 말했다.

K는 테이블을 둘러보았지만, 차 그릇만 있을 뿐 포도주는 보이지 않았다.

포도주가 어디 있단 말이오?

K가 물었다.

포도주는 없어요.

또 한 사람이 말했다.

그럼 왜 그런 말을 해요?

K가 화를 내며 말했다.

그럼 초대도 하지 않았는데 왜 왔소?

또 한 사람이 말했다.

나는 이것이 당신들의 테이블인 줄 몰랐소. 하지만 이 테이블은 세 사람 이상은 넉넉히 앉을 수 있는데 뭘.

당신은 머리를 좀 깎아야겠군.

옆에 서 있던 모자 장수가 한참이나 K를 바라보다가 그렇게 말했다.

남의 일에는 참견을 마시오. 그건 실례가 아니오?

K는 화가 나서 한마디 쏘아주었다. 그러자 모자 장수는 눈이 휘둥그래져서 이렇게 말했다.

왜 까마귀는 테이블과 같지요?[*]

K는 더 이상 대답할 필요가 없다고 생각하고 젖은 모자를 매만지며 웨이터를 불렀다. 웨이터가 K 앞으로 다가왔다.

더운 초콜릿을 한 잔 주시오.

웨이터는 아무 말 없이 인사를 하고 주문을 하러 주방 쪽으로 갔다. 그러자 아무 일 없었다는 듯, 테이블을 차지한 사람들은 다시 자신들의 이야기 속으로 돌아갔다.

아직 한 놈을 체포하지 못했다는군.

K는 태연하게 귀를 기울였다. 이제 별로 놀랄 일도 아니다.

---

[*] 같은 책.

일은 그렇게 되어버린 것이다.

모의의 주동자는 마차를 타고 가다 검문을 당하자 총을 쏘면서 달아나다가 대응사격을 한 비밀경찰의 총에 맞아 길바닥에 쓰러졌대요. 그 왜 있잖아, 청소부 부부 말이에요, 그 부인이 내 마누라에게 이야기해주었다오.

K는 그 이야기들을 들으면서 어떻게 할까를 생각했다. 신기하게도 열은 이미 사라졌다. 더운 초콜릿을 마신 효과 때문인 듯했다.

그렇게 쉽게 일이 벌어질 수는 없지.

그래도 벌써 1년이 넘게 모의를 계획했다는 거야.

정신을 바짝 차리지 않으면 안 되었다. 이제 여관은 포기해야 한다. 동쪽으로 린다우 25리, 서쪽으로는 임멘슈타트 가 35리, 모두 308번 도로 쪽이다. 방향을 확인하던 시절이 있었다. 길 건너에는 장난감 벽돌로 지은 듯한, 세모꼴의 지붕을 얹고 있는 집이 여남은 채 있었다. 그게 하나의 이정표가 될 것이다. 밤이 되면 도로 안으로 들어가야 할 것이다. 길 이외의 모든 곳이 어둡고 길만이 길을 열어주는 그런 칠흑 같은 밤 말이다. 남쪽으로 가면 린덴버그였으나 얼마나 가야 하는지를 알 수 없어 그 길은 포기하기로 했다. 대신 이 찻집이 짧은 시간이지만 아늑한 고향이 되어줄 것이다.

그러고 생각하면 성 내부에도 구멍은 있는 거 아냐?

그래도 결국은 들통이 나잖아. 성은 아직 물샐틈없이 완벽하지.

아쉬워. 우리도 마음만 같아서는……

거기까지 말하고 테이블에 모여 있는 남자들은 서로 입을 막으며 K 쪽을 쳐다보았다. 혹시 K가 이 말을 들었으면 어쩌나 하는 걱정이 일순 찻집 안을 감돌았다. 그러나 K는 그런 것에 신경을 쓸 여유가 없었다. K가 딴청을 하고 있는 것으로 짐작되자 테이블에서는 다시 활기 있는 대화들이 오고 가기 시작했다.

여기 화장실이 어디요?

K는 웨이터를 불러 그렇게 물어보았다. 웨이터는 나가서 왼편으로 돌아가라고 말했다. K는 모자를 놓은 채 자리에서 일어섰다. 아직도 모자 장수가 거기 있는 것을 보고 K는 그리로 다가갔다.

이걸로 하나 주시오.

모자 장수는 아까 말을 붙인 것이 효과가 있었다는 듯, 밝은 표정으로 누런색의 중절모 하나를 K에게 주었다. K는 그 모자를 쓰고 찻집의 문을 열었다.

이건 배회에 지나지 않아.

K는 아직도 다 어두워지지 않은 길을 바라보며 순간 그렇게 되뇌었다. 그러나 그렇게 내뱉은 건 실수였다. 그렇게 내뱉는 순간 그렇게 되어버렸기 때문이다. 일고의 가치도 없는 걸음걸이들. 시계를 들여다보려고 조끼 주머니 속에 손을 넣다가 K는 깜짝 놀랐다. 시계가 없어진 것이다. 어디서 잃어버렸을까. 몇 년 전, 아내가 떠날 때 K는 시계 하나를 아내에게 주었다. 그것이 마지막이었고 사실 그 이후로는 단 1분도 흐르지 않은 것 같았다. 시간의 가장 뚜렷한 특징은 사람들을

배반한다는 것이라는 점을 K는 새삼 깨달았다. 최소한 배반 감을 느끼게 한다는 점을. 현실은 들어가보면 아무도 없거나 계속 다른 사람이 있는 문과도 같이 열릴 뿐이었다.

이윽고 K는 발걸음을 떼기 시작했다. 최종적으로 K는 308번 도로를 버리고 북쪽을 택하기로 했다. 길 밖의 곳이 더 안전할지도 모른다는 마지막 판단이 섰기 때문이었다. 저 멀리 만년설이 모자처럼 덮여 있는 산까지 100리는 족히 될 것이다. 방풍림들이 동쪽에서 서쪽으로 구성되어 있는 걸로 봐서 그쪽으로 몸을 숨겨 나가면 거기 바다가 있을지도 몰랐다. 화장실 앞에 세숫대야가 있었고 거기에서 K는 비장한 마음이 되어 마지막으로 얼굴을 닦았다.

그러나 K는 다시 막연해졌다. 그동안 긴 세월을 두고 K는 세수할 때마다 자살을 생각하여 왔다. 그러나 K는 결심하는 방법도 결행하는 방법도 아무것도 모르는 채다. K는 온갖 유행 약을 암송하여 보았다. 그러고 나서는 인도교, 변전소, 화신상회 옥상, 경원선, 이런 것들도 생각해보았다. 그는 정말 이 온갖 명사의 나열은 가소롭다고 생각했다. 그러나 아직 웃을 수는 없었다.

웃을 수는 없었다. 해가 저물었다. 급하다. K는 어딘지도 모를 교외에 있다. K는 다시 어쨌든 시내로 들어가야만 할 것 같았다. 시내 사람들은 여전히 그 알아볼 수 없는 낯짝들을 쳐들고 와글와글 야단일 것이다. 가등이 안개 속에서 축축해져갔다……*

몽홀경(夢惚境) : 몽롱(朦朧)하고 몽환적(夢幻的)이고 황홀(恍惚)한 지경. 잠들기 직전의 몽롱한 상태와 비슷. 자장가를 듣는 아가의 반수면 상태, 그리고 아가와 함께 잠의 호수로 투신하는 엄마의 시간, 무슨 일을 하다가 갑자기 멍하니 일손을 놓고 생각에 빠져드는 상태, 남의 이야기를 듣다가 어느 순간 이야기의 길을 놓쳐 알 수 없는 곳을 헤매다가 급기야 나 혼자만의 생각으로 접어든 상태, 이야기를 들려주는 목소리가 새소리와 다름없는 사운드로만 들릴 때, 10, 9, 8, 7……숫자들을 거꾸로 세는 도중에 9자가 갑자기 사람처럼 커지며 내게 다가오는 느낌이 들 때, 이유 없이 손가락을 까딱거리면서 그 움직이는 미세한 근육들을 관찰하게 될 때, 병들어서 침대에 누워 있을 때의 상태, 더 이상 움직일 수 없을 때, 몹시 열이 날 때 바라본 벽의 너울거림, 노래를 듣다가, 비 오던 내 유년의 어느 날 레코드 가게의 쇼윈도 바깥에서 비를 맞고 있는 스피커가 떠오를 때, 그래서 먼 곳을 아무 이유 없이 바라보는 나의 시선, 따분한 회의 도중에 회의 노트에 자꾸 큰 대(大)자를 꾹꾹 눌러서 쓸 때, 엄마의 이름을 필기체로 자꾸자꾸 연습장에 써보던 그때의 굉장한 집중력, 김월하 명창이 부르는 황진이의 평시조 「청산리 벽계수야」에서 내 몸을 부양시키는 후반부의 반음 상승 진행, 강태환의 프리재즈, 잘난 시인이 금강석의 언어로 시를 빚고 나머지를 쓰레기통에 버리려고 할 때, 그 불쌍한 말들을 측은히 여기는 마음, 여섯 살 이전에 내 시야에 들어온 모든 풍경들, 갓 태어난 아기의 상태, 아기의 귀에 들리는 첫번째 멜로디, 이불에 프린트된 꽃을 바라보며 황홀해하는 아기의 시선, 눈을 감고 눈꺼풀에 투사된 꽃을 보며 비슷하게 황홀해하는 버섯을 먹은 트리퍼, 모든 아기의 모든 시간, 질주하는 차의 전조등과 마주친 고양이 눈의 광채, 그것과 마주친 새벽의 드라이버, 리저베이션 안에서 우는 아메리카 원주민, 선인장과 버팔로의 뼈와 환청, 또한 좌선에 든 스님의 마음 상태, 섹스할 때, 바람을 통해 대화하는 나무들이 주고받는 주파수, 무기징역을 살고 있는 수인의 아침, 흐느끼며 일기장을 펼치는 애 엄마의 오전 열 시, 너무 편해서 너무 힘든 샌프란시스코, 절체절명의 공포 속에서 쓰레기통을 뒤지는 헤로인 중독자, 실연한 사십대의 남자, 자꾸 생각나서 미치겠는 그녀, 모퉁이를 돌았는데 아무도 없을 때, 하늘을 나는 의자에 앉아 있는 아빠와 딸, 바람을 견디는 티베트 사람들, 부족한 산소를 폐로 들여보내며 황홀해하는 안데스의 인디오, 막막한 심정으로 노란 비닐 장판을 뚫어지게 바라보는 너, 밥 딜런 가사 하나, 승부수와 허공, 착하디착한 마음씨, 순하디순한 순이 씨, 상봉하는 이산가족, 매드체스터, 알래스카의 에스키모들이 먼 평원을 바라볼 때의 마음가짐, 그들이 키우는 마리화나, 무언가를 깨달으며 절대적으로 공허해지는 중독자, 월 스트리트에서 쓰레기통을 뒤지는 유색인 거지가 느끼는 배고픔, 높다란 빌딩을 올려다볼 때의 아스라함, 검지손가락으로 코밑 수염을 쓰다듬을 때의 감촉과 망각의 와중에 있는 추억의 기억 속의 저장 상태, 아이슬란드의 오로라, 무너지는 얼음, 콜트레인의 「러브 수프림」, 동물들의 마음가짐, 그리고 무엇보다도, 태어나기 전의 나에 대한 지금 나의 느낌, 철저하게 체험적인 상태, 전류의 흐름과도 비슷한 어떤 흐름이 느낌의 벽을 타고 유출되어 의미들이, 그리고 내 몸이 느낌의 벽에 누전되는 상태, 또는 그 풍경, 그렇게 안팎이 통해서 벽은 문이 되고, 뜻들은 와전되는 경우, 생산적인 와전의 상태, 결정하려는 언어들이 무릎을 꿇고 줄지어 있는 모습, 모호한 교류의 시간, 의미가 의미 바깥으로 외출하는 시간, 친구들, 상태 자체가 친구들이니 그 상태들이 연대되어 있는 상태, 통해 있다는 뜻, 합리적인 이성이 먼 티베트의 고원이나 알래스카의 얼음 들판으로 밀어낸 그 상태, 그것을 복원하는 시의 베끼기, 몽홀경의 상태의 보편성, 사람의 영역마저도 넘어서는 파장의 보편성, 파장에 감전되면서, 방법으로 버렸던 서정시를 더 깊이 껴안는 상태 또는 그 풍경, 보편성의 가장 중요한 조건, 합리적인 의미, 계량화, 그 메카가 월 스트리트라면 그 메카에 대한 무의미, 모호함, 중얼거림의 편에서의 문제 제기, 반격, 오직 시인만이 하는 일.

멍청한 놈, 그게 뭐야. 뭐라고 말한 거야?
그게 저……전 지금, comfortably numb……

—인디 10년이다.

길게 말할 거 없다. 벌써 할 만큼 이야기했고. 그래도 한 번 또, 말하라니, 돌아보자. 너바나가 인기를 끌고 홍대 앞에 펑크나 모던록 스타일을 표방한 밴드들이 등장하는 클럽들이 생기고, 애들이 거기 나와 놀고, 텔넷 시절 'PC 통신'의 음악 동호회들이 비주류 음악들을 매개로 교류하고 그 교류 중에 밴드들이 탄생하던 그 시기, 1995년 즈음이었다.

—그 분위기에 합류한 걸로 알고 있는데.

1990년대 초에 토마토라는 밴드를 했었다. 나중에 삐삐롱스타킹의 멤버가 된 권병준과 함께한 밴드였다. 그 밴드를 하면서 이른바 '얼터너티브록'이라는 장르를 제대로 이해하게 되었다. 그전까지는 헤비메탈이나 영국의 클래식록(레드 제플린이나 핑크 플로이드, 크림 같은), 아니면 전위적인 프리재즈 같은 걸 좋아했었다. 다들 그런 식이었다. 나 역시 얼터너티브록을 알게 되면서 테크닉이라든가 사운

---

* 이 글은 『문학과사회』 2006년 여름호에 실린 「실천으로서의 노이즈—인디의 생산적인 재정의를 위하여」를 수정·보완한 것이다.

드의 질 같은 걸 재정의하게 된다. 손가락만 잘 돌아간다고 진정한 록인가? 아니다. 나는 그때 이후로 록 음악을 하나의 '태도'로 이해한다. 록큰롤은 음악이기도 하지만 음악적인 것과 더불어 삶의 방향을 결정짓는 행위 전체를 포함한다. 예를 들어 엘비스 프레슬리는 아내 프리실라와 이혼하면서 이렇게 말했다.

"록큰롤이야, 록큰롤, 록큰롤 때문에 아내를 가질 수 없어!"

그러고는 곧바로 무대에 올라갔다. 사실 변한 건 없다. 단지 우리나라에서 록큰롤의 그런 반풍속적인 기골 자체가 금지되어왔던 것이다. 우리는 박정희 이래로 매우 기형적인 록 수용사를 가지고 있는 나라다. 박정희는 아이러니하게도 록을 '예술'로 정의하게 만든 장본인이다! 수퍼 밴드, 프로그레시브록, 불후의 명반…… 1990년대 들어 그와 같은 수용의 태도가 비로소 바뀌게 된 것이다. 1987년 6월의 결과이기도 하다.

〈강아지문화예술〉이라는 이른바 '인디 레이블'을 한 것도 그즈음이다. 그것 역시 권병준과 함께였다. 권병준이 친구들과 인디 레이블을 만든다고 해서 나도 참여했다. 돈도 없고 힘들었지만 재미난 시절이었다. 1980년대 말 이미 인디스러운 사운드를 실험한 H₂O 출신의 기타리스트/베이시스트 박현준과 외인부대 출신의 드러머 손경호를 만난 것도 그 무렵이었다. 그들과 잼을 하다가 99라는 밴드로 발전되었다. 〈드럭〉 출신의 옐로우키친과 스플릿 앨범split album을 만들었다. 〈드럭〉이라는 클럽은 특별한 공간이었다. 크라잉 넛은 그때는 삐리들이었는데, 문정동에 있는 시나위 작업실에서 신대철의 주도로 「Our Nation」을 녹음할 때부터 조금 달랐다. 시나위의 기타리스트 신대철이 엔지니어링을 봐줬는데, 그들은 스튜디오 부스 안에서 길길이 뛰었다. 라이브할 때와 똑같이 야단법석을 떨며 녹음했다. 1996년? 나는 〈강아지문화예술〉에서 나온 컴필레이션 앨범 「One day tours」에 「라면을 끓이며」라는 구질구질한 노래를 만들어 싣는 것으로 인디스러움을 과시하기도 했다.(웃음) 이를테면 대안적인 희망이랄까, 그런 것이 있던 시절이었다.

— 그즈음의 젊은 먹물들은 무슨 생각을 했나?

무너진 이념의 잿더미 위에 '대안'이라는 단어가 부상하면서 먹물들은 고민했다. 이젠 어떻게 하지. 그러면서 두리번거리다가 눈에 걸린 것이 '대중문화'였다. 아니, 차라리 이미 거기서 빠져나가지 못한다는 것을 인정했다고나 할까. 영화 쪽에는 『로드 쇼』라는 잡지가 한 세대의 시네필들을 이끌었다. 홍콩 느와르를 킬링타임용 액션 폭력물에서 진지하게 볼 가치가 있는 시대물로 다시 보게 만든 『로드 쇼』는 지금 우리가 생각하는 것 이상으로 큰 역할을 했다. 영화평론가 정성일의 감각을 못미더워하는 사람들이 꽤 있지만, 어쨌든 그는 공로자다. 계속해서 『상상』 『리뷰』 『이매진』 『이다』…… 지금은 사라진 그런 잡지들은 이른바 '대안적인' 잡지들이었다. 그러면서 서서히 '인디'라는 단어가 자리를 잡았다. 기자질하는 양반들은 그 단어를 기자 수첩에 적어가지고 가서 거품을 만들어 신문에 실었다. 인디, 인디, 인디…… 소문과 담론 들이 생산되었다. 이를테면 1997년 4월 28일자 『한국일보』를 보자. 문화 기사에서 다른 기자들을 단연 앞질렀던 장병욱 기자는 이렇게 썼다.

"문화 게릴라들의 새로운 해방구/행위예술·프리재즈·국악…/암호로 유통되던 소수문화/지하실 4평 무대 위에서 숨겨진 모습 드러낸다. 〔……〕 김백기의 현대무용 「인생-몸짓」, 색소폰 주자 강태환의 「프리뮤직」, 고재경의 「판토마임」이 올해 공연 중 특히 높은 호응을 받았다. 고작 4평의 무대. 그를 둘러싼 몇 안 되는 테이블은 물론 바닥과 계단, 심지어는 무대 모서리에 엉덩이만 간신히 걸치지만 관객들은 열광한다. 구겨 앉아봤자 200명을 넘지 못하는 곳, 딴 데서는 찾아볼 수 없는 풍경이 거기에는 있다. CD가 2,500장, LP가 2,000장 대기 중이다. 특히 유럽의 아트록, 비틀스의 앨범 등은 모두 원반이다. 국악은 송만갑(모노 SP판)에서 김덕수의 최신보 「난장」까지 모두 300장. 그 밖에 김민기에서 이정선까지 모두 200장이 항시 준비 중. 그러나 이른바 인기 가요나 댄스뮤직은 명함조차 내밀지 못한다. 〔……〕 대학로는 정책 입안자에 의해, 압구정동은 자본의 논리에 의해 가공됐다. 그러나 홍대 앞은 대안문화alternative로서 존재해야 한다. 그 중심에 「발전소」가 있다. 카페 주인, 아니 소장 김백기 씨(34·행위 예술가)가 밝힌다. 문화가 특정 소수, 즉 문화 귀족주의자만을 위한 암호처럼 향유되는 현실에 대한 반발. 나아가서는 하위문화Sub—Culture가 음지를 박차고 떳떳이 자기 존재를 증명할 수 있는 마당. 「발전소」의 자리매김이다. 〔……〕 평일은 보통 80명, 주말이면 300명 선을 유지하니, 그럭저럭 흑자라고 극장 측은 밝힌다. 흥이 오른 관객들은 무대로 올라와 멋대로 즉석 해프닝을 벌이기도 한다.

「발전소」의 꿈은 최근 인터넷을 감염시켰다. 지난 3월 개설된 전용 사이트에는 앞으로의 공연(국악, 록, 무용, 행위예술, 실험극) 일정 등 「발전소」에 관한 정보들이 한 번의 클릭으로 제공되고 있다.

(http://www.cityscape.co.kr/ cafe/kraftwerk/index.html)

'홍대앞 발전소 가자'는 주문을 받은 택시기사가 인근 당인리 발전소
로 손님을 모시니, '고충'이라고. (02)337-7259
　　　　　　— 장병욱 기자, 『한국일보』, 1997년 4월 28일자 21면.

그것은 '포스트 서태지' 시대의 문화 지도를 그리려는 시도와도 연
결된다. 록 비평가 신현준은 삐삐밴드의 음악과 관련하여 상업적 반
상업주의와 반상업적 상업주의라는 흥미 있는 대립 개념을 제시하고
있다(『한겨레21』 1996년 7월 11일자). 상업적 통로를 감수하겠다는
뮤지션에게 필요한 것은 '반상업적 상업주의'가 아니라 '상업적 반상
업주의'라는 것이다.

— 당신도 글을 썼다.

나도 여기저기 그런 글을 썼다. 인디라는 개념을 생산한 당사자 중
의 한 사람일 거다. 잘했냐 잘못했냐를 떠나 하여튼 그렇게 내 30대
가 갔다. 『문학과사회』라는 고루한 잡지에는 이런 글을 썼다. 꽤 오
래전의 이야기다.

지금 우리 노래판의 모습은, 직선들로 여기저기를 나눌 수 있는 판판
한 지도의 모습이 아니다. 그것은 좌표 평면의 각 지점마다 저마다의
함의를 지니고 있는, 울퉁불퉁한 모양의 들판이다. 요는 무엇이 어디
로 가고 있는지 알 수 있나라는 질문을 효과적으로 폐기하는 데 있다.
이 질문을 구성하고 있는 명사, 동사, 부사의 힘이 역으로 강화되어
지금이라는 시간을 짓누르지 않도록 하면서도 전적인 불가지론으로
빠지지 않는 것이 중요하다. 공터를 가로지르는 것들의 힘의 방향, 속

도, 마주침과 비낌, 한마디로 그것들의 운동성을 놓치지 말아야 한다. 몇 개의 섬광이 눈 깜짝할 사이에 지나치는데, 바로 그 지나치는 빛이 우리이기도 하고, 우리가 보는 것이기도 하다. 그것이 바로 문화라는 공터를 지나는 문화라는 것의 몸이다.

―「문제는 언더그라운드(가 아니)다」, 『문학과사회』

또 어느 호인지 기억이 안 나지만 『리뷰』에는 인디에 관한 보고서를 쓴 적이 있다. 당시 인디 밴드가 음반을 내는 데 필요한 예산을 적기도 했다.

B 제작사의 B 밴드의 사례다.

자체 스튜디오 사용료(1998년 2월 24일~6월 10일): 711만 원. B 제작사는 자체 스튜디오(C급)를 가지고 있으므로 지불되는 비용은 아니지만, 계산하면 그렇게 나온다. 거기에 다른 스튜디오에 원정 가서 녹음한 비용이 57만 원, 마스터링 비용이 72만 원 들었다. 스튜디오 엔지니어와 프로듀서의 인건비는 부탁한 자료에 언급되어 있지 않았다.

앨범 프레스 비용: 약 200만 원.

앨범 재킷 제작비: 68만 원.

뮤직비디오 촬영비: 167만 원.

진행비: 식대 22만 원. 장비 분실 12만 원. 공장 방문 비용 3만 원. 사진 3만 원. 공연진행비 3만 원. 발매기념공연 뒤풀이 비용 26만 원. 홍보자료 준비 7만 5천 원.

이를 다 더하면 1,351만 5천 원이다. 예비비, 진행 요원들의 인건비와 건물 임대료, 유지비 등은 계산에서 빠져 있다.

결국 나는 어떤 사외보의 청탁을 받고 쓴 글에서 인디를 '공룡 틈에서 노는 쥐'로 정의했었다.

고상한 놈—장사치의 이분법이 누구한테 유리하냐면, 결국은 크게 장사해 처먹는 놈들한테 유리하다. 고상한 놈하고 큰 장사꾼 놈들하고가 다 한통속 아닌가. 저열한 장사치가 되면서 고상한 놈들의 메뉴를 솔솔 뺏어먹는, 인디꾼은 공룡 틈에서 노는 쥐다.

이미 '인디 회고'라는 제목을 달아 글을 쓴 적도 있다. 이미 역사가 된 것이다. 또 〈베니스 비엔날레〉 브로슈어에 홍대 앞 클럽 문화에 관한 글을 쓰면서……

휴, 지쳤다. 솔직하게 고백하자면 나는 인디라는 말을 하다가 사십줄에 들어선 사람이다. 그런데 또 인디라니. 내가 몸담고 있는 인디 밴드 3호선버터플라이가 인디 라인의 레일을 벗어날 가망성은 거의 없다고 생각하면서 여전히 돈도 안 되는 인디 밴드를 하고 있다. 물론 재미있고 너무 좋다. 그러나 생각해보면, 불혹의 인디 뮤지션이라는 게 어디 말이 돼야 이거…… (웃음)

—어떤 면에서 지금 '인디'라는 단어, 조금 시대착오적 아닌가?
솔직히 그런 감도 있다. 『문학과사회』가 좀 뒤로 가나? (웃음) 그러나 새삼스럽게 '인디'를 다시 바라보려는 건 인디를 재정의할 시점이라는 문제의식의 표출일 테다. 폐기가 아니라 재정의할 시점이라는 건 아직 그 개념의 생산성이 사라지지 않았다는 뜻일 테고.

— 크라잉넛 같은 밴드는 주류 대중문화판에서도 먹히는 톱 클래스가 되었다.

맞다. 노브레인은 「넌 내게 반했어」를 공중파 가요 프로그램에서 외치고. 2002년 월드컵 이후에 인디가 보다 대중화된 것 같다. 월드컵은 이른바 'N세대'의 골방 문화를 광장으로 끌어냈다. 그 과정에서 인디 문화는 자발적인 자기표현 양식으로 붉은 악마들의 호응을 받았다. 인디의 자발적인 노력도 있었다. 홍대 앞의 클럽 문화가 월드컵을 계기로 보다 대중적인 놀거리로 자리매김하게 된 데에는 클럽 신디케이트의 노력도 한몫했다.

이제 인디는 주류 문화판의 구석에 좌판을 놓고 파이를 나눠 먹는 일종의 '구색'으로 보이기도 한다. 또 힙합 같은 장르에서는 인디, 주류를 나누는 것이 무의미하다. 상황이 많이 변했다.

— 그렇다면 무슨 이야기를 더 할 수 있을까.

글쎄. 현실적으로는 솔직히 잘 모르겠다. 그러나 이야기를 하는 문제틀은 조금 체계화시킬 필요가 있지 않나 싶다. 인디를 재정의함으로써 그 역할을 새롭게 바라보자는 것이다. 나는 '실천으로서의 노이즈'라는 개념을 제시해보고 싶다.

— 건 또 뭔가.

최근에 나는 '노이즈'라는 낱말이 굉장한 생산성을 지니고 있다는 것을 알았다. 프랑스어로는 브뤼bruit. 우리말로는 뭐라고 해야 할지 고민 중이다. '소음'이라고 하면 시끄럽다는 느낌이 너무 많다. 잡음이라고 하면, 글쎄, 잡스럽다. 영어의 앰비언트 사운드ambient sound, 그러니까 일상적인 상황 속에서 환경적으로 존재하는 소리들이라는 뜻까지 포함하고 있는 노이즈라는 개념을 한글로 적절히 표현하려면 새로운 낱말을 고안해내야 할 것이다.

— 노이즈에 어떤 생산성을 부여할 수 있을까?

이를테면 소쉬르의 '기표-기의' 개념에는 노이즈가 없다. 기표와 기의, 레퍼런스reference가 완벽하게 삼각형을 이루고 있는 것처럼 묘사된다. 물론 기표-기의 사이의 연결이 자의적arbitrary이라는 것이 가장 중요한 항목이긴 하지만 의미론적으로 봤을 때 어떤 기표는 어떤 기의를 지칭하도록 되어 있고 그 기의는 또 어떤 레퍼런스를 지시하게 되어 있다. 그러나 현실에서 진짜 그런가? 발화enonciation의 순간에는 그 투명한 지시 관계에 간섭하는 수많은 요소들이 있다. 나는 그러한 간섭 요소를 '필터filter'라고 부르고 싶다.

—필터라. 마치 모그 박사의 역사적 발명품인 모그 신시사이저가 발진된 소리를 필터링하는 방식으로 결과적인 소리를 얻어내는 것처럼 말인가.

비슷할 수 있다. 기표-기의의 관계에 기초한 기호학적인 의사소통 모델은 필터링이 필요 없는 단일문화 사회를 상정하고 있다. 이것은 저것이라는 식의 의사소통에 그 어떤 장애물도 없는 사회다. 그러나 지금은 그런 단일문화 사회가 아니다. 다문화적인 요소가 일상적으로 소통된다. 다양한 필터들이 의사소통의 틀 안에 간섭한다. 텍스트는 기호의 총합이기보다는 필터링된 기호들이다. 필터링된 기호들은 본질적으로 열려 있다. 그 의미를 의미론적으로 결정할 수 있을까.

─그렇다면 필터는 부정적인 개념 아닌가.

거기서부터가 중요하다. 필터의 생산성에 주목해보자는 것이다. 생산적인 필터링을 노이즈라는 개념과 연결하면 어떨까 싶다. 노이즈란 무엇인가? 단지 시끄러운 소리들이 노이즈인가? 아니다. 분명히 조용한 노이즈도 존재한다. 특히 컴퓨터 시대의 노이즈는 전통적인 노이즈의 개념조차 재정의하고 있다. 공사장 노이즈에 비해 얼마나 쾌적한 노이즈인가.

─그러나 노이즈는 아무 뜻도 없다.

바로 그 대목이다. 노이즈를 재정의하면서 '의미론'을 개입시켜보자는 것이다. '의미론적 지평semantic horizon', 혹은 이해 가능성의 지평horizon of understandability이라는 걸 상정해보자. 노이즈란 무엇인가. 노이즈란 당신의 의미론적 지평의 저쪽에 있는 소리다. 노이즈란 아직 그 뜻이 결정되지 않은 소리들이다. 아직 그 의미가 정의되지 않은 개념도 노이즈의 범주에 넣을 수 있다.

─그렇다면 노이즈는 결과적으로 그 뜻이 결정되어야 한다는 건가?

물론 나중에 뜻이 결정될 수 있는 노이즈도 있지만 꼭 그렇지는 않다. 예를 들어 우리 사회만 해도 그렇다. 외국인 노동자들의 문화는 일종의 노이즈다. 이 땅에 살고 있는 그들의 문화가 지니는 문화적인 함의를 꼭 우리 식으로 결정해야 하나? 아니다. 그것은 그것 자체로 존재하며, 또 그렇게 존재하도록 사회가 배려해야 한다. 만일 외국인 노동자의 문화가 세력이 커지면 그것은 드디어 의미론적 지평의 이쪽으로 떠오를 것이다. 그렇게 되면 기존의 사회에서 이미 결정된 어떤 (사회적) 기표가 어떤 (문화적) 기의로 향해 가는 직선들에 간섭하는 필터로 작용할 것이다. 단일문화 사회는 그 필터의 철거를 지향한다. 이 대목에서 '스크래치scratch'라는 낱말이 필요하다. 스크래치란 한 사회의 사회적 콘센서스consensus를 일시적으로 혼란에 빠트리는 필터링된 노이즈를 말한다. 그 혼란을 '노이즈가 일으키는 의미론적 스크래치'라고 정의하자. 스크래치는 혼동과 충돌을 불러온다. 그러나 단일문화 사회의 단일한 콘센서스가 더 많은 스크래치를 수용할수록 그 사회는 주류의 독단적인 억압을 줄일 수 있다. 그런 의미에서는 스크래치, 즉 그 혼란 자체가 매우 생산적이다. 그러나 아직 우리나라의 문화는 그것을 못 견뎌한다. 노이즈가 그와 같은 필터로 작동할 때 그것의 존재감을 있는 그대로 관용하는 사회가 다문화 사회다.

—보통 '환대'라고 부르는 호스피탤러티hospitality라는 개념이 떠오른다.
그렇다. 호스피텔리티는 지금 매우 중요한 개념이다. 기존 의사소통 모델의 획일적인 틀로는 도저히 받아들일 수 없는 개념이다. 서구의 이론가들조차 그 생각은 못하는 것 같다. 기존 의사소통 모델에서 호스피텔리티의 개념을 이해하는 것 같다. 워낙 기존 모델의 파워가 강해서 그런가.

—원래의 주제로 돌아가보자. 그와 같은 '노이즈'의 개념과 인디는 어떻게 연결되나.

나는 가능한 한 많은 노이즈를 생산하는 것이 중요하다고 본다. 사람들은 여전히 너무 '의미화'된 것에만 매달린다. 공식화된 것, 유의미한 것만을 보고 그것들을 중요시한다. 무의미한 것은 뭔가? 쓸데없는 것인가? 절대 그렇지 않다. 당신이 그 의미를 모를 뿐이다. 그렇다면 그것들을 억압할 권리도 없고 무시해야 할 의무도 없다.

인디는 주류 문화 한 켠에 좌판을 놓고 있지만 여전히 주류 문화의 측면에서 본다면 '노이즈'다. 그 노이즈를 마지못해 구색의 하나로 놓고 있는 것에 불과하다. 사람들은 이런 질문을 많이 한다.

"인디, 비주류는 사회적 영향력이 너무 작다. 찻잔 속의 태풍에 불과한 것 아닌가?"

사회적으로 무의미하다는 건데, 아직 의미의 지평으로 떠오르지 않은 노이즈일 뿐이다. 문화활동가란 누구인가. 그와 같은 노이즈들을 생산해내는 사람들이다. 어떤 노이즈는 노이즈로 남을 것이고 어떤 노이즈는 급격히 필터로 작용하며 스크래치를 일으킬 것이다.

— 문학적으로 보자면 그런 스크래치들은 시인들이 일으킨다.

맞다. 시인들은 기존 사회의 의미론적 지평의 관점에서 볼 때 무의미한 노이즈들을 생산해내는 사람들이다. 그 노이즈들은 늘 언어의 최전방에서 언어를 재정의한다. 시인들의 작업은 언제나 무의미와 관련되어 있다. 사회적으로 '유의미한' 낱말들을 시인들은 재정의한다. 뜻의 언저리에서 그 낱말들이 다뤄지고 그것은 자주 꿈과 현실의 경계에 있는 담장과 같은 기능을 한다. 시인은 그 담장 위에 서 있는 독수리다.

— 인디 얘기를 하다가 시인 이야기로 넘어갔다.

중요한 건, 아직 의미론적 지평 저쪽에 노이즈로 남아 있는 소리들을, 한 사회는 그 사회의 '하드 디스크'에 저장해놓을 필요가 있다는 점이다. 딜리트delete하기는 쉽다. 하지만, 내게 필요 없는 MP3 파일을 휴지통에 버리듯, 그것들을 딜리트하면 틀림없이 나중에 손해본다. 어떤 면에서 나를 포함하여 인디의 경계에서 작업하는 사람의 작업은 이쪽저쪽 모두에게 딜리트당할 위험에 일상적으로 노출되어 있다. 그러나 포기하지 않을 것이다. 다시 한 번 말하지만 무의미한 노이즈는 생산적이다.

— 노이즈를 생산하는 모든 사람을 인디라고 부를 수도 있나?

그렇다. 넓게 보면 말이다. 그리고 노이즈를 받아들인 의사소통 모델을 개인적으로 더 발전시켜볼 계획인데, 그걸로 다수의 문화적인 실천들을 분석하고 그 생산성들을 끌어내보려 한다.

— 정리하자.

어떤 의미에서는 무의미할수록 노이즈는 더 생산적이다. 주류 문화의 단일한 이해의 틀에 더 많은 스크래치를 일으킬 잠재력을 많이 품고 있기 때문이다. 그런 의미에서는 인디는 여전히 죽지 않았다. 물론 인디라는 말을 계속 써야 할지는 모르겠지만, '호스피텔러티'를 점차 민주주의를 지탱하는 중요 개념으로 상정할수록 그렇다. 바로바로 인기를 끌 만한 작품들을 발표하여 수십만 부씩, 수십만 장씩 팔아먹는 건, 글쎄, 당장은 몰라도 길게 보면 꼭 해야 할 일인지 잘 모르겠다. 여전히 인디 밴드를 하는 나 같은 사람에게는 말이다.

—끝으로, 나서며, 질문 하나 하자. 그렇다면 우리의 소원은 통일,을 어떻게 봐야 하나? 하나로 되는 건 좋은 일인가.

사람들이 통일, 통일, 하지만 통일 후의 사회를 지탱할 만한 문제들을 고안해내는 것에는 관심이 없는 것 같다. 생각해보라. 얼마나 많은 노이즈들이 존재할 것이며 그 스크래치들을 어떻게 이해할 것인가. 통일되면 남북의 차이가 하나로 합쳐져 단일문화 사회가 될 것 같이 생각하는 것처럼 큰 비극은 없다. 그런 의미에서라도, 남들이 알아주지 않는 곳에서 노이즈를 견디도록 하는 작업을 하는 사람들이 지금 우리에게 필요하다. 그들에게 경의를 표한다. 수행성performativity이라는 개념도 많이들 말하지만 그것은 정해져 있지 않다. 그때그때 생산되는 노이즈의 수행성을 얼마나 생산적으로 바라보느냐에 따라 한 사회의 탄력은 가늠된다.

길게 말할 거 없다. 이미 할 만큼 다 했고. 일을 하자. 인디는 늘 스스로를 교체시키는 영구 혁명의 일부다. 미래를 바라보자. 생산적으로.

DJ 컬처의 탄생

DJ, 즉 Disk Jockey는 판을 틀어주면서 몇 마디 거드는 사람, '판돌이'로 출발했다. 공중파 라디오가 히트 메이킹을 주도하게 되는 1940년대 정도부터 '판돌이'의 사회적 의미가 변화한다. 록큰롤의 시대인 1950년대에 이르러 라디오에 나오느냐 안 나오느냐가 한 노래의 히트에 결정적인 영향을 주게 됨에 따라 판돌이는 음악판 전체에 영향력을 행사하는 권력자가 되었다. 앨런 프리드Alan Freed. 거의 모든 사진 속에서 음반을 손에 들고 있는, 록큰롤 명예의 전당에도 올라 있는 그는 록큰롤 사상 가

저자의 죽음

"패션 잡지를 펼친다."

롤랑 바르트Roland Barthes는 『모드의 체계』를 이렇게 시작하고 있다. 이 문장은 우선 하나의 실제 행위로 읽힌다. 바르트는 정말 패션 잡지를 뒤적이고 있는 것이다. 그래서 이 책의 출발은, 그 어떤 이론서의 출발보다도 생생하다. 바르트가 그 유명한 「저자의 죽음」에서 했던 질문을 이 문장에 관하여 다시 해보자.

"누가 이렇게 말하는가?"

이론가 바르트인가? 아니면 자

장 영향력 있는 DJ였다. '록큰롤'이라는 말을 그가 만들었다는 소문까지 있었다. 이러한 '권력자 DJ'는 TV 쇼의 등장으로 그 세력이 절정에 달하는데, 동시에, 뒷돈을 주고받은 추문(이른바 파욜라 스캔들payola scandle)이 드러나고 또 TV의 속성상 DJ의 역할이 축소되면서, 세력을 잃기 시작한다. 그러나 여전히 라디오나 TV 순위 쇼에서의 역할이 남아 있는 DJ는 일정한 권력의 담당자로서 존속하고 있다. 이 개념의 DJ는 여전히, 그저, 판돌이에 불과하긴 하지만, 새로운 문제 제기를 하게 된다. 때로는, '어떤 음악이냐'보다는 '누가 모은 음악이냐'가 더 중요한 기준이 된다. 그게 음악적인 기준이냐 아니냐를 따지기는 생각보다 쉽지 않다. 그들에 의해 기준 자체가 생성되기 때문이다. 그렇다면 그들의 관점 자체가 기준이다. DJ가 하도 유명해지

신의 (이론적) 일상생활을 적고 있는 (실천적) 기록자 바르트인가? 그도 아니면, 어떤 내러티브를 따라가도록 되어 있는 이 책의 주인공 '바르트'인가? 이러한 질문에 대한 대답을 다시 바르트로부터 얻기 위해, 나는 「저자의 죽음」에 나오는 다음 대목을 베껴 쓴다.

"그것을 안다는 것은 영원히 불가능하다. 왜냐하면 글쓰기란 모든 목소리, 모든 기원의 파괴이기 때문이다. 글쓰기는 우리의 주체가 도주해버린 그 중성, 그 복합체, 그 간접적인 것, 즉 글을 쓰는 육체의 정체성에서 출발하여 모든 정체성이 상실되는 음화négative다."

모든 정체성이 상실되는 그 '음화'를 글쓰기는 얻는다. 우리는 그 지점에서 어떤 사람을 잃고, 죽이고, 또 사라지게 하고, 그러는 대신 또 어떤 사람을 태어나게 한다. 그는 실은 모든 정체

니까 직접 나서서 녹음을 한 경우도 있다. 앨런 프리드와 이종환. 그들은 대중문화의 '용인의 장' 속에서 대중의 취향을 이끌어간다. 그러나 그에게는 여전히 그 자신으로서의 미학이 존재하지는 않는다.

DJ의 역할 자체에 음악성이 부여되기 시작한 것은 1970년대다. 1970년대의 디스코텍 DJ는 현재와 같은 DJ 컬처의 단서가 되었다. 1970년대의 서구를 규정하는 것은 일종의 전반적인 하강이다. 사회운동은 소강상태에 접어들었고 달러가 주무르던 전후의 경제구조는 급기야 석유파동을 낳았다. 석유파동은 대중음악계를 위축시키는 데에도 상당한 영향을 미쳤다. 일단 LP판 자체가 석유 덩어리다. 그러니 판 값이 올라가는데 어른들도 돈이 없으니 애들 줄 돈도 줄고 판 사려는 구매 욕구도 떨어진다. 용돈이 부족하니 나이트

성이 다 상실된다기보다는 그 모든 정체성의 층위가 다 합해진 어떤 교차 지점에서 태어난다. 원래의 '그', 즉 저자인 '그'는 사라지고 글쓰기 속에서만 살아 있는 상징적 존재인 '그'가 살아오는 것이다. 바르트의 글쓰기는 그 교차 지점을 이론적으로 모색하는데, 흥미로운 것은 그 이론적인 글쓰기 자체가 모색의 텍스트적인 실천이라는 점이다. 하나의 이름으로 명명된 주체의 그 이름 안에 다양한 주체를 주입시키고 그것들이 겹치게 함으로써 '하나의 이름'이 가지고 있던 이데올로기적 힘을 무력화하는 것이다. 바르트는 그 '이름', 즉 작가의 이름이 그토록 힘을 발휘하게 된 것이 실증주의의 결과라고 이야기하고 있다. 사실 그 이름은 '저작권 당사자'의 이름이다. 근대는 저작권 당사자가 법적으로 성립되는 과정이다. 바르트는 이제, 그 '당

클럽 가는 애들도 줄고 손님이 줄어들자 클럽은 연주인의 출연료를 감당할 수가 없다. 밤무대 뮤지션들이 쫓겨났다. 그렇지만 영업은 해야 했으므로 급한 대로 실제 연주보다는 판을 틀었다. '디스코텍discothéque'이라는 말이 유행하기 시작했다. 사실 '음반들이 모여 있는 곳'이라는 뜻의 '디스코텍'이라는 낱말이 쓰이기 시작한 것은 그보다 훨씬 이전이다. 2차 대전 당시 독일은 점령하에 있던 프랑스에서, 재즈 음악을 금지시켰다. 나이트클럽이 문을 닫았고 뮤지션들은 쫓겨났다. 재즈를 듣고 싶은 사람들은 은밀히 숨어서 들어야만 했다. 그래서 많은 불법 클럽들이 생겨났는데, 이 클럽들은 불가피하게 '음반을 트는 수밖에' 없었다. 파리의 위세트 가Rue Huchette의 한 클럽이 '디스코텍', 즉 판이 모여 있는 곳(비블리오텍bibliothèque은 책이 모여

사자' 자신을 문제 삼고 있다. 『모드의 체계』 첫 대목으로 다시 고개를 돌려보자. "패션 잡지를 펼친다"는 첫 문장 위에는 소제목이 있고 다시 그 위로는 중제목이 있다. 그리고 그 위에, 큰 제목 아래에는 실제로 패션 잡지에서 뽑은 구절이 있다.

유연한 셰틀랜드산 모직 원피스 허리에 두른, 장미꽃이 스티치된 가죽 벨트.

낭만적이고 시적인 데다가 에로틱하기도 한 이 구절은 꼭 하나의 헌사처럼 읽힌다. 각 장마다 다른 구절들이 뽑혀 있는 이 대목은 텍스트를 이끄는 일종의 모티프 역할을 한다. 2장에 가면 "도빌에서의 축제 날 점심식사에는 부드러운 카느주"라는 구절이 인용돼 있다. 이것들은 패션 잡지를 펼치고 있는 바르트의 시선이 머물러 있는, 실제 텍스트다. 기호학 텍스트의 이

있는 곳, 도서관)이라는 의미의 합성어를 썼다.

디스코텍은, 2차 대전 당시에나 1970년대에나, 결핍의 산물이다. 결핍은 새로운 길을 닦는다. 디스코텍의 DJ는 처음에는 그냥 사람들이 춤추기 좋도록 음반을 틀어주기만 했다. 그러나 그들의 악기인 '두 대의 턴테이블'이 그들을 예술가로 변모시켰다. 한 대가 아니라 두 대. 턴테이블이 두 대라는 건 두 가지를 의미한다. 하나. 두 대의 턴테이블이면 음악은 끊기지 않는다. 끝없는 음악. 천일야회(千日夜會). 영원한 비트. 둘. DJ들은 두 대의 턴테이블을 통해 단순히 음악을 이어 트는 데 그치지 않고 판들을 저마다 '리믹스'한다. '커트하여 믹스cut & mix'한다. 스크래치. 영원히 계속되는 음악은 그들이 만들지 않았지만, 그들이 섞어 새로운 것이 된다.

론적 분석의 대상이기도 하다. 기호학적인 개념으로는 '자료체'다. "패션 잡지를 펼친다"는 문장은 그 자료체를 글쓰기라는 행위가 이루어지는 장, 언술 행위énonciation의 장과 연결시키는 통로 역할을 한다. 이 문장 때문에 자료체는 이론의 유리 상자 안에서 방법론으로 몰타르 처리된 시체이기를 그친다. 그 자료체는 하나의 살아 있는 꽃, 패션 잡지 속에서 섬세한 구도로 찍힌 사진과 함께 독자를 유혹하는 생생한 현실의 욕망이다. 그 문장 때문에 그 자료체는 하나의 '상황' 속으로 진입하게 된다. 상황을 묘사하는 글은 '르포'다. 따라서 이 텍스트는 하나의 수기이기도 하다. 수기라면, 그다음에 나오는 세세하고 장황하며 재기 넘치는 이론적 분석들은 모두 주인공의 실제 행위의 일부가 된다. 자연주의 소설들. 예컨대 플로베르의 『부바르

이런 방식으로 DJ는 남의 음악을 트는 사람에서부터 점차 '남의 음악을 가지고 놀면서 독특한 자기만의 색깔을 내는' 예술가로 거듭난다. 이 모든 것은 또 어디서 왔냐면, 더 결핍된 땅에서 왔다. 자메이카에서는 일찍이 하나의 턴테이블에 걸린 음악과 다른 턴테이블에 걸린 음악의 파트를 교차시키면서 클러버들의 흥을 돋우는 수법이 존재했었다. 이러한 수법을 보다 일반화시킨 최초의 DJ로 평가받는, 힙합의 갓파더로 그 이름이 들먹여지는 사람은 DJ 쿨 허크DJ Kool Herc다. 그는 1955년, 자메이카에서 태어났고 1967년에 뉴욕 브롱스로 이주했다. 그는 별로 알려지지 않은 펑크funk, 리듬&블루스R&B, 디스코 곡 들에 관한 독특한 목록을 가지고 있었다. 또한 그는 한 종류의 LP를 2장씩 구입하는 첫 DJ로 알려져 있다. 그는 어떤 곡의 브레

와 페퀴세』나 위스망스의 어떤 것들. 장광설을 늘어놓는, 집착증에 걸린 수다쟁이들. 관점에 따라서 이 이론서는 그들의 소설과 맥을 같이한다.

몇 년 전 같았으면, 사람들은 그 첫 문장을 분석하면서 '이것은 그다음에 전개될 이론의 세계, 텍스트의 세계가 갖는 추상성을 처음부터 해체하고 들어가는 말이다'라고 해석해놓고 좋아했을 것이다. 그러나, 그 '해체'라는 말은, 실은, 불충분했다. 틀린 말은 아니다. 이 서두는 이론서 전체의 텍스트적 위상을 뒤엎는 문장이기도 하다. 그러나, 그 '뒤엎었다'는 말만으로는 아무것도 설명되지 않는다. 뒤집으면? 그다음에? 뭐? 글쎄. 엎어치나 메치나. 한동안 뒤엎었다고 말한 뒤 아무것도 하지 않았다. 그러나 그렇게 하는 건 기분은 좋겠지만 별로 얻는 것이 없다. 우리는 그다음을, 혹은 그 과정을

이크 파트break part, 즉 리듬 악
기들만이 연주되는 부분 같은
곳을 찾아내어 그것들을 (두 대
의 턴테이블을 통해) 교차시키
고, 뒤섞고, 그렇게 하면서 두
배, 세 배로 연장시킨다. 그렇게
하면 원래의 곡은 해체/재구성
되어 그만의 독특한 리듬 운영
체계 속으로 들어가버린다. 그
는 이렇게 말한다.

"이 모든 결합chemistry은 자메이카에
서 왔다. 나는 자메이카에서 태어났
고 거기서 미국 음악을 들으며 자랐
다. 내가 좋아하는 아티스트는 제임
스 브라운이었다. 그가 나에게 영감
을 준 것이다. 나는 여기(브롱스)로 이
주하고 나서 그쪽 스타일을 미국식에
맞추어 여기 사람들이 그 음악에 춤
출 수 있도록 적용하였다."

그를 비롯한 DJ들이 시작한 믹
스의 방식이 디스코의 시대에
대중화된다. 리믹스 테크닉이 늘

생각해야 한다.

텍스트 레이어링의 방법

이 책은 뒤엎는 책이기도 하지
만 구성을 들여다보면 '섞여 있
는' 책이다. 그냥 뒤죽박죽 섞여
있는 건 아니고 섞임의 체계가
존재한다. 레이어layer, 즉 여러
'겹'이 존재한다. 첫째는 자료체
의 레이어다. 패션 잡지에서 추
출된 구절들. 바르트의 시선이
머무는 바로 그 '현실'로서의 텍
스트. 동시에 그의 이론이 분석
하고자 하는 대상. 각 장마다 반
복되는 이 레이어는 이 이론서
를 이끄는 일종의 모티프다. 테
크노 음악으로 치면 곡의 처음
에 등장하는 첫 동기들에 해당
된다. 일정한 간격으로 등장하
면서 곡의 분위기를 다시 처음
으로 되돌린다. 일종의 환기다.
반복되는 이 자료체는 서정시의
후렴구 비슷한 노릇도 한다. 시
의 일부다. 혹은 텍스트의 일부

고, 12인치 싱글이라는 DJ용 LP가 등장하면서 DJ 컬처는 '연주'라는 말을 재정의한다. 그는 연주하지 않는다. 그저 '믹스'할 뿐이다. 그러나 DJ마다 독특한 자기 색깔이 있다. 그래서 그것은 그 의 것이다.

1980년대 들어 새로운 양상이 나타나기 시작한다. 틀고 컷하고 리믹스하는, 디스코텍 현장에서 파티를 이끄는 조타수로서의 DJ가 아니라 '베드룸', 즉 자기만의 공간에서 사운드를 조작하고 믹스하는 사람으로서의 DJ. 1980년대부터 '샘플러'가 본격적으로 사용되기 시작하는데, 이 기기 덕분으로 컷하여 반복시키는 일이 더욱 손쉬워졌다. 디스코 DJ식의 원초적인 커트 기술이 조금 떨어지더라도 커트할 부분을 샘플링하기, 즉 디지털 데이터로 환원시키면 손쉽게 커트할 수 있다. 자유자재의 커팅. 그리하여 DJ는 그렇게 커트

를 시로 만들면서 텍스트를 변주한다. 독자들을 텍스트가 만들어진 어떤 근원을 향해 반복적으로 내려가도록 한다. 그렇다면 이 레이어를 다음과 같이 불러야 할 것이다; 지은이가 잡지를 뒤적이다가 음미하고 있는 상황을 구성하면서 동시에 시적인 원초성을 환기시키는 작용을 하는, 그러나 텍스트 내에서는 이론적 대상의 기능을 하는 자료체.

상황을 **구성**하고 환기시키는 '**작용**'을 하며 텍스트 내에서 '**기능**'을 한다. 이 하나의 레이어 안에도 수많은 텍스트적 성질을 가리키는 명사가, 그리고 기능을 가리키는 동사가 교차된다. 다음 레이어는 볼 것도 없이 패션 잡지를 펼친다는 그 핵심적인 문장이다. 이 문장은 이 두터운 이론서에 단 한 번 등장한다. 이 말은 반복되지 않는다. 이런 열쇠는 복제가 되지 않는 법이다. 이론적으로는 별 기능을 못

된 데이터를 자기 마음대로 주
무르는 뮤지션이 되어간다.

사운드 레이어링의 방법

DJ 스푸키DJ Spooky라는 유명한
미국 DJ는 'DJ는 포스트모던 시
대의 시인'이라고 말한 바 있다.
이 말에 함축된 의미는 여러 가
지다. 우선 DJ는 자기 음악을
연주하는 것이 아니라 남의 음
악을 '가지고' 자기 음악을 재구
성하는 사람들이다. 따라서 이
들의 아이덴티티는 상당히 복잡
하다. 누구의 음악인가? 그의
것인가? 아니다. 그의 것이 아
닌가? 아니다. 창작 행위란 무
엇인가? 그가 만들었는가? 아
니다. 그가 만들지 않았는가?
아니다. DJ는 창조자이면서 동
시에 비평가다. DJing은 50년
된 록큰롤의 역사에 관한 일종
의 분석 행위다. DJ들은 새로운
질문을 던진다. 누가 하는가?
내가? 아니면 턴테이블이? 턴

하는 무기력한 문장일지 모르
나, 이 텍스트를 복잡하게 만드
는 가장 중요한 문장이다. 연결
고리다. 일종의 시선, 카메라의
눈이다. 보이지 않는, 그러나 끊
기지 않는 음악을 직조해내는
DJ의 손이다. 그렇다. 손이다.
바르트의 손! 어둠 속에서 모습
을 드러내지 않고 있다가, LP를
꺼내기 위해 가방에 손을 넣고
스윽, 다음 판을 꺼내어 턴테이
블에 거는 그 손 말이다.

그다음 레이어는 이 책의 (후렴
구를 제외한) 나머지 전부다. 패
션 잡지를 뒤적인다는 그 문장
하나로, 그의 이론이 찾아가는
길은, 역설적으로 이미 자신의
글쓰기 맨 앞에 놓여 있다. 그렇
게 함으로써 이론적 글쓰기를 하
는 '이론가'라는 주체는 등 뒤에
서 쏜 총에 맞아 효과적으로 죽
는다.

자, 이제, 우리는 이렇게 결론 내
릴 수 있다. 우리는 이 텍스트의

테이블 위를 빙글빙글 돌고 있는 LP 속의 뮤지션이? 우리는 쉽게 대답할 수 없다.

사람들은 DJ가 각각의 '커트'된 대목들, 서로 불연속적인 그 사운드 자료들을 그저 병치하여 나열하는 것으로만 생각한다. 물론 표면적으로, 방법적으로 우선 그 사운드 자료들은 '병치'된다. 그러나 이 사운드들은 평면적인 하나의 '부분'이 아니다. 각각의 사운드 자료들은 하나의 겹, 레이어다. 그것들은 두께를 지니고 있다. 팻보이 슬림Fatboy Slim의 「Magic Carpet Ride」를 들어보자.

이 우스꽝스러운 잡탕 음악은 '탕!' 하는 총소리로부터 출발한다. 총소리, 사이렌 소리, 뭔가 터지는 소리 같은 소음의 레이어. 그 총소리는 출발 신호인가? 그럴 수도 있다. 각 트랙에서 준비하고 있는 소리의 레이어들더러 지금부터 뛰기 시작하

성질을 정확하게 정의할 수 없다. 이 텍스트는 이론서이면서 수기이면서 소설이다. 혹은 그 어떤 것도 아니다. 그것은 바르트가 의도한 것일 수도 있고 그렇지 않을 수도 있다. 아마 의도했을 것이다. 그 '의도' 자체로, 바르트는 여전히 살아 있다. 그러나 이 글을 쓰는 그 '자신'은 여러 성질을 동시에 지닌 텍스트 속으로 숨어 들어가 있다. '이론'은 재정의된다. 무엇이 이론적 글쓰기를 하게 하는가. 일상적 몸짓이다.

이러한 방법은 물론 성질이 다른 여러 종류의 텍스트들을 '병치시키기juxtaposition'에서 출발한다. 그러나 다다류의 콜라주와는 다르다. 다르니까 레이어링이라는 말을 쓴 것이다. 한마디로 콜라주는 '겹'이 없다. 한 겹싸리다. 그래서 '깊이'가 없다. 피사체를 잡는 심도에 의해 좌우되는 그 깊이감 말이다. 혹은,

라고 보내는 신호다. 또한 총소리를 통해 이 음악은 하나의 상황을 부여받게 된다. 명확하지는 않지만 그 총소리는 그리 심각한 느낌을 주지는 않는다. 대신 우스꽝스럽고, 잔인하며, 말도 안 되는 마카로니 웨스턴의 장면 정도가 연상된다. 우리는 소리와 동반되기는 하지만 음악 바깥에 있는 그런 연상과 함께 음악 속으로 들어간다.

총소리 다음의 여덟 마디는 수많은 조각의 샘플링된 소리들이 겹쳐져 있다. '아링낑낑낑'하는, 뜻을 알 수 없는 만화적인 목소리의 레이어가 맨 위에 있고 그 밑으로는 뿜빠뿜빠하는 2박자의 반도네온 비슷한 악기의 레이어가 있다. 그 레이어가 4마디 지속된 후, 밑으로 다시 룸바 리듬과 비슷한, 라틴 계열의 느낌을 주는 베이스 리듬의 레이어가 들어온다. 그러고 나서 팻보이 슬림 특유의 록적인 훅이 있는

사람들이 적어도 지금까지 그렇게만 말해왔다. 그래서 다다의 해체는 평면적이거나, 적어도 그렇게 인식된다. 대신 레이어링은 깊이를 지닌다. 층이 있다는 뜻이다. 표면이 있고 심층이 있다. 심층에 존재한다고 해서 존재하지 않는 것은 아니다. 잠시 잠복해 있는 것이다. 어떤 레이어가 다른 레이어로 병치/교체되었다고 해서 그 순간 그 레이어가 사라지는 건 아니다. 심층으로 들어가는 것이다. 하나의 레이어가 표층으로 올라오면, 다른 레이어는 심층으로 들어간다. 그렇게 계속 존재한다. 그 텍스트를 읽는 사람은 그 두께감을 느낀다. 내려갔다가 올라오는 일이 지속되니까 운동감을 느낀다. 표층에서의 병치와 콜라주는 표층과 심층의 '올라오고 내려가기'의 결과다. 계속하여 움직이며 지속하는 텍스트다. 바르트가 시도한 텍스트 리

빅비트BigBeat 드럼 소리가 들어와 나머지 모든 레이어들을 통합하면서 열여섯 마디 지속된다. 빅비트 드럼의 레이어가 열여섯 마디 동안 신나게 울리다가 심층으로 가라앉은 후, 이번엔 테크노 특유의 질감을 가진 아날로그 신시사이저의 레이어가 표묘묘복, 올라온다. 아날로그 신시사이저의 레이어가 얼마간 지속된 이후, 멕시코의 칠리 냄새가 나는 빨간 트럼펫 사운드의 레이어가 난데없이 등장한다. 역시 마카로니 웨스턴? 그 트럼펫의 레이어가 리듬 없이 지속되다가, 두 박자의 반도네온과 결합되고, 룸바 베이스와 합해진 다음, 그 모든 것이 다시 빅비트 드럼의 레이어로 재조직된다. 그리고, 다시 처음에 등장했던 총소리. 또다시 우리는 만화 속에 있다.

이 모든 레이어들은 시간도, 공간도, 순서도, 내러티브도 없이 믹스는 방법적으로는 이러한 텍스트 레이어링을 근간으로 하고 있다. 이러한 방법은 누구의 방법이냐? 남의 것을 따다가 접붙이면서 자기 예술을 짓는 DJ의 방법이다.

이러한 텍스트 레이어링의 방법이 보다 구체적으로, 체계적으로, 그리고 명백하게 적용된 책이 『사랑의 단상』이다. 이 책은 뭐 따질 것도 없이 그렇게 리믹스된 'remixed text'다. 그래도 조금 더 들여다볼까?

이 책은 '사전'의 형식을 취하고 있다. s'abîmer(구렁에 빠지다), absence(부재), adorable(멋진), affirmation(긍정)…… 어떤 DJ는 하우스를, 또 다른 DJ는 빅비트를, 또 다른 어떤 DJ는 앰비언트를 선택한다. 어떤 DJ는 음악을 (컴퓨터로) 리믹스할 때 '누엔도'라는 프로그램을, 다른 DJ는 '프로툴스'를, 또 다른 DJ는 '라이브'를 쓴다. 바르트는 모든 것을 뒤죽박죽으로 만들어 버린다. 룸바는 남아메리카, 반도네온은 유럽, 빅비트 리듬은 록, 신시사이저는 테크노. 트럼펫은 1950년대, 신시사이저는 1990년대, 반도네온은 더 옛날, 빅비트 리듬은 1970년대.
레이어들은 입체적이다. 각 레이어들이 표면으로 올라왔다가 심층으로 사라진다. 심층으로 사라진 레이어가 자맥질하는 돌고래처럼 다시 등장했다가 영원히 사라지기도 한다. 심층에선 새로운 레이어들이 부글부글 끓는다. 그것들이 제대로 준비되었을 때, DJ는 비로소 그 레이어들을 끌어올리며 페이더를 밀어 제낀다. 다른 시간대와 다른 공간들로부터 샘플링된 레이어들이 겹친다. 스피드개라지Speed-garage의 창시자이기도 한 아먼드 반 헬덴Armand Van Helden의 말:

"내게 하우스 음악은 '다문화적 혼합

사전이라는 장르, 프로그램을 선택했다. 이것은 이 텍스트 안에 존재하는 다른 모든 레이어들을 구성하는 기본 원리이자 프로그램이면서 동시에 하나의 겹이다. 사전은 본격적으로 '트랙'을 마련한다. 100m 선수가 달리듯, 각각의 텍스트 레이어가 내달리는 자기 라인 말이다. 이렇게 본격적으로 트랙을 만들어놓고, 작가는 뒤에 숨어 팔을 걷고 리믹스한다. 완전히 본격적으로 말이다.
저자가 의미의 유혹을 저지하기 위해 택했다는, 절대적으로 무의미한 알파벳순으로 배열된 낱말들은 제목이며 화두이며 동시에 내러티브의 터닝 포인트들이다. 그러므로 가장 중요한 레이어다. 두번째로, 낱말 설명의 레이어가 있다.

고뇌angoisse. 이런저런 우발적인 일로해서 사랑하는 사람이 어떤 위험·상

multicultural mix'을 뜻한다. 예를 들어 스피드개라지speedgarage 스타일은 흑인적 요소를 클럽에 다시 끌어들인 음악이다. 나는 스피드개라지를 그렇게 정의한다. 그리고 그것이 내게는 진짜 중요한 것이다."

그 혼돈의 다문화적/다시간적/다공간적 레이어들 위로, 소음과도 비슷한 아날로그 신시사이저 소리가 떠돈다. 저자도 사라지고 연주자도 사라진다. DJ는 보이지 않는다. 다만 DJ 부스 안에서, 바늘과 페이더를 만지작거리는 손만이 있을 뿐이다. 그의 것은 두 개의 턴테이블과 하나의 페이더fader뿐. 그 자신의 음악은 없다. 음악들의 이름이 사라진다. 음악들은 자기 자신의 고유성을 내주고 영원한 하룻밤의 춤을 위한 긴 비트의 끈이 되어버린다. DJ는 그 끈을 계속하여 꼬는 사람이다. 그가 꼬는 그 긴 끈은 그러나 그의 것

처·버려짐·돌변 등에 대한 두려움으로 격해지는 것. 고뇌라는 이름으로 그가 표현하는 감정.

이 레이어는 이 책을 일종의 잠언집으로 만든다. 오리엔탈리즘이기도 하다. 바르트는 말들의 동양적 응집력을 동경한다. 동시에, 그는 몽테뉴에서 파스칼로 이어지는 프랑스 특유의 에세이스트적 전통을 계승한다. 사랑에 관한 개인적인 기억과 상처, 기쁨과 슬픔을 달래며 무거운 침묵의 상태로 빠져들면서 착란을 견딘다. 그 견디는 힘으로 저만큼 힘껏 내던져 일반화시킨, 오래된 비석 위에 새겨진 문구들 같은 이 입을 다문 설명의 지평 너머로, 바르트라는 DJ의 개인성이 언뜻언뜻 떠올랐다가 다시 침몰한다.

다음 레이어는 젊은 베르테르를 중심으로 한 인용된 텍스트의 레이어. 이 레이어는 이론서가 인

이 아니다. 그는 차라리 사라진다. 그는 없다.

모든 소리의 하이브리드

두 대의 턴테이블에 의해 세상 모든 소리가 하이브리드된다. 이미 존재하는 록큰롤의 다양한 가지들을 꺾고 다듬고 때로는 새로 심기도 하고 모으기도 하여 새 단지에 꽂아놓는다. 그것이 리믹스다. 이 리믹스가 요즘은 창조 자체보다 더 흥미롭고 창조적이다. 모방과 인용, 커팅과 믹스가 순수한 생산보다 더 창조적이다. 20년 넘게 독일의 크라우트록 밴드 캔Can을 이끌어온 홀거 추케이Holger Czukay의 말이다.

" '리믹스하기'가 1990년대 예술의 상태라는 건 확실하다. 리믹스는 예전에 있었던 것들의 창을 통해 뭔가를 보고 벌레처럼 그것을 재구축하는 일을 수반한다. 그리하여 새로운 전

용한 대상, 자료체가 아니다. 대신 이것은 텍스트의 성질이 다른, 다시 말해 서로 불연속적인 여러 레이어들과 겹쳐져 있다. 그럼으로써 일종의 대화의 상황이 성립된다. 바르트라는 독서가는 그 인용문들과 이미 대화했고, 또 대화하고 있다. 이 인용문들은 바르트의 개인적인 고백들과 대화하면서, 그것들을 감싸고 숨겨준다. 바르트의 기쁨, 슬픔의 눈물을 살짝 가려준다. 바르트는 사랑의 담론을 분석하는 이론이 사랑하는 사람을 '단순히 어떤 증세가 있는 환자로 환원'시켰다는 점을 안타까워하면서 '분석이 아닌 언술 행위를 무대에 올려놓기 위하여' 근본 주체인 '나'를 복원하겠다고 이야기한다. 그래서 이 인용문들은 언술 행위의 생생한 현장에서 고뇌하고 있는, 사라져버린 어떤 '나'의 기록들이다.

다음 레이어는 X라는 가상의 인

망이 생긴다. 새로운 그림이 나타나
는 것이다."

이 문명이 생산할 수 있는 모든
것이 이미 텍스트화되어 있다.
아니, 어쩌면 텍스트라는 건 처
음부터 그런 것이어 왔으리라.
새로운 텍스트는, 자명하게, 없
다. 순수한 생산이라고 생각하
는 건 착각이거나 사기일 뿐이
다. 인기 작가들이 그 사기를 가
장 많이 친다. 끊임없이 자기 자
신이라는 텍스트를 같은 코드로
베껴 먹거나 존재하는 텍스트들
을 베껴 먹는다. 자꾸 그 사기를
감추려 하니 사기다. 그 사기 자
체가 얼마나 흥미로운 건지 스
스로 드러내주었더라면! DJ는
바로 그렇게 말하는 사람들이
다. DJ가 하는 일은 매우 간단
하다. 자기 바깥의 모든 것들을
가지고 자기를 지우는 일이다.
자기가 지워진 그 사람이 바로
그 파티의 사제다. 보이지 않는

물이 등장하는 소설적인 레이어
다. 별 규칙없이, 때에 따라 표
면으로 올라오는 이 레이어는
사전의 트랙 속에 숨겨진 내러
티브의 레이어다. 여러 성질의
레이어들이 마치 몽타주된, 의
미를 정확하게 파악할 수는 없
으나 또 완전히 아무 일도 일어
나지 않은 것도 아닌 어떤 행위
의 장, 모호한 행위의 장 속에서
기억의 파편들처럼 작용하도록
만드는 레이어다.
또 그 사이사이, 그야말로 '프라
그망(fragment: 조각)'들일 뿐인
지나가는 말들의 레이어. 이 말
들은 테크노로 치자면 휴지부에
서 지속되는 소음들과도 비슷하
다. 이 소음들은 다음 레이어들
을 이끌고, 기대하게 만들지만
결국은 모든 것을 저자가 지워져
버린 미지의 텍스트 속에 부유하
는 기표가 되도록 만들고 있다.
『사랑의 단상』 속에서 텍스트의
성질은 고정되기를 거부하고 끊

그의 손이 그 파티를 만든다. 지워진 본명(DJ 누구누구), 머리에 쓴 후드Hood, 관객이 아니라 비닐Vinyl에 고정된 시선, 헤드폰 속에서 모니터 되는, 밖에서는 들리지 않는 그다음, 그 모든 것들을 리믹스하면서 DJ는 스스로를 지워나간다. 전설적인 일렉트로니카 뮤지션이자 프로듀서인 빌 라스웰Bill Laswell은 이렇게 말한다.

"나는 저작권을 믿지 않는다. 모든 것은 공짜여야 한다고 믿는다. 어떤 사람이 음표 한 다발을 소유하고 있다는 걸 믿지 않는다. 만일 내가 작곡했다고 내 스스로 생각하고 있는 걸 누군가가 훔쳐갔다면? 글쎄. 어쨌거나 정말 그걸 내가 쓴 걸까. 나는 다른 어떤 기억 속에서, 또는 다른 시대로부터 그것을 옮겨왔을 뿐이다."

레이버raver들은 그 하이브리드 인코그니토incognito의 비트를 타임없이 떠다니며 저자는 텍스트 밑으로 숨고 텍스트에는 육체성이 부여된다. 그 육체는 밍밍한 몸매의 육체가 아니다. 화려하고 육감적이며 유혹적인, 때로는 뱅상 주브Vincent Jouve의 '바르트의 페티시즘'이라는 표현이 실감날 정도로 지나치게 현란한 치장을 한 육체다. 어쨌든 『사랑의 단상』은 여러 불연속적인 레이어들을 리믹스하면서 그것들이 서로 충돌, 대화하며 포옹하도록 만드는 기념비적인 텍스트다.

Barthes the DJ

모든 것은 이미 말해졌다. 새로운 내러티브, 새로운 텍스트라는 건 없다. 차라리 새로운 것은 그 텍스트들의 다양한 레이어를 새롭게 다루는 방식으로부터 나온다. 리믹스들이 존재할 뿐이다. 리믹스하는 사람은 리믹스되는 대상 뒤에 숨는다. 그 '저자'는 처음부터 가리워져 있다.

고 영원한 하룻밤의 파티로 떠난다. 우리는 그 안에서 반복적 일상 속에 매몰되어 있는 자기 자신과의 대면을 시도하고, 반복적인 그 진부한 리듬에 몸을 싣는 행위 속에서 역설적으로 진부한 일상을 망각한다. 기계가 된다. 그러면서 트랜스trance의 상태에 이른다. 기계의 혼을 느낀다. 동시에 기계가 되기를 그친다. 일종의 아이러니가 성립되는 것이다. DJ는 아이러니의 창조자들이다.

우리는 그 글에서 바르트 자신의 개인적인 취향에 관해 아주 은밀한 방식으로만 알 수 있다. 발자크의 『사라진느』의 한 구절, ……를 인용하는 그는 어딘지 동성애자 같아 보인다. 또 그게 패션 잡지를 뒤적이며 예쁜 장신구를 묘사하는 말들을 뽑는 그와 연결된다. 그러나 우리는 알 수 없다. 단지 리믹스된 텍스트의 레이어들 속에 숨어서 이리저리 미끄러지는 어떤 욕망이 언뜻언뜻 감지될 뿐이다. 바르트는 시인인가, 그저 표절하는 사람인가, 이론가인가, 잘난 사람인가. 그는 DJ다.

출처

—Peter Shapiro(edit.)
Modulations, A History of Electronic Music, Caipirinha, 2000
—http://www.geocities.com/jahsonic
—http://www.alanfreed.com
—http://www.allmusic.com
—http://www.thedailycamera.com/extra/rave/stories/djculture.html

참조

롤랑 바르트, 『모드의 체계』, 이화여자대학교 기호학 연구소 옮김, 동문선, 1998

—『사랑의 단상』, 김희영 옮김, 문학과 지성사, 1991

—『텍스트의 즐거움』, 김희영 옮김, 동문선, 1997

뱅상 주브, 『롤랑 바르트』, 하태환 옮김, 민음사, 1994

대마초*

나라에서 대마초 같은 마약을 단속하는 것은 당연한 일일까? 마약이 국민 건강에 나쁘기 때문일까? 암울했던 1970년대 유신 시대의 대마초 사건은 나라가 단지 건강에 나쁘기 때문에 대마초의 흡연을 금하는 것만은 아니라는 의심을 하도록 만든다. 나라는 대마초의 쾌감과 고통, 그리고 파멸과 더불어, 위험한 청년문화의 유포 자체를 결박한다. 이른바 '청바지에 통기타'로 상징되는 당시의 청년문화가 가지는 자유롭고 전복적인 힘을 (위험한 것으로 믿어지는) 대마초의 환각성과 함께 뿌리 뽑으려 했던 건 아닐까. 유신은 퇴폐를 조장하고 즐기면서도 그 힘을 무서워하던 변태적인 억압 집단이다(그 뒤를 이은 전두환은 '애마부인'의 아버지가 되었다). 확실히 순진한 양처럼 굴종을 일삼고 있는 착한 백성에게 퇴폐는 '혁명의 비'와 마찬가지인 것이다. 자유로운 죽음에의 열망——그것이 시스템화된 굴종의 삶의 규약들을 부수기 때문에.

---

* 이 글은 산문집 『장밋빛 도살장 풍경』(문학동네, 2002)에 실린 같은 제목의 글을 보완, 확장한 글이다.

청년문화 논쟁

졸저『현대사회와 청년문화』가 출간된 후 우리 사회에서도 청년문화에 대한 논의가 활발히 진행되고 있다. 여러 모양으로 각색되고 굴절되어 이 낱말이 난무하고 있다. 많은 의문들이 제기되고 있다. 도대체 청년문화란 무엇인가? 청년문화란 말을 함부로 사용할 수 있는 것인가? 청년문화란 서구 개념이 아닌가? 청년문화는 과연 대항문화 또는 반문화인가? 이것을 어떻게 평가해야 하는가? 한국에도 청년문화가 있는가? 있다면 엘리트문화인가 아니면 청바지, 통기타, 생맥주, 고고문화인가? 한국에 있어서 청년문화의 규범적 내용은 어떠해야 하는가? 등의 많은 질문들이 널려 있다. 이것들에 대한 속 시원한 대답이 아쉽다. 〔……〕

나는 청년문화가 대항문화일 때 그 독특성이 선명히 나타난다고 하였다. 실제로는 청년문화가 '부분문화subculture(요즘에는 하위문화라 번역)'의 형태를 취할 수도 있으나, 이러한 경우 청년문화의 사회적 관심성 및 문제성은 몽롱해진다. 보다 정당한 신 테제로 향한 안티테제로서의 청년문화의 의미는 명백하다. 그렇다면 대항문화로서의 청년문화가 도전하는 대상은 무엇인가? 특히 한국에서 그 대상은 무엇인가? 여기서 한국적 테제에 대해서 언급할 필요가 있다.

— 한완상, 「현대청년문화의 제문제」, 『신동아』 1974년 7월호

* * *

젊은 세대를 이해하고 싶다는 말유희도 모순을 훨씬 넘는다. 젊음을
어떤 객관적인 연구의 대상으로 여겨 차디찬 이성의 도마 위에 올려
놓고 멋대로 요리한다는 것은 잔인의 소치다. 아니 그보다는 추행이
다. 젊은 세대를 젊지도 않은 위치에서 다룰 수 있다고 하는 자유란
괴물이 도대체 어디서 온 것인지를 도리어 물어봐야 한다. 점잖다는
말을 입버릇처럼 되뇌이나 젊지 않아야 점잖다는 그 기준을 어떻게
젊은 세대에 부과할 수 있는가. 젊은데도 점잖다고 하는 것은 젊음
의 기만이다. 그것은 젊음의 진실이 아니다. 젊다는 것 그것은 삶의
진실된 한 모습이다. 삶 그 자체라는 말이다.

— 한태동, 「젊은이 문화의 논리」, 『세대』, 1974년 1월호

* * *

최인호 좋은 말씀이신데요, 우리나라 대학생들, 중산층들은 이중적
인 구조가 강합니다. 사회에 나가면 사회생활에 적응할 것입
니다. 대학생 때 어제까지 데모했던 사람도 사회에 나가면
머리 짧게 깎고 넥타이 매고 나와서 왜 데모하느냐고 말할
수 있는 것이 우리나라 중산층의 의식구조입니다. 그러니까
유행이란 말을 부정 못하겠어요. 그러나 가치관, 자기가 좋
아하는 문화적인 양태는 사회인이 되더라도 남아 있을 것입
니다. 〔……〕 청바지 입고 통기타 치고 그룹사운드로 나가
는 현상은 변할는지 모르지만, 문화적인 양태, 왜 그것을 좋

아하느냐 하는 의식구조는 사회인이 되더라도 변하지 않을
것으로 보고 있어요.

노재봉 글쎄요, 잘 모르겠습니다. 그룹사운드나 전자음악 같은 것을
그렇게 심각하게 중요시해야 하느냐의 문제가 있겠지요. 그
런 것의 음감이 새로운 것은 분명해요. 하지만 제가 보기엔,
솔직히 말씀드려 그것들이 나이트클럽 등에서 시작된 것처럼
일종의 유행이고 오락이지요. 오락으로선 좋습니다. 거기에
창조성을 부여한다면 좀 의문입니다. 잘 모르긴 해도 청년층
들과 좁은 범위 내에서 얘기해본 경험으로선, 그런 음악이
현대의 고민이라고 하는 인간의 원자화를 지양하여 그야말로
인간적인 관계를 창조시키고 있다고는 보지 않아요. 최면적
인 면은 있어요. 그것이 새로운 인간관을 낳는다고는 보지
않아요. 문제는 그대로 남겨둔 채 고통을 배설시켜줄 따름이
아닐까요? 잘은 모릅니다만 그런 음악의 주된 기능은 암시
에 있고, 그 암시는 박자와 싱코페이션의 단조로운 연속에
있습니다. 그런 것을 오락 이상으로 받아들이면, 그에서 형
성되는 정신 상태는 전체주의적인 면을 갖게 됩니다. 독재자
들에게는 그런 음악을 대중화시키는 것이 권력 유지에 도움
이 되겠지요.

최인호 나이트클럽을 좋아한다는 정신상태가 생활적이고 창조적인
것으로까지 나갈 수 있겠느냐 하는 말씀인데, 그것은 노 선생
님이 청년시절에 그 윗 세대가 노 선생님을 보고 평가했던 것
과 똑같은 말로 보고 싶어요. 돌연변이는 절대 아닙니다. 나
이트에 심취하고 있는 정신상태로서 너희들이 건전한 사회에

어떤 기여를 할 수 있느냐. 이런 문제는 자기 전 시대의 가치
관으로서 지금의 가치관을 재려고 하는 것이 아니겠습니까?

노재봉 그런 일면을 비판한다는 것이 곧 그 기준이 전 세대 것으로
현 세대를 본다는 것은 아니고, 가령 심포니를 얘기하더라도
요사이 듣는 토날리티가 없는 심포니가 문제되었을 적에 토
날리티가 있어야 된다고 비판한다면 그것이 바로 전 세대적
인 비판이냐, 그렇게는 볼 수 없을 것입니다. 내 얘기가 그런
입장이 아닙니다. 〔……〕

최인호 제 입장에서는 말하기 곤란한 문제지만, 저는 이상하게 솔직
히 말씀드리면 저질문화라고 말하는 그것의 변호자처럼 돼버
렸어요. 퇴폐문화의 기수같이 되어가지고 깃발 들지 말라고
얻어맞는데, 이것은 중요한 문제라고 생각합니다. 〔……〕 제
가 처음에 문단에 들어섰을 때 느낀 것도 대중을 경시하는
그런 것이 있었어요. 통속소설이다 순수소설이다 하고 유리
시켜놓아요. 바이올린 켜던 사람이 악단에 들어가서 바이올
린 켜면 타락했다고 합니다. 대학생들의 의식이 엘리트적인
그런 데에 머물러 있는 것 같아요. 그러니까 소위 말하는 특
징이 그전에는 전 시대와의 싸움이었는데 이번에 제가 보고
느끼는 것은 동시대끼리의 싸움이에요. 그러니까 두들겨 맞
아도 좋아요. 저한테도 편지가 무지하게 와요. 전부 고맙다
는 편지예요. 그러니까 저를 지지해주는 사람도 있지 않겠습
니까?(웃음)〔……〕

노재봉 답답하고 숨막히는 건 누구나 마찬가집니다. 그렇다고 탈출
구를 무작정 동작에서만 찾을 수는 없지 않아요? 행동과 다

른 의미에서의 동작이란 것은 단순한 배설에 불과합니다. 그 배설도 사는 데에는 필요합니다. 항상 딱딱하게만 살 수 없고 가끔 기분 풀이가 필요하고 레크리에이션이 필요하듯이. 최 선생도 이점에는 동감일겝니다. 문제는 적어도 문화라고 할 때에는 동작의 차원은 넘어야 한다고 봐요. 요사이 대중문화란 것을 저는 동작문화라고 봐요. 그것을 저는 새로운 창조적인 문화요인이라고 보지는 않습니다. 그것은 기분 해소로서는 이해되지만, 그것에 창조적인 가치를 부여한다는 것은 마치 생물학적인 반복적 신진대사를 문화라고 보는 것과 같은 거라고 생각해요.

— 「토론: 유행이냐 반항이냐」, 노재봉·이어령·최인호·한완상·
현영학·오갑환, 『신동아』, 1974년 7월호

* * *

그러나 제일 중요해 보이는 사실은 따로 있는 것 같다. 즉 70년대 중반기 청년문화라는 것의 문제 제기가 우리가 보기엔, 을유해방 이후 한국사가 처해온 세계의 동시성이라는 명목의 서구 사상의 단말마적 징후로 간주된다는 점에 있다. 에리히 프롬을, 마르쿠제를 들먹이면 그만이었던 시대, 그것이 너무 길었다.

영어 상용권의 권위에 지나치게 맹종했던 시대의 끝부분에 청년문화가 떠들썩하게 놓여 있는 것이다. 팝송의 소스가 어느 채널인가를 반성해보라. 이 한 가지 사실의 확인만으로도 그것은 중요하리라. 전통문화의 기능이 발휘된다는 것은 그것이 외래문화를 자율적으로

선택할 능력을 획득한다는 뜻임은 누구나 아는 일이다. 그것이 가능
한 첫 부분에 청년문화라는 것이 떠들썩하게 놓여 있다.

— 김윤식, 「노예와 문화: 청년문화는 존재하는가」, 『대학신문』, 1974년 6월 3일

통기타와 청바지, 생맥주

거짓 안일 상투성 침묵을 슬퍼하는 블루진 통기타 생맥주의 청년문화

블루진과 통기타와 생맥주—그것은 확실히 염색한 군복과 두툼한
사상계와 바라크의 막걸리가 상징하는 반세대 전과 다른 풍경이다.
그들은 경쾌함을 지나쳐 경박하게 보이고 신선하다 못해 외설스럽게
느껴지며 비문화적이라기보다 반문화적으로까지 생각된다.

그러나 4, 5년 전부터 의식되기 시작한 청년문화는 이미 대학가와
재수로에서 뻗어 명동과 무교동의 기성문화지대로 범람하고 있다.
20대를 단골로 하는 다방으로부터 여자전용다방, 학생들이 노래하
고 학생들이 대부분의 고객을 이루는 맥줏집이 현대식 통술집과 함
께 솟아나고 기타 대열의 젊음의 행진이 안방극장에 침투하기 시작
했다. 송창식, 이장희, 윤형주, 김세환, 서유석, 양희은, 이성애, 방
의경 등 작사 작곡을 겸한 학생 가수들은 이제 40대의 팬을 얻고 있
으며 최인호 씨의 소설은 기성신진세대에 제2의 감수성의 혁명으로
받아들여지고 있다. 그리고 그들은 말한다.

"우리의 언어와 행동, 감각과 표현을 퇴폐적이라고 보는 것은 위선
의 세대가 낀 획일주의적 색안경 때문에 생기는 어른들의 착각입니
다." 단절되었던 가면의 전통극으로부터 고고춤에 이르기까지, 마르
쿠제로부터 안인숙에 이르기까지 20대의 감성의 편차는 극히 다양하

지만 그들의 문화가 퇴폐적인 발산이나 이유 없는 반항으로 그치지 않는 것은 분명하다. 이들은 무기력한 선배와 폐쇄적인 현실을 야유하면서 순진한 야성의 힘을 발휘한다. 그리고 그 야성은 정치적 좌절과 사회적 패배주의를 우회 극복하는 새 부대에 담길 새 포도주.

이들의 힘은 거짓을 증오하고 허황함을 비웃으며 안일을 비판하고 상투성을 공격하며 침묵을 슬퍼하는 데 있다. 때로는 극도의 허무주의를 보여주고 때로는 과격한 실험정신으로 발전하고 혹은 순진한 관능과 환상 속을 헤매며 혹은 치열한 데모 행렬을 이루지만 이들에게는 적나라한 인간에의 애정, 평등한 사회에의 열망, 자유를 향한 뜨거운 염원이 일관되게 흐르고 있다. 최인호 씨가 오늘의 젊은 세대를 음악의 세대라고 지적하고 있는데 음악은 감수성의 가장 즉각적이고 솔직한 표현예술이란 점에서 젊은 우상의 대부분이 학생가수임은 따라서 너무나 당연하다.

블루진과 통기타와 생맥주—이것은 육당과 춘원, 3·1운동과 광주 학생운동, 4·19와 6·3 데모로 연연히 이어온 청년운동이 70년대에 착용한 새로운 의상이다. 그리고 청년문화는 잠재된 젊은 힘의 잠재적인 표현—그들은 우리들의 시대가 온다는 것을 염원하고 또 확신한다.

지금은 침묵한 저 산에/네가 죽을 저 흙 속에/끝없이 죽어/내일은 한 그루 새푸른 솔잎일줄도 몰라라/저 산에, 저 빈 산에 (김민기 작 「빈 산」).

—김병익 기자, 『동아일보』, 1974년 3월 29일

*　*　*

이화여대 메이퀸

교육과 조미영 양

올해 이화여자대학교의 메이퀸으로 사범대학 교육학과 4년 조미영 양(21, 사진)이 13일 뽑혔다. 오는 21일 이화여대 개교기념일에 대관식을 갖게 될 조 양은 각 과에서 나온 48명의 후보들 가운데서 이날 선발된 것이다.

──『동아일보』, 1974년 5월 14일

*　*　*

팝송세대의 해부

숙대 교육방송국에 따르면 우리나라 대학생들은 40%가 멜로디와 리듬이 좋아서 외국 팝을 듣는다. 20.51%의 대학생은 보다 자주 들을 수 있어 팝을 듣는다고 했고, 그 외에 가사가 좋아서가 14.78%, 우리나라 대중가요보다 좋아서(10.43%), 가수가 좋아서(8.33%)로 나타났다. 팝의 가사 이해도를 보면 반은 알고 반은 모른다가 31%, 대부분의 내용을 모른다가 9.8%, 대체로 내용을 알고 듣는다가 33%, 모든 내용을 안다가 24.9%다. 따라서 가사 이해도가 아주 낮음을 알 수 있다. 대학생들이 완전히 이해하고 그 내용을 설명해줄 수 있는 곡은 평균 10~30곡에 지나지 않는다. 결론은 음악 프로를 즐겨 듣거나 희망하는 대학생의 50%가 팝송을 좋아하는 셈이다.

──『조선일보』, 1973년 11월 9일

* * *

기성음악에 도전한 젊은 이단아들

대학에 재학하고 있는 젊은 음악인들이 그들 스스로가 만들고 불러
온 노래를 모아 발표회를 갖는다. 이종구(서울음대, 작곡), 김민기
(서울미대, 가수), 양은희(서울음대, 가수), 김영동(서울음대, 대금)
등 14명의 젊은이들이 우리의 말로 부르는 우리 노래를 발표(30일
오후 3시, 7시, 장충동 국립극장 소극장), 기성 음악인들의 클래식,
국악, 현대음악에 선전포고를 하고 나섰다.

그들은 서양 노래의 흉내를 거부한다. 국악을 흉내 내는 것에도 만
족하지 못한다. 작사 작곡 노래를 해온 김민기는 외국 젊은이의 노
래가 우리를 오염시킬 수는 있을지 몰라도 우리들 젊은이에게 공감
될 수는 없다고 말한다.

— 『조선일보』, 1974년 3월 26일

* * *

대학생 딸은 새 풍조의 유입자

효성여대 오명근, 김상영 교수, 도시가정대책 조사
능동적 〔……〕 어머니에 강력히 작용
정서 유행 전달, 중재 등에 앞장
힘든 가사는 하기 싫어해

— 『동아일보』, 1974년 6월 4일

긴조―어둠의 시대

개헌언동금지 긴급조치 선포

박정희 대통령은 8일 오후 헌법 제 53조에 의한 대통령 긴급조치 제
1호 및 제2호를 선포했다. 8일 오후 5시를 기해 시행케 된 이 대통
령 긴급조치는 이날 오후 3시 박 대통령 주재로 청와대에서 열린 국
무회의에서 심의 의결되어 선포된 것인데 제1호는 1) 대한민국 헌법
을 부정 반대 왜곡 또는 비방하는 일제의 행위를 금지하고 2) 헌법
의 개정 또는 폐지를 주장 발의 제안 또는 청원하는 일체의 행위를
〔……〕

― 『동아일보』, 1974년 1월 9일

* * *

반유신요소 제거

박정희 대통령은 8일 오후 헌법 제 53조에 의한 긴급조치를 선포함
에 즈음하여 다음과 같은 특별담화를 발표했다.
친애하는 국민 여러분!
〔……〕 급변하는 국제 정세와 특히 국가 경제가 몰고 올 거센 풍랑
그리고 북한 공산주의자들의 각종 도발행위 등으로 미루어 볼 때 조
국의 현실을 그야말로 백척간두에 처해 있다 하지 아니할 수 〔……〕
다행히도 우리 국민의 절대다수는 지난번 1972년 11월 21일 실시된
국민투표에서 헌법개정안에 대하여 절대적 지지와 찬성을 표시함으
로써 이를 확정하고 전국민적 정당성에 기초한 헌정 질서에 입각하

여 유신체제를 〔……〕 그러나 불행하게도 국가적 현실을 이해하지
못하고 아직까지 과대망상 〔……〕

— 『동아일보』, 1974년 1월 9일

* * *

데모학교 폐교 가능

대통령 긴급조치 4호 선포

박정희 대통령은 3일 밤 10시 헌법 제53조(긴급조치권)에 의한 대통령 긴급조치 제4호를 선포, 학생의 정당한 이유 없는 출석 수업 또는 시험의 거부, 학교관계자 지도 감독하의 정상적 수업, 연구 활동을 제외한 학교 내외의 집회 시위 성토 농성 기타 일체의 개별적 집단적 행위(의례적 비정치적 활동은 예외)에 대해 5년 이상 사형에 처하도록 했으며 문교부 장관은 긴급조치 제4호에 위반한 학생에 대한 퇴학 또는 정학의 처분이나 학생의 조직, 결사 기타 학생 단체의 해산 또는 이 조치 위반자가 소속된 학교의 폐교처분을 할 수 있도록 했다.

— 『조선일보』, 1974년 4월 4일

* * *

유류파동이 몰고 온 컴컴한 거리

밤중 윤화 부쩍 늘어—가로등 줄어 시각 장애

석유파동으로 가로등 점등수를 줄인 데다 헤드라이트 조광도가 낮은

정비불량 자동차들이 많아 밤중 교통사고의 큰 요인이 되고 있다.
이 같은 사고의 위험은 서울 부산 대구 광주 대전 인천 등 가로수를
줄인 대도시 모두에 해당되는 것으로 새해 들어 서울 시내에서 발생
한밤중 교통사고만도 모두 119건으로 1시간에 평균 15건인데 낮에
비하면 사고율이 약 34% 높은 숫자이다.

—『조선일보』, 1974년 1월 10일

* * *

학원 내 적화기지구축 획책

민청학련 관련 54명 구속기소

1,024명 조사 745명 훈방

동원자금 1,000만 원, 상당액이 불순

비상군법회의 검찰부 발표

인혁당 지원, 일 공산당과 제휴

김지하 등에 교시, 자금 받아

인혁당재건위 지도위원 서도원

인혁당재건위 지도위원 도례종

학원담당책 여정남

고교조직책 및 행동총책 이철

민청학련 지도부 유인태

조총련 비밀조직원 곽동의(공소 외)

—『동아일보』, 1974년 5월 27일

＊　＊　＊

민청학련관련 서울대생 2명 2백만 원 현상수배
1명 검거

— 『동아일보』, 1974년 4월 15일

암흑 속의 횃불

인권기도회(제21회)
때: 1월 9일 (목) 오후 7시
곳: 명동대성당
〔……〕

우리의 결의
一. 유신헌법을 철폐하고 민주헌정을 회복하라.
一. 긴급조치를 전면적으로 무효화시키고 구속 중인 지학순 주교를
　　비롯하여 성직자, 교수, 학생, 민주 애국인사를 즉각 석방하라.
一. 국민의 생존권과 기본권을 존중하고 언론, 보도, 집회, 결사의
　　자유를 보장하라.
一. 서민대중의 최소한의 생활과 복지를 보장하는 경제정책을 확립
　　하라

— 『동아일보』 전면광고, 1975년 1월 4일

* * *

정치와 예술은 하나

시인 김지하 씨의 표정은 밝다. 짧게 깎은 머리 때문인지도 모른다. 20여 명의 외신기자들이 몰려와 1시간 이상이나 갖가지 질문을 한다. 한없이 시달린 김 시인은 그러나 또 하나의 인터뷰를 위해 자세를 가다듬는다.

—자주 드나들었던 감옥이라 좀 익숙하기도 했을 텐데……

세번째인 이번 감옥 생활은 이상하게도 담담하기만 합디다. 스스로 원한 수난이었기 때문이 아니었나 싶은데…… 그런데 어느 날의 법정에서입니다. 사형선고를 받은 한 학생이 영광입니다 하고 말하는 거예요. 이 말은 나에게 큰 충격을 주었습니다. 나는 이 말을 잊지 못하고 거듭 되새겨보곤 했으니까요.

김 씨는 이 말에서 힌트를 얻어 정치적 상상력에 관하여라는 한 논문을 옥중에서 구상했다고 한다.

—김 시인이 형을 받은 것이 창작활동 때문인지 외국에서 논란되기도 했었는데 본인의 생각은 어떠신지……

나에게 있어 제일 큰 숙제였던 이 문제에 대해 나는 결정적 해답을 얻은 것 같아요. 감옥 생활이 나를 도와주었다는 점에서 감사합니다. 정치적 상상력에 관한 논문이 해답해주겠지만 결론부터 말하면 나에게 있어 정치와 예술은 절충이 아니라 처음부터 하나라는 말입니다. 〔……〕

—마지막으로 앞으로 할 일에 대한 설계나 포부를……

모두가 풀려나도 나는 제외되는 줄 알았었지요. 또 감옥 문을 나오자마자 형무소 앞에서 충격적인 경험을 했습니다. 얼떨떨한 머리를 정리하기 위해 16일 새벽 집을 나와 40여 리 길을 혼자 걷기도 했으나 아직도 잘 모르겠어요. 상황에 대한 이해를 한 다음 천천히 그러나 정확하고 날카롭게 할 일을 해나갈 생각입니다.

그리고 그 할 일이란 바로 옥중에서 터득한 정치와 예술은 하나라는 확신의 현실적 작업이라고 설명해주었다.

—『동아일보』, 1975년 2월 17일

＊　＊　＊

민주회복 국민선언 대회

각계 대표 71명

민주회복국민회의 발족

평화적으로 자유 민주 쟁취

—『동아일보』, 1974년 11월 27일

＊　＊　＊

자유실천 선언

30여 문인, 가두데모 좌절

—1974년 11월 18일

허무, 퇴폐, 저항

사태답답…… 대화답답

대학생들에게 거는 사회적 기대는 너무나 크다. 타의에 의해 길고 긴 겨울방학을 맞은 이들은 지금 무슨 생각을 하며 어떻게 보내고 있는지. 73년을 보내는 젊은이들의 생각을 들어본다. 〔……〕

이미리 (당시 이대 문리대 사회사업과 3학년) 참으로 춥고 우울한 겨울방학이에요. 여름과 달라 밖에 나가 무엇이든 할 수도 없고…… 유익하게 보내야 할 텐데.

최영규 (당시 서울대 법대 법학과 3학년) 전 여대생들은 방학에 무엇을 하나 궁금합니다.

이미리 대개는 음악을 듣거나 책을 봅니다. 뜨개질도 하고요. 지난 크리스마스날 밤엔 자정미사에 참석했다가 돌아와서 벙어리장갑을 한 켤레 뜨느라 밤을 샜어요.

최영규 저는 새벽 1시쯤 집에 들어가다 보니 신촌로타리의 서점이 불을 켜고 있더군요. 술집도 모두 문을 닫았는데, 신기해서 들어가 거나해진 책방 주인과 이 애기 저 애기 하고 책 한 권 사가지고 집에 가 읽었습니다.
작년 가을부터 신문은 안 보는 버릇이 붙었어요. 하두 심심하면 한 달치를 한꺼번에 훑어보고…… 젊은 작가들의 문제작들은 학생들 거의가 다 읽고 있어요.

이미리 여대생 사이에서도 사회의식 같은 게 높아진 셈이에요. 고학년이 되면 책을 많이 읽게 되고. 대개 졸업하면 취직을 하고 결혼해서도 계속 직장을 갖겠다는 것이 대부분의 의견이에요.

최영규　어쨌든 대학이란 옛날처럼 상아탑이니 하는 꿈같은 곳이 아
　　　　닌 것만은 분명해요.〔……〕
이미리　아무쪼록 이번 겨울방학에 고시 공부 많이 하길 바랍니다.
최영규　뜨개질 많이 하고, 책 많이 보고 생각도 많이 하세요.

—『조선일보』, 1973년 12월 30일

* * *

오스카 와일드의 표현을 빌면, 나는 정열의 감옥 속에서 자유로웠던
셈이다. 그러나 스무 살을 맞던 지난겨울 몇 방울의 절망이 내 정열
의 백지 위에 번져 나오고 나는 결국 바다로 나갔었다. 그로부터 나
는 바람의 존재양식을 생각하며 늘 떠돌아 다녔다. 한데 엊그제 돌
아온 여행 중엔 내 긴 머리카락을 잘렸다. 나만이 간직하던 머릿속
의 어둠을 빼앗기고 돌아온 보상이 바로 이 당선통지인지. 엿 같은
세상이다. 그래서 나의 역설은 성립한다.
내 머리카락이 다시 자랄 때까지 언제나 새롭게 견뎌볼 생각이다.

—이인성, 서울대학교 대학신문 주최 대학문학상 당선 소감,

『대학신문』, 1974년 4월 29일

* * *

대학생 단상—이 가을에는……

식은 재에 오줌을 갈기듯 먼지뿐인 것이 인생이라던 친구 녀석의 푸
념을 생각한다. 나는 날마다 한 번씩 멸망한다던 또 다른 녀석의 넋

두리도 생각한다. 습성처럼 대학을 왔다 갔다 하더니 또 아무런 남
긴 것 없이 훌쩍 군대로 가버린 녀석들이다. 생각하면 시쳇말로 퇴
폐적이고 전근대적인 몰골로 쏘다니던 우리였었다. 대학이란 책을
쌓아놓은 집이고 우리는 그 지식을 위하여 대학을 간다던 어린 정열
은 저당한 채 막걸리에 젖고 없는 울분도 만들어가며 떠들던 때다.
그러나 이론도 없는 혈기로 아름다운 분노를 터뜨리던 그 시절이 그
립다. 그립다.

— 이정규(서울대 종교학과 3학년),『동아일보』, 1974년 9월 9일

* * *

뚜렷한 명분도 없는 대학축전은 과연 누구를 위한 축제인가? 모든
서울대인들의 웅변이 있고 진리탐구의 대행진이 있어야 할 이 길에
서 이제 그 사명을 구두 밑창으로 깔면서 이 길을 따라서 아베크의
대 행진만이 있어서는 안 될 것이다. 모든 부모 형제들에게 감사하
는 마음으로 단 일각만이라도 그 부모형제들을 생각하며, 축제를 보
내고 싶다.

— 이창주(경영학과),「누구를 위한 축전인가」,『대학신문』, 1975년 10월 13일

* * *

대왕코너에 대화

78명 사망, 29명 부상(오늘 오후 2시 현재)

새벽 2시 27분 발화

5시 50분경 진화

고고클럽에서만 65명 소사(燒死)

6, 7층 태워……호텔 방서 담뱃불 발화 추정

호텔 632호실서 자다 잠적한 남녀 추적

고고클럽 문 잠가 더 큰 희생

손님들 술값 안 내고 뛰쳐나갈까 봐

종업원들이 하나뿐인 출입문 봉쇄

철야 영업 행위 단속 피하려고

자정 후 승강기 끄고 셔터 내려

입구엔 뒤엉킨 시체 더미

──『동아일보』 호외, 1974년 11월 3일

* * *

여전히 광란 고고

광란의 난무는 여전했다. 바로 전날 대왕코너의 끔찍스러운 참화도 아랑곳없이 고고족들은 4일 밤 서울 시내 31개 고고클럽 중 문을 연 27개 대부분에서 번갯불처럼 어둠을 후리치는 환각 조명 아래 사이키델리 리듬의 소용돌이 속에서 미친 듯이 마구 몸을 흔들어대고 있었다. 업주 또한 경찰의 일제단속으로 철야 영업은 안 했지만 대부분 허가된 새벽 2시까지 영업했다. 외국 관광객들에게만 새벽 2시까지 허용된 나이트클럽 영업은 언제부터인가 외국인 아닌 국내인을 위한 클럽이 돼버려 이날 일제단속에 나선 경찰도 새벽 2시까지는 영업을 허용하되 통금시간 이후 밖으로 나온 고고족들을 단속하는

데 그쳤다. 그러나 실제 통금시간 중에 나이트클럽 주변의 여관을
드나드는 고고족들은 아무런 단속도 받지 않고 활보하고 다녔다.
광란의 난무는 시내 곳곳에서 밤이 깊은 줄 모르고 계속됐다(5일 자
정 무렵 니르바나 나이트클럽).

—『동아일보』, 1974년 11월 5일

＊ ＊ ＊

늘어나는 히로뽕 밀조

일본 주모, 원료도 밀반입

일본선 5배 호가, 중간책 많아 조사난

—『동아일보』, 1975년 3월 8일

자르는 문화

장발족 기동단속

경찰은 최근 늘어나고 있는 히피성 장발족을 뿌리 뽑기 위해 13일부
터 각 시도 경찰국-서별로 특별기동반을 편성, 서울과 부산 등 6대
도시에서 집중단속에 나섰다. 치안국은 퇴폐적인 사회풍조를 추방
하고 건전한 기풍을 조성하기 위한 이번 장발단속은 장발족이 근절
될 때까지 계속될 것이며 앞으로 전국 대학과 학원 등 사회단체에
이에 대한 계도와 협조를 요청, 자율적인 추방 운동을 전개할 방침
이라고 밝혔다.

경찰이 단속할 히피성 장발족의 한계는 #옆 머리칼이 귀를 덮고 #

뒷머리칼이 여자의 쇼트 컷을 넘을 정도로 #남녀의 분별이 곤란한 장발(경범죄 처벌법 1조 49호)로 되어 있다. 경찰은 또 자율적 추방 운동의 하나로 배우, 탤런트, 가수 등 연예인들이 자율적인 정풍 운동을 벌이도록 관계 협회에 촉구하기로 했다.

경찰은 첫날 단속에서 전국적으로 12,999명을 적발, 이중 186명은 즉심에 돌리고 나머지는 머리를 깎은 뒤 훈방했다. 〔……〕 적발된 장발족은 대부분 19~25세로 대학생과 재수생 또래.

오후 3시 30분쯤 종로 2가에서 적발, 종로 경찰서에 연행된 김모 군(19, 용산구 이태원동)은 뒷머리가 웃옷 칼라를 덮을 정도의 장발로 통바지에 튜닉 차림이어서 옷모양까지 여자 차림. 김군은 연행된 후 여자 목소리를 흉내내며 여자라고 항의하다 나중에야 자백, 머리를 내밀었다.

종로 경찰서에 연행된 장발족 중 최연소자인 이모 군(17, 중구 장충동)은 구내 이발소에서 삭발되기 직전 가발을 벗으며 어른 대접을 받고 싶어 가발을 썼었다고 말해 경찰관을 어리둥절하게 만들었다.

—『조선일보』, 1973년 9월 14일

* * *

장발족 일제단속

서울시경

1,600명 삭발, 40명 즉심

—『동아일보』, 1975년 7월 24일

머리를 자르기로 했다. 5년 동안 고집해온 장발을 잘라야겠다. 어차피 머리는 또 자라나는 거니까. 그동안 나는 장발로 네 번 걸려서 모두 12일 구류를 산 경험이 있다. 나는 아무런 죄도 저지르지 않았으나 12일 동안 구치소에서 살았다. 나는 단식을 했다. 나의 무죄를 증명하기 위해서. 간수는 의아해했다. 당신은 죄인도 흉악범도 아닌데 왜 사서 고생이냐고. 단식도 내 자유, 장발도 내 자유다. 나는 장발을 비롯한 모든 내 자유에 대한 신념이 있었기 때문에 그들이 가위를 들고 내 신체에 가하는 테러를 안 당할 수 있었다.

감방엔 14명이 있었다. 자칭 전과 17범이라는 사나이가 나를 언젠가 주간지에서 보았다고 팬 의식에서인지 친절한 충고를 해주었다. 그는 물었다. 영치금이 얼마냐, 5천 원이다. 간수들은 영치금에 밝으니 그만한 돈이면 눈초리가 달라질 것이다. 그러니까 5천 원이면 나갈 때 머리를 안 깎일 수도 있을 것이다. 나는 누가 뇌물을 잘 먹는 간수인줄 안다며 그는 한 손으로 늙수그레한 간수를 가리켰다. 저 사람은 퇴직이 얼마 남지 않았다. 손자까지 있고 그의 식솔은 10명이 넘는다. 따라서 저 간수는 이런 일을 안 할 수 없다.

— 정찬승, 「장발과 단식」, 『조선일보』, 1974년 6월 23일

유신 찬양 노래 보급

국민투표 앞두고 경기도 교위, 일선 교사 통해

경기도내 교사들은 가정방문에 앞서 「유신 새야」라는 노래를 합창한다.

유신 새야(파랑새 곡조)
1. 새야 새야 유신 새야 푸른창공 높이 날아
   조국중흥 이룩하고 자주통일 달성하자
2. 새야 새야 유신 새야 너도 나도 잘살자는
   유신 헌법 고수하여 국력배양 이룩하자
3. 유신유신 우리 유신 우리 살 길 오직 유신
   유신체제 반대하면 붉은 마수 몰려온다

—『동아일보』, 1975년 1월 30일

* * *

누설 교사 색출 지시
경기도 교위
「유신 새야」 노래 보급에

속보＝3일 경기도 교위는 관할 시군 교육청을 통해 유신 찬양 노래
인 「유신 새야」의 가사 유인물(본보 1월 30일자 보도)을 외부로 누설
시킨 교사들을 찾고 있다. 이 지시에 따라 각 교육청은 교사들에게
배부했던 가사 유인물을 회수하고 유인물을 반환하지 못한 교사들의
명단을 작성, 이들을 중점적으로 조사, 가사 누설 여부를 캐고 있다.
이러한 조사를 하게 되자 유인물을 분실한 교사들은 누설자로 몰릴

까 봐 여분을 갖고 있는 동료 교사들의 것을 구해 제출하기도 한다
는 것이다.

한편 4일 낮 도교위 측은 「유신 새야」의 가사 유인물을 회수하도록
지시한 바 없으며 지난달 25일자로 이 노래의 보급을 중단하도록 지
시했었다고 말했다.

— 『동아일보』, 1975년 2월 4일

＊ ＊ ＊

신민 회의장에 녹음 장치
무선 발신기 발견
경찰, 족자 뒤에 숨겨
충남 2지구당

— 『동아일보』, 1975년 2월 10일

＊ ＊ ＊

평화적 정권 교체 기초다짐에 노력

박 대통령 『뉴스위크』와 회견

문   1971년 선거 당시 이것이 마지막 임기라고 말했는데 왜 그
       생각을 바꾸게 됐는가?

답   〔……〕 이러한 시점에서 나는 이 사회에서 낭비와 비능률을
       제거하여 국력을 총동원하고 국민 사이에 퍼져 있는 위험한
       자유방임 사조의 폐단을 불식함으로써 북한과의 평화적 경쟁

에 임하기 위해서는 계속 대통령직에 머물러 있을 필요가 있
다고 생각하였다. 〔……〕 나는 십자가를 질 결심을 하였고
그 잘잘못은 역사의 심판에 맡기기로 한 것이다. 〔……〕

문 정치범의 체포, 고문으로 한국의 이미지가 손상되지 않았는가?

답 우리나라에는 정치범이란 없다. 공산주의자거나 정부를 폭력
으로 전복하려는 범법자만이 있다. 정치범이 없는데 고문이
란 있을 수 없다. 〔……〕

—『동아일보』, 1974년 10월 29일

＊ ＊ ＊

김지하 씨 재구속

출감 27일 만에

반공법위반 혐의로

〔……〕

영장기재사실

1) 동아일보 문화부 기자 장윤환 씨의 옥중 수기 기고 요청을 받고
지난 2월 26일자 『동아일보』에 게재된 고행 1974(중)를 통해 교
도소에서 만났던 인혁당 관계 피고인 하재완과의 대화를 기재,
고문을 많이 당했습니까? 창자가 다 빠져나가버리고 엉망진창입
니다. 자기들도 정치 문제이니 참아달라고 합디다 등의 내용을
기술, 인혁당 사건이 조작인 것처럼 하여 반국가단체인 북괴의
선전활동에 동조했다.

—『동아일보』, 1975년 3월 15일

* * *

서울대 오늘부터 휴강

어젯밤 학처장 회의 대학원은 제외

데모로 정상 수업 못해

주동학생 징계 방침도 결정

치대 1, 2, 3학년도 휴강

교문 앞에 경찰 300여 명

학생들 버스서 강제 하차시켜

—『동아일보』, 1975년 4월 8일

* * *

방송 PD 9명 소환

5개국 가요 담당 가수와 뒷거래 악습 조사

서울지검 형사 2부는 17일 서울시내 각 방송국 가요 담당 PD와 가수들 간의 뒷거래 사건에 대한 일제 수사에 나서 가수들로부터 상습적으로 돈을 받아온 서울 시내 5개 방송국 가요 담당 PD 9명을 소환 조사했다.

—『동아일보』, 1975년 4월 18일

* * *

국가안전, 공공질서 위한 긴급조치 9호 선포

박정희 대통령은 13일 오후 국민안전과 공공질서의 수호를 위한 긴급조치(9호)를 선포, 헌법에 대한 비방 또는 반대 등을 못하도록 금지하고 고려대에 내려졌던 대통령 긴급조치 제7호 해제에 관한 긴급조치 8호를 각각 선포했다.

대통령 긴급조치 9호

1. 다음 각 호의 행위를 금한다.

　가. 유언비어를 날조, 유포하거나 사실을 왜곡하여 전파하는 행위

　나. 집회, 시위 또는 신문, 방송, 통신 등 공중 전파 수단이나 문서, 도서, 음성 등 표현물에 의하여 대한민국 헌법을 부정, 반대, 왜곡 또는 비방하거나 그 개정 또는 폐지를 주장, 청원, 선동 또는 선전하는 행위

　다. 학교 당국의 지도 감독하에 행하는 수업, 연구 또는 학교장의 사전 허가를 받았거나 기타 의례적 비정치적 활동을 제외한, 학생의 집회, 시위 또는 정치 관여 행위

　라. 이 조치를 공연히 비방하는 행위 〔……〕

14. 이 조치는 1975년 5월 13일 15시부터 시행한다.

─『동아일보』, 1975년 5월 13일

＊ ＊ ＊

학생회 구성 금지

서울대, 각종 서어클도

15일 서울대는 긴급조치 9호의 선포에 따라 별도 지시가 있을 때까지 학생회 구성을 포함한 각종 서어클 활동을 금지시켰다. 서울대는 학생회가 구성되고 서어클 활동이 자유롭게 되면 학원 소요 사태가 재발, 모처럼 되찾은 학원 정상화를 해칠 우려가 있어 활동을 금지시켰다고 밝혔다.

— 『동아일보』, 1975년 5월 15일

＊ ＊ ＊

정화바람에 날아갈 퇴폐 공연물

앞으로는 가요 음반 연극 쇼 등의 공연물이 한국예술문화윤리위원회의 사전심의와 문화공보부의 최종심의를 거치는 이중의 규제를 받게 됨으로써 과거와 같은 어지러운 풍토는 크게 개선될 것으로 보인다. 문화공보부는 국민정신을 해이하게 만드는 요인 중의 하나인 퇴폐풍조를 없애기 위해 5일 가요 음반 연극 영화 쇼우 등을 포함한 공연 활동과 예술창작활동의 정화 방침을 세우고 이를 강력히 실천하겠다고 말했다. 〔……〕

이번에 문공부가 밝힌 정화 방향 및 검열의 세부 기준은 다음과 같다.

＊ 국가의 안전수호와 공공질서의 확립에 반하는 공연물

1) 국가안보와 국민총화를 해치는 것 2) 민족적 주체성을 망각하고

외국풍조를 무분별하게 도입하고 모방한 것 3) 국가시책을 비방 풍자하는 행위 4) 국민의 전진적 사기를 떨어뜨리는 패배주의 자학적 비판적 공연

—『동아일보』, 1975년 6월 7일

* * *

예술가(街) 정화 움직임

박동명 사건 계기
말썽 연예인 제명키로

—『동아일보』, 1975년 6월 13일

* * *

헐리는 환락의 성

밀폐된 밀실(칸막이) 속에서 밤이면 온갖 환락이 퇴폐 행위로까지 번졌던 유흥가 술집에 겨울바람처럼 찬바람이 불고 있다. 당국의 퇴폐 행위 엄단 지시에 칸막이가 벗겨지자 손님들의 발길이 많이 뜸해지고 있다.

—『동아일보』, 1975년 11월 22일

* * *

대중가요 43곡 보급금지

「철새」「기러기 아빠」 등 국민 기풍에 악영향

—『동아일보』, 1975년 6월 21일

* * *

음반 사전심의제로

문공부는 오는 93회 임시국회에 퇴폐풍조 규제에 주안을 둔 음반에 관한 법 개정안을 비롯, 출판사 인쇄소 등록에 관한 법 개정안 공연법 개정안을 낼 방침이다.

문공부가 24일 공화 유정회 정책위 연석회의에 보고한 음반에 관한 법 개정안에 의하면 음반내용의 퇴폐풍조를 막기 위해 사전심의제를 신청하고 녹음업자의 등록제를 실시하도록 돼 있다.

이 개정안에 의하면 음반 제작의 실적이 없는 제작업자는 등록을 취소토록 하고 불법 음반을 판매한 자에 대한 벌칙을 강화토록 돼 있다.

—『동아일보』, 1975년 6월 24일

* * *

저질 공연음반에 체형까지

국무회의는 24일 퇴폐적이고 저질적인 공연행위 및 음반제작 등을 강력 규제하고 체형 및 양벌죄까지를 추가하는 등 벌칙 규정을 대폭 강화하는 것 등을 골자로 한 공연법 중 개정 법률안과 음반에 관한 법률 중 개정 법률안을 각각 의결했다. 이번 임시국회에 제출 처리될 두 법안의 주요 내용은 다음과 같다.

* 공연법 중 개정안 = 1) 시도 또는 문공부 장관에게 하도록 돼 있는 공연자 등록을 앞으로는 모두 문공부 장관에게 하도록 함 2) 공연자 등록 취소 사유에 1년 이상 계속하여 공연 실적이 없는 경우를

추가 3) 관계행정관청이 공연의 정지 또는 중지 명령을 한 경우에는
당해 공연자·출연자에 대해 6월 이하의 기간 동안 모든 공연 활동을
정지시킬 수 있도록 함.

—『동아일보』, 1975년 6월 25일

* * *

연명하기 힘든 가요업계

안 팔리는 음반……월 2~5장 겨우 제작

팬 취향 못 따르는 아이디아

고객들도 듣기만 하지 안 사

건전한 유행가 장려 절실

—『동아일보』, 1974년 10월 12일

* * *

금지곡의 인기

한두 달 전인가, 수십 곡의 가요가 무더기로 제작, 발매, 공연, 방송
금지 처분을 당한 일이 있었다. 표절 등을 이유로 한 몇 편을 제외하
고는, 대부분이 저질, 퇴폐 조장, 불신감 조장 등을 이유로 한 것이
었고, 이러한 처분의 절차상의 과정이나 방법상의 문제에 관해서는
반드시 회의적인 입장이 없었던 것도 아니지만 〔……〕 저질 가요를
낳는 사회환경을 그대로 놓아두고 저질가요만을 축출하겠다는 것은,
뿌리를 그대로 두고 풀잎만 잘라 없애면서 잡초가 죽어 없어지기를

기대하는 것과 같다. 문제는 문화의 본질을 바로 인식하는 일이다. 그리고 이것은 비단 저질가요를 다루는 관계자의 처사에만 해당되는 말은 아니다. 우리 사회의 문화정책을 담당하는 모든 관계자들에게, 새삼스럽게 거듭 강조하고 싶은 고언인 것이다.

—「문화시평」, 『대학신문』, 1975년 9월 15일

＊ ＊ ＊

나의 의견

한국방송윤리위원회는 히트 중인 가요 「왜 불러」 「불꽃」 「아침이슬」 등 이미 우리 귀에 익은 여러 가요를 방송금지곡으로 선정했다. 못 배운 사람의 생각일는지 모르지만 무언가 잘못되었다는 느낌이 든다. 「왜 불러」라는 노래는 최고 인기상의 수상곡이고 「불꽃」 역시 국제 가요제까지 출품된 대표작으로 세계 가요제에까지 도전한 곡이다. 〔……〕 「아침이슬」은 지난 〈방송의 날〉에 건전가요대상을 수상한 노래로서 방송협회가 주는 상을 받기도 한 것으로 알고 있다. 방송윤리위원회의 회원이 누구인지는 모르겠으나 이 노래들이 어떤 이유에서건 방송금지곡에 해당되었다면 방송되기 전에 금지시켜야 했고 레코드로 제작되기 전에 막아야 했을 줄 안다.

— 김태수, 「독자투고」, 『조선일보』, 1975년 12월 25일

* * *

대학 교지, 학보 제대로 나오는 게 없다

자문 맡은 지도교수는 검열관 역할

툭하면 문제이다 가위질

—『동아일보』, 1974년 10월 14일

* * *

유흥업계에 몰아닥친 불황의 열풍

휴, 폐업 사태 전국 도시별 실정

서정쇄신의 찬바람은 그렇게 흥청대던 유흥가에 된서리를 내렸다. 공무원들과 그들과 관련된 손님들의 발길이 거의 끊긴 데다 무거워지기만 하는 세금 공세와 여름철 불경기까지 겹쳐 유흥가는 전국 어디라 할 것 없이 요즘 휴폐업 사태가 속출하고 있다는 소식이다. 〔……〕 공무원 유흥가 출입금지 등 소위 서정쇄신의 채찍은 이제 처음 있는 일이 아니지만 이번만은 무언가 다르게들 받아들이는 것 같다. 이 고비만 지나면 하던 안이한 생각들이 씻기고 이제 볼장 다 봤다는 분위기가 유흥가를 휩쓸고 있는 것이다. 〔……〕

—『동아일보』, 1975년 6월 30일

* * *

유신체제 어떤 도전도 불용

박 대통령 언론기관대표들에 밝혀

—『동아일보』, 1974년 10월 9일

* * *

불법녹음 카세트 판쳐

저작권협 실력행사 선포

월 3만 대 수요로 홍청

1천여 레코오드 소매상까지 마구 복사

음반협선 공존 거부 배짱

—『동아일보』, 1974년 11월 23일

* * *

「그건 너」「한잔의 추억」「미인」 등

가요 45곡 금지 결정

일반이 즐겨 부르는 「그건 너」와 「한잔의 추억」은 곡과 가사가 퇴폐
저속하고 「미인」은 가사나 곡 자체는 문제점이 없으나 사회적으로
파급되는 좋지 못한 점을 감안했고 「생일 없는 소년」은 지나친 비정
과 비탄조임을 들어 예륜은 금지곡으로 결정했다.

—『동아일보』, 1975년 7월 12일

* * *

대중가요 48곡 금지

한국예술문화윤리위원회는 2일 남진의 「사람나고 돈났지」 등 대중가요 48곡을 금지곡으로 결정, 발표했다. 예륜은 퇴폐가요 정화운동 이후 1차에서 130곡, 2차에서 44곡을 금지곡으로 결정한데 이어 이번에 다시 48곡을 추가함으로써 모두 222곡을 금지곡으로 결정했다.

—『동아일보』, 1975년 10월 2일

대마초

재벌 부정, 연쇄 살인, 어린이 유괴, 소매치기 상납, 밀수 등 큼직한 사건들로 1975년은 초반부터 얼룩졌었다. 이 해를 마지막 넘기는 12월에 접어들기 바쁘게 세상은 대마초 사건으로 또 한 번 떠들썩했다. **대수롭지 않은 것으로 여겼던**(강조는 인용자) 대마초 흡연이 뜻밖에도 상당히 만연했음이 검찰 수사에 의해 드러났고 특히 연예계가 심각하게 오염됐음이 밝혀진 것이다. 〔……〕

서울지검 형사 2부(이영욱 부장 검사, 조찬형 검사)는 대마초 일제단속에 나서 밀조, 판매자 8명을 비롯, 흡연자 등 41명을 1차로 검거, 이중 27명을 12월 2일(1975년) 구속했고 이어 12월 3일에는 인기 가수 이장희(28), 윤형주(28), 이종용(26) 씨 등 3명을 구속했다. 〔……〕

대마초 등 환각제의 사용을 위법으로 다스리는 것은 긴 설명이 필요치 않다. 그것은 마약 못지 않게 인간을 파멸시키기 때문이다. 〔……〕

당국은 앞으로도 계속 단속을 강화해나가기를 바라며 이와 함께 근절책을 마련키 위해서 법률의 입법, 개정 등을 포함 필요하고 가능한 모든 방안을 구해야 할 것이다.

— 안종익, 「환각제 사용의 사회병리」, 『세대』, 1976년 1월호

＊ ＊ ＊

극한의 예를 들어 해피 스모커들은 무엇을 위해 그렇게라도 살려고 하는가. 단순한 호기심, 육감적인 일시적인 긴장해소의 방편이라고 지나쳐버릴 성질의 것은 못 된다. 왜냐하면 비록 현상이나마 그 속엔 아름다움이 있다. 진실이 있다. 합리성도 있다. 질서가 드리워져 있다. 소음도 공기오염도 없다. 부패도 억압도 없다. 에덴동산의 일시적 회복이다. 이것은 젊음이 보는 꿈이다. 꿈이 여기서 보인다. 이런 꿈이 실현되길 바란다. 마약이 이런 꿈을 실현해준다는 말은 결코 아니다. 그래도 이런 소박한 꿈이나마 잠시라도 살아서 어른거리는데 어째서 매력을 느끼지 않겠는가.

— 한태동, 「젊은이 문화의 논리」, 『세대』, 1974년 1월호

＊ ＊ ＊

가수 김추자, 신중현도 영장

속보＝대마초 일제단속을 벌이고 있는 서울지검 형사 3부는 5일 가수 김추자 양(24)과 작곡가 겸 가수 신중현 씨(32)를 습관성 의약품 관리법 위반 혐의로 구속영장을 요구하고 김-신 씨의 매니저 이태현 씨(42)를 수배했다.

〔……〕 신 씨는 「미인」을 작곡할 때 기발한 아이디어와 독특한 음색
을 얻기 위해 매니저의 권유로 피우게 됐다고 했다.

─『조선일보』, 1975년 12월 6일

* * *

처음에는 청와대에서 전화가 오더라구. 유신 찬양 건전가요를 만들
어달라는 거야. 나는 싫다고 했어. 나는 대중가수고, 그런 노래 만
들 자격이 없다고 했지. 그랬더니 알았다고 하며 끊데. 그런데 며칠
후, 다시 공화당에서 전화가 왔어. 이번에는 말투가 상당히 거칠더
라구. 그걸 거절하면 되겠느냐 뭐 이런 식이었어. 나는 끝까지 못 한
다구 했어. 그러구서는 잊어버렸지. 그런데 지금 생각하면 점점 죄
어오는데, 그땐 그 관련인지도 몰랐어. 나중에야 감을 잡았지. 대마
초로 걸려서 끌려 갔는데, 물고문이 시작되더군. 수건을 입에다 대
고서. 생각나는 게 있으면 다리로 표시를 하라고 하면서 물을 막 부
어대대. 숨이 막혀 죽을 것 같으면 다리로 신호를 했지. 그렇게 몇
번을 까무라쳤는지 몰라……

─신중현과의 대담.
퍼플 스튜디오(시나위의 스튜디오) 창립하던 날의 술자리.

* * *

대마초 연기를 꺼라
습관성 약품 89개 종류

꿈꾸는 상태서 환희도

대부분 청소년이 사용

농가 재배의 야생도 많아

7월에 수거하면 독성 커

알코올에 24시간 담가 말려

담배 한 개비 500원씩 팔아

마리화나는 스페인어

단속은 한강서 낚시질 격

1차로 연예계 뿌리 뽑기로

    —「대마초 연기를 꺼라」는 기사의 중간 제목들, 『조선일보』, 1975년 12월 7일

* * *

사회   마침 이 자리에는 이번 수사를 지휘한 조 검사께서 나와 계십니다. 우선 일제단속을 펴게 된 동기부터 말씀해주시죠.

조찬형   우리나라에서 대마초 흡연이 시작된 것은 6·25동란으로 미군이 주둔하면서부터입니다. 처음에는 미군병 사이에서 자기네끼리 흡연되던 것이 67년경부터 기지촌 위안부를 통해 퍼져나가기 시작했습니다. 이것이 다시 유흥가로 번지기 시작한 것은 68년경이지요. 퇴계로의 N 고고클럽과 P 고고클럽 등의 고고클럽에 특히 만연되었고 이곳에서부터 명동, 무교동에 있는 술집을 거쳐 대학가까지 퍼지기 시작했습니다. 이 때부터 규제의 필요성을 느껴 70년 8월 7일에는 습관성 의약품관리법이 제정 공포되었지요. 〔……〕 73년에는 그 처벌을

강화했습니다. 〔……〕 막상 단속에 나서고 보니 대마초 흡연 등이 일부에 한정되었으리라는 예상과는 달리 그 적나라한 진면목은 놀랄 정도였습니다. 연예인은 말할 것도 없고 대학생, 재수생은 물론 심지어는 일부 여고생들까지 애용하고 있었어요. 다시 말해서 한정된 지역이나 일부층에만 해당되는 문제가 아니라 사회문제로 번지고 있다는 사실에 입각, 철저단속을 펴기로 한 것입니다.〔……〕

전병재 그런데 마리화나를 피우게 되는 근본적인 동기는 제 생각입니다만 술을 먹는 행위의 그것과 별로 다를 게 없다고 생각합니다. 긴장해소나 따분함을 피하기 위해 술을 먹는 것과 같이 마리화나 흡연 동기도 위의 범주를 크게 벗어나지 못하는 것 같아요. 〔……〕 마리화나 흡연의 해라면 주로 분위기가 묘한 곳에서 여럿이 어울려 이것을 피우기 때문에 이상 행동이나 범죄 행동을 하리라는 점이지요. 그래서 법적 규제를 하고 있습니다.

재미있는 것은 마약이 빈민들에게 애용되는 것과는 달리 마리화나는 주로 중산층 이상의 청소년 특히 대학 캠퍼스나 기숙사 등에서 많이 애용되고 있는 점입니다. 따라서 굳이 범죄로 취급해서 선량한 시민을 죄인시하지 말고 합법화하자는 이야기도 나오는 것으로 알고 있습니다. 〔……〕 어떤 약물이 좋으냐 나쁘냐는 특정 사회의 도덕적 기준 여하에 따라서 다르겠습니다. 인도의 샤이바트 교의 승려들은 위식의 일부분으로 마리화나를 피워 종교적인 근엄한 분위기를 조성하는 데 사용하고 있습니다. 그런가 하면 열대지방에서 사탕수수를 재배하는 노동자들은 찌는 듯한 더위를 이기기 위해서 일을 하는 도중에 이 마리화나를 꼭 피웁니다. 마치 우리나라에서 여름에 농민들이 일을 하면서 막걸리를 마시듯이 피우는 거예요.

어떤 특정사회에서 사람들의 행위를 어떻게 취급하느냐에 따라서 양상이 달라집니다. 마리화나 흡연 행위를 범죄 행위라 낙인을 찍으면 자연히 범죄소굴로 스며들게 되며 범죄집단의 중요한 특성으로 발전될 가능성이 있습니다. 술과 같이 소셜 드링크social drink제로서 대수롭지 않게 취급하면 점잖은 사람도 위신을 갖추어가면서 사용할 수 있는 것과 같이 성격이 매우 애매한 것 같아요. 물론 대전제는 환각제 사용이 결코 좋은 현상일 수 없다는 것이니만큼 이의 선도를 위해서는 부정적 측면은 물론 긍정적인 측면 등 여러 각도에서 세심한 검토가 절대 필요합니다.

사회 인도산 대마초에 비해 우리나라에서 나오는 대마초는 그 환각작용의 정도가 훨씬 덜하다고 하는데 공급 루트와 산지 분포는 어떠합니까?

조찬형 우리나라 전국 어디에서나 구입할 수 있지만 특히 강원도 평창과 정선에서 재배되는 것이 그 질이 좋다고 합니다. 대마초의 공급 루트는 산지 → 수집 중간상인 → 지역총책 → 조직밀매책 → 소비자 순으로 이어집니다. 〔……〕 사실 이 대마초는 육체적인 금단현상은 없다고 합니다. 그러나 무관심 속에 습관이 되어버리는 정신적인 금단증상은 현저하거든요. 물론 담배도 크게 다를 바가 없겠지만 그 효과의 차이가 너

한대석　무 크다는 것을 알아야 할 것입니다.

한대석　대마초의 성분과 그 생리작용은 약리학적으로 아직까지 규명되지 않고 논란이 많습니다. 〔……〕 그런데 영국의 워츠라는 사람은 마리화나 흡연으로는 전형적인 중독정신병은 없다라고 했어요. 누구나 똑같은 경험의 재현성은 없다는 뜻이겠죠.

사회　대마초 흡연이 최근 갑자기 늘어난 것은 말초신경을 자극하고 싶어 하는 풍조 때문이 아닌가 해요. 어쨌든 이제는 사회현상으로 노출된 것이 사실인데 이번 단속을 계기로 하여 이에 대한 대책이 시급히 마련되어야 할 줄 압니다.

김종은　이런 풍조는 이유 없이 무작정 만연되지는 않습니다. 조금 전에도 말했듯이 우리나라 고등학생이나 재수생, 대학생에게는 입시라든가 취직 등의 강박관념이 절대적으로 작용하고 있습니다. 그러나 이들의 욕구불만을 해소시켜주는 시설은 거의 마련되어 있지 않아요.

—「토론: 환각제, 대마초—김종은·전병재·조찬형·한대석·김영치(사회)」,

『월간중앙』, 1976년 2월호

* * *

가수 이장희 윤형주 이종용 구속

대마초 흡연 10g 압수

73년부터 공연장 등서 주 2∼4회씩

—『조선일보』, 1975년 12월 4일

* * *

30여 연예인 명단 입수
해피 스모크 상습 흡연
밀매조직 계보도 파악

—『동아일보』, 1975년 12월 8일

* * *

해피 스모크 흡연 자백하라
마약단속원이 폭행
빅토리아호텔 밴드 단장 주장

—『동아일보』, 1975년 12월 6일

* * *

영화감독, 가수, 전위 화가 등
대마초 상습 흡연한 9명 입건

—『동아일보』, 1976년 1월 28일

* * *

대마초 피운 학생 13명
정학 제명 방침

서울대

―『동아일보』, 1976년 2월 9일

〈겨울〉

정화바람 이후의 가요

한국예술윤리위원회가 대중가요의 정화를 위해 68년부터 최근까지 제작된 레코드의 재심으로 220여 곡의 보급 금지곡을 발표해서 생산업체인 레코드사와 전달업체인 방송미디어들이 위축을 면치 못하고 있는 것 같다. 〔……〕 그런데 금지곡 사태가 발생한 뒤 라디오와 TV에서는 흘러간 노래들이 쏟아져 나오기 시작했다. 외국의 팝송으로 메워지던 리퀘스트 시간이 흘러간 노래의 리퀘스트로 탈바꿈해서 일제시대의 한맺인 푸념이 전국에 메아리치는 기현상이 벌어진 셈이다.

―『동아일보』, 1975년 12월 16일

* * *

또다시 우울해진 대학가

구속 학생 석방으로 모처럼 활기를 띠는 듯하던 대학가는 정부가 석방 학생들을 복교시킬 수 없다는 새로운 강경 방침을 밝힘에 따라 당황과 실망이 엇갈린 가운데 석방 학생 복학 문제의 처리에 혼선을 빚고 있다. 20일 현재 연세대와 한국신대는 문교부의 발표에 관계없이 석방 학생 전원과 두 교수를 복교시키겠다는 공식 태도를 결정

했으나 그 밖의 대학들은 대부분 일단 문교부 방침에 따를 수밖에
없다는 전제 아래 사태 추이를 관망하겠다는 태도를 보이고 있다.

—『동아일보』, 1975년 2월 20일

* * *

인혁당 관련 8명 사형집행

2·15 조치로 석방됐던 민청학련 관련 등 12명을 다시 수감

대통령 긴급조치 7호 발동

고려대에 휴교령 군 진주

교내집회, 시위 일체 금지

위반자 10—3년 징역형

영장 없이 체포 구금도

타교도 주시……대처할 터

청와대 대변인 교무–학사행정도 중지

북괴오판 막게 단결을

박 대통령 해사 졸업식 치사

비상사태 아래 국방 위해 대통령에 전권

국회소집 요구키로

신민 간부회의 긴급조치 7호 등 다루게

박대선 총장 사표 수리

연세대 이사회 두 교수 문제 당국지시 따라 처리

—『동아일보』, 1면 머리기사들, 1975년 4월 10일

* * *

새마을은 근대화 촉진제
박 대통령 전국 지도자대회서 훈시
박정희 대통령이 새마을 지도자대회에서 훈장을 받은 새마을 유공자
들을 격려하고 있다.

—『조선일보』, 1975년 12월 11일

박정희 대통령이 새마을 지도자대회에서 훈장을 받은 새마을 유공자
들을 격려하고 있다.

마이크테스트

---

* forswear it, sight! (셰익스피어, 「로미오와 줄리엣」, 1막 5장)
** 이 글은 2005년 9월 1일 일민미술관 '사계청소전' 개관 기념 퍼포먼스 「수도권 사랑풍경」(윤사비, 김영은, 성기완)에서 필자가 쓴 즉흥텍스트의 일부다.

책 책

책 책 체겢 ㄱ

책 책 책

체체체쳇ㄱ
마이크
시험중입니다.
아아웅
오래기다리셨
습니다.

지금부터
수도권사랑풍경
사운드퍼포먼스가
있겠습니다.
말씀드리는 순간.

앗.

시작되었군요.
아아아아

그럼
오늘의 선수를
소개하겠습니다
잠깐 오른쪽을 보시면
잠깐 이름을 확인하고
오겠습니다.

네,
윤사비 씨
독특한 헤어스타일의
소유자죠.
이부가리쯤 되지 않을까 싶은데요,
이부가리란
바리깡에 필터를 대고
약간 머리칼이 남게
깎는 수법을 말하죠.
네,
기대되는 선숩니다.
모두 뒷모습만을 보여주네요.
아,
이런 음악……
김영은 선수가 쓰는 프로그램을 잠시
볼까요?
네, 프루티룹스라구요,
꽤 대중적인 푸로구람이죠.
아마도 루핑, 시퀀싱하는 프로구람
중에서는
가장 손쉬운 푸로그람잉
그렇군요……

말씀드리는 순간

비행기 소린가요?

네……
그런것 같습닌, ㅏ.
난 그때
필라델피아
공항에 있었어어.
너를 기다리고 있었지.
일요일
나는 일요일자
『뉴욕 타임스』를 들고 너를 기다리고 있었는데,
아,
아마 너를 바래다주러 갔던 건지도 모르겠어.
아듀
너는 마지막으로
나에게 핀잔을 주었어……
그래
난 일요일자 『뉴욕 타임스』에 눈을 두고 있었고,
헤어지는 순간에도 거기다 눈길을 주고 있느냐고 너는 물었어.
그래
내가 미안하다
나무들이 비스듬히 쓰러져가고 있었고
바람은 귓속으로 스며
느어이ㅓ리아러

아, 말씀드리는 순간

드럼 루프가 반복적으로 나오고 있군요.
사비 씨는 라이브라는 푸로그람을 쓰고 있죠.

아마도 크랙 버전이지 싶은데요,
그게 문제죠.
그러나 저 역시도 크랙 버전을 쓰고 있답니다 하하하하
라이브 프로그램에서 나오는 소리들은
글쎄 뭐랄까요,
수도권 주변 사랑풍경을 vyugjs하는 데 적합하지 않을 것 같아요.
왜냐하면,
그 푸로그람은 지나치게
쿨하거든요.
쿨…… 보세요.
저 사람들은 지금
벽 앞에 서 있죠.
보시라구요.
보라?
뭘?
여러분들은 뭘 보고 계십니까?
뭘……
소리를 보고 계신 거겠죠?
아니면 그림을 듣고 계시거 말씀드리는 순간
이 퍼포먼스도
3막 3장쯤에 도달한 것 같아요.
네, 끼아오
지금 소리를 글자로 표현하면
아마도 끼아오
쯤 되지 않을까 싶어요.
말로 표현한다는 건 좀 그렇지만

끼
아
오
끼아오끼아오끼아
오끼아오끼아오끼

아오끼아오끼아오
끼아오끼아오끼아
오끼아오끼아오끼
아오
네 이쯤 되면 막 가자는 rjsepdyl
여기서 결론 부분에 도달할 Eoi까지의 그 힘
힘, 그게 중요하죠.
결국은 상승하는 거 아니겠어요?
상승하자는 걸 수도 있고
아니면 상승하지 않는 척하면서
여러분들을 고양시키는 그 교묘한 쿨함
네, 그것이
말씀드리는 순간
윤사비 씨 잠깐 일어났다
앉았네요.
이유가 뭘까요?
이 스피커들이
수도권 주변 사랑풍경인지 아닌지 확인이라도 하려는 듯
잠깐 비틀거리며 일어났다가
앉은 윤사비 씨

아,
그게 아니었군요.

그럼 잠깐 여길 보실까요?
dlsdkjflsldkfjls아러

달리는 그림
길
왼쪽에서 오른쪽으로
또는 오른쪽에서 왼
쪽으로
이번에는
이 정도 되지 않을까요?
쉬이이이이
쉬ㅟ
zlRlrlzlRldkddkldldldlkjf
아 여기서 두 사람 기로에 서 있습니다.
어디로 가느냐
사운드는 여러분들에게 욕합니다
내리막길이냐 옹르막길이냐
두 사람 머릿속에 갈래를 친 두 길, 어디로 갈까
내려갈까, 올라갈까,
네,
지금 보니 한 사람은 올라가고
한 사람은 내려가네요.
이렇게 되면 길이 엇갈리는건가요?

다섯 개의 귀 느와르한 음악이 결국

선택되는 순간입니다. 느와르
귀를 잘라내는 끼아오의 반복이군요
나.
보라
보다
앗, 그러나 보다라는 동사가 지금 문
젭니까?
소리를 보면 안 되나요?

보라 보다……

강한 리듬

보다에 관해서는
에…… 이때는 고전적인 레퍼런스가 필요한데
음..

아, 셰익스피어를 한
번 인용해볼까욧?

셰익스피어는 밀크셰이크를 좋아하
「로미오와 줄리엣」의
한 장면을 볼까요?

역시 로미오와 줄리엣이 만나는 장면이 압권입니다.
거기서……
그러니깐…… sdhjksdh
에..아, 1막 3장쯤에서……
그 대사가 나오죠.

이때 로미오가 말합니다.
줄리엣을 보고

아아아아
아아아아아아
마이크 테스트
dkdkdlsdkjfslkdjflskdjfskdjf
아아아
아아아아
마이크 테스트
아아아아앙 ㅇ ㅇ
dkdddkdddkdddkddkddkdkdd
sldkjfsldkjfslkdjf ㅌ.,cvmmmvxc,mv
S 비디오는 흑백이군
흑백이 더 낫나?
아아아아
테스트
테슽
테스..으트
지금
바로
아아
뭐?
아, 방송 시작
큐를 줘야지 그럼……

큐쿡
네,
고고국에 계신 동포 여러분
그리고 사천만 오천만 사해동포주의에 입각하여 내가 사랑하게 될지도 모르는
지금은
모
르
는
수많은 목숨 여러분

안녕하십니까?
넓게 설정을 하면 조금 더 글자가 나옴……
ㅇ 니 근 혼글
아르니아르이나으레
sldkjflskdjflskdjflskjfflskdjflskdjflskdjflksjdlkflskdflskdjflksjdlkfjslkdjflksjdlkfj
니아ㅓ리나어ㅣ 란이ㅏ리나어리나ㅓ이라너이ㅏ리나어리나ㅇ리ㅏ너이ㅏ러니아
ㅓ리나어리ㅏ너이ㅏ러니아ㅓ리나어리나어리나어리ㅏ너이?니아ㅓ리ㅇ어ㅣ라
니아ㅓ리나어리나ㅇ리ㅏ너이ㅏ러니ㅏ어리난어리ㅏ너이러니ㅏ어리ㅏ너이?니
ㅏ어리ㅏ너이ㅏㅓ리나어리낭리ㅏ너이ㅏ러ㅣ낭리ㅏ너이ㅏ러니아ㅓ리나어리ㅏ
너ㅣ아러ㅣ나어리나ㅓ이?니아ㅓ리나어리글어리ㅏ너이ㅏ러니ㅏ어리난어ㅣ란
이라너이ㅏ러니ㅏ어리나어리나어리나ㅓ이라너이ㅏ난니ㅏ어리나어리ㅏ너이라
ㅓ니아ㅓ리나어리나어리나어 나타자 되게 빨라 그러나 그렇게 많이 빠르게 느
껴지지는 않네……
아아아
마이크 테스트
아아아
아아아아아아아
흠흠흠
아아아아

마이크,
시험 중입

MAKDL

ZMTTL

TLGJA

GJA중

입니다
마이크
안녕하
십니까?

?까??? 세 개의 귀 중에

하나를 잘랐다
치치치치치이이이이이이이이이이이이이이이이이이
비행기가 뜬다
난 필라델피아
공항 에서
너를 떠나보냈지……
그때 나는 일요판 『뉴욕 타임스』를 읽고 있었어
우리는 마지막이었는데,
너는 내게 마지막 핀잔을 주었지.
헤어지는 이 순간에도 너는 일요판 신문에 눈길을 주고 있구나.
그래.
그랬다.
우리는 이미 헤어져 있었던 거다.
아니, 앙아아아아아
아니………………
나는 헤어지기 싫었는지도
아니면 어떻게 헤어지는 것이
최선인지 몰랐기 때문에
그저 머뭇거리고 있었을 뿐이었는지도 모른다.
최선
최고
최면
최음
ㅊ

cprcprcprcprcprcprcprcprcppppppppppppppppcrpcrpcrp첵첵첵첵체ᅦᅦᅦᅦᅦ
들리십니까?
네, 아니오
그럼 시작하겠습니다.
안녕하세요.

여러분들은 무엇을 보고 계십니까?
여러분들
여러분들
무엇을 보고 계십니까?
무엇을요……
무
여러분들,
고개를 들어 무엇을 보고 계시나요.
무엇을요.
지금 소리를 보고 계시죠?
그리고 글자들을 듣고 계시구요.
하핫
듣고 있는 건 글자들이랍니다.

보고 있는 건 소리들
이게 바로
흐흐
애청자 여러분
지금 흐르는 라운지풍의 쿠

쿨재즈를 기억하십니까?예, 오늘, 날씨 어땠죠?
음……서울, 런던, 파리,
이게
그
뭐냐
셰익스피어의「로미오와 줄리엣」
한 구절 인용해볼깝쇼?
기다려요
기다려주오
로미오는 이렇게 말했다.

끼아요
RlDi
끼야오
꺄오
Ri
ㄲ
꺄옹
꺄오
지금 이 리듬에서 여러분들이 받는 인상을 머릿속에 그려보세요.
끼야오……
점점
점점
눈 더미
눈 더미
눈 더미
처럼 눈 더미
처럼
눈
넌
누구야
도대체
눈
더
미
처럼 커지는
나의 죄
금자 씨
바로 이 구절입니다.

눈아,
그걸

정

● ● ●

1막 5장

이게 바로 로미오가 한 말입니다.
줄리엣을 봐놓고
눈아
난 봤어
그러나
난 부정해……………… 눈 더미
눈 더미
눈 더미
눈 더미
눈눈눈
졸졸졸
졸졸졸
두 유리 멤버
셉템버
셉템버
퍼스트
오늘이야
아, 라운지 "눈아!
그래요
이렇게
눈아
그걸 부정하라!!!
자기가 봐놓고
자기 눈보고 부정하라는 건 또 뭐야
그게 바로 셰익스피어
밀크셰이크식 어법이지
부서지고 포말처럼 있는 그대로가 아니라 있다가도 없는 바로크적인 거 말이야.
그 모순어법을

그걸 부정하라! 아

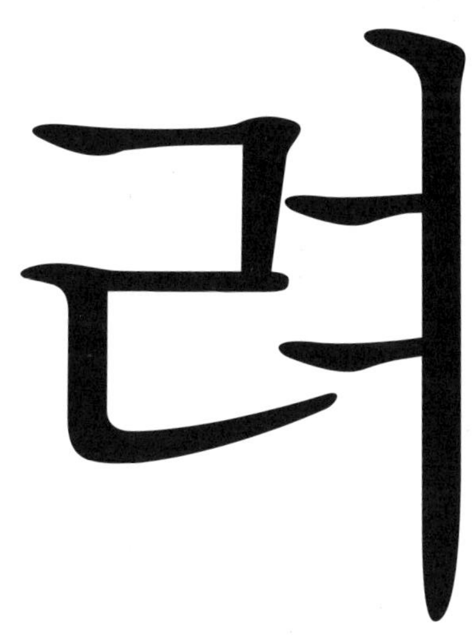

정말 떨려요
안 돼요
그래요
쫌만 빨아줘요
아
거긴 정말 안 돼
안안안안아나나나나나나낭

여기서 **잠깐**

의식의 동행을 따라가자면 역사가 나오고

역사는 다들 결혼을 한 뒤의 일이지만 혁명
나왔네요 혁명이란 단어 혁명＝왓칭미토킹이라 이거지 예술의독재라고칼로파놓
은독한임민욱도그날울컥하며있었어skdksdkjsdlkjsdlfkjslkdjflskdjflskdjfslkdjf

if

if

"난 오늘 밤 미를 봤다!"

안 돼요
그래요
쫌만 빨아줘요
거긴정말안돼안아아
아아아나난낭낭앙앙나아난안안안아나ᅌᅡ
그만둬
이 지겨운 새꺄
꺼지라고
그만하고 사라져버려주겠니제발

차 라 리
죽 어 버
려

아…… 정말…… 그럼 내 상황은, 어쩌면 당신의 1년 전

쯤의 뜻대로, 2년에 걸쳐 이렇게 당신과 함께하는 방향으로 만들어놓고…… 나를 휘저어놓고 이젠 관계의 본질을 알았으니 떠난다고 하면, 남겨진 나는 어떻게 해요? 그냥 당신 인생의 실험장이었던 건가요?

그간 당신도 괴로워했잖아요. 그 괴로움의 본질이 이런 것이었으니 당신도 이제 벗어나시라고요. 아…… 뭐 내가 거기까지 얘기할 입장은 아니고…… 이렇게 당신이 나 때매 어떻게 되었다느니라는 식의 이야기 하는 것도 정말 못 듣겠어요. 어차피 그럼 다시 만난 대도 더 나락으로 빠지는 것밖에 없잖아요. 잘못된 것이었다는 걸 알면 나와야지요. 이렇게 잘못됐는데 니가 그렇게 만들었으니 계속 잘못된 길로 갈 수밖에 없다는 건 말이 안 되잖아요.

당신은 내게 원하는 게 뭐예요? 맘이 떠났어도 당신 맘을 흔들었으니 끝까지 책임을 져야 한다는 건가요? 그럼 평생 당신 옆에서 죄수처럼 있어야 한다는 얘기인가요?

당신 가정 그렇게 된 것도 내 책임이고(당신은 늘 아니라고 했잖아요. 나 때문이 아니라고…… 그런데 이제 와서 결국 나 때문이었다고 하고 있죠) 그러면 나는 꼼짝없이 당신의 새 가정을 이루어줘야 하는 건가요?

당신을 좋아한 죄로 당신의 모든 게 다 내 책임이라는 식이네요.

…… 님의 말 :

우리 사랑했잖아요. 사랑한 사람들이 가는 길이 있죠…… 나는 그 길을 계속 가고 싶다는 거예요.

그게 서로 상처를 주고 상처를 받고 만신창이가 되는 길이잖아요.

난 싫어요.

못 하겠어요.

끔찍해요.

제발…… 그만해요, 우리.

라마냐, 피오스크, 달리아 2

K는 겨우 거길 벗어났다. 쫓아오는 사람이 있는지 확인하기 위해 뒤를 돌아보았다. 어둠이 빙글빙글 휘돌고 있었다. 거기서 소리가 나는 것 같았다. 아무것도 보이지는 않았다. 휘도는 어둠이 갑자기 붉어지는 듯했다. K는 또 돌아봤다. 그러나 역시 아무것도 없었다. 소리는 귀에서 나는 것일지도 모른다. K는 두 귀를 손으로 막아보았다. 그랬더니 소리보다는 몸의 울림이 느껴졌다. 그것은 그 소리가 이명이 아니라는 걸 말해줬다. 몸의 울림에 집중하니까 소리의 실체를 짐작할 수 있었다. 그 소리는 기차 소리 같은 거였다. 어쩌면 그 짐작은 단지 K의 바람일 수도 있었다. 그러나 K가 할 수 있는 것이라고는 단지 그렇게 확신하는 것뿐이었다. K는 힘들게 걸음을 옮겼다. 마지막 남은 한 방울의 술을 잔에서 털어내듯 사력을 다했다. 식은땀이 흘렀고 입에서는 맡아본 적이 없는 시큼한 냄새가 입김과 함께 쏟아져 나왔다. 겨우 다다른 언덕 꼭대기에는 길게 뻗은 두 개의 레일이 있었다. K는 거기서 쓰러졌다. 차가운 레일이 귓가에 닿았다. 우렁찬 소리가 들려왔다. 그것은 분명히 기차 소리였다. K는 벌떡 일어났다. 그리고 호되게 나지막히 질책하는 어조로 외쳤다.

북쪽.

K는 북쪽으로 고개를 돌렸다. 캄캄했다. 남쪽. 자세히 보니 아주 멀

리서 별빛보다는 조금 밝은 두 개의 희미한 불빛이 보였다. 불빛이 어른거렸다. 확실하다. 불빛은 미세하게나마 이쪽으로 다가오고 있었다. K는 본능적으로, 저것에 몸을 실어야 한다고 생각했다. 어떻게든. 무슨 일이 있어도. 모자가 바람에 날아가는 한이 있더라도.

갑자기 안내 방송이 나왔다. 이번 역이 종착역이니 내리라는 거였다. K는 졸고 있었나 보다. 조금은 당황한 나머지 모자를 벗었다 쓰며 창밖으로 던지는 K의 시선은 빠르고 불안하게 좌우로 당겨졌다. 그때 붉은 가죽 재킷의 여인이 다가왔다. 그녀는 검은 띠에 흰 꽃 모양 리본이 달린, 챙이 지나치게 넓은 브라운색 모자를 쓴 늘씬한 여인이었다.

속임수예요. 잠자코 앉아 계시면 돼요.

승객들은 그 순간에도 짐을 챙기고 내릴 준비를 하느라 분주했다.

여기가 피오스크의 전 정거장 트란킬리아죠.

조는 승객을 깨우느라 승무원들이 기차간을 누비고 다녔다. 무뚝뚝한 러시아 기병처럼 생긴 승무원 하나가 잠자코 앉아 있는 K 앞에 오더니 이상하다는 듯 쳐다보며 말했다.

내리세요, 종점입니다.

러시아 말이었다. K는 어떻게 대답해야 할지 몰라 망설였다. 그때 붉은 재킷의 여인이 머뭇거리는 K를 잽싸게 가로막으며 대꾸했다.

면접 보러 가는 중인데요.

아, 그러시군요.

승무원은 K와 붉은 재킷의 여인을 지나쳤다. 승객들이 내리고 K와 여인은 남았다. 남은 승객이 아주 없지는 않았다. 트란킬리아를 떠난 빈 기차는 치렁치렁한 쇠 목걸이가 절그렁거리는 듯한 소리를 내며 굽은 레일을 돌아 나갔다. 다리를 하나 건너자 다시 안내 방송이 나왔다. 피오스크에서 내릴 승객은 준비하라는 것이었다.

피오스크 다음 정거장도 있나 봐요?

K는 붉은 재킷의 여인에게 물었다.

그럼요. 이 세상에 종점 같은 게 있는 줄 알아요?

피오스크라는 표지판이 보이기 시작했다. 역사에 들어온 기차는 크고 예쁜 기적 소리와 잔인한 비명 같은 브레이크 소리를 함께 내며 드디어 멈춰 섰다. 역 바깥에서 웅성거리는 소리가 들렸다. 역 광장 쪽에서 사람들이 불꽃놀이를 하고 있었다. 불꽃이 사방을 일순 훤하게 비쳤다. 멀리 밤바다가 보였다. 바다의 표면이 꼭 검은 철판 같아 보였다.

피오스크는 항구였군요.

K가 붉은 재킷의 여인 쪽으로 고개를 돌리며 말했다. 그랬다고 해도 그녀를 바라본 것은 아니었다. 그녀는 조용히 고개를 끄덕이며 밖을 바라보았다.

예전에는 이 침대칸에서 게임을 하곤 했었는데.

그녀가 그렇게 중얼거렸다. 환했던 밤바다가 일순 다시 어두워졌을 때는 더욱 캄캄해서 그 어둠이 얼얼했다. 기차의 불이 꺼지자 무거운 정적이 공기를 짓눌렀다. K는 붉은 재킷의 여인을 따라 내렸다. 이 괜한 침묵 속에서 그는 조금 침울해졌다. 이 모든 게 자기 책임이라고 생각하는 듯한 K의 이마에서 다시 땀이 솟았다.

어쨌든 여긴 축제네요.

국경을 넘은 건가요.

여기가 거기예요. 아직 우리는 그 사이에 있어요.

국경에는 늘 정적이 있군요.

오랜 기다림도 있죠.

평소에는 여권을 걷어가기도 하니까.

화장실이 어디죠.

붉은 재킷의 여인을 따라가던 K는 자신의 왼손이 허전한 것을 깨달았다. 아, 잠깐. 분명히 클럽을 떠날 때 손엔 책 한 권이 들려 있었다. 보지 않았으나 보고 싶은, 그러나 왠지 누군가에게 주고 싶었던 책이었다. 어딘가에 도착할 때까지만 그 책을 읽고 그다음에는 영영 작별하리라 마음먹었었다. "모든 것을 향해 있고 아무것에도 향해 있지 않은 완전하게 회색인 이 시선"이라는 문장이 마지막이었다. 그다음부터는 붉은 재킷의 여인과 이야기하느라 신경을 쓰지 못했다. 책을 어떻게 했더라. K는 기차 안으로 다시 들어가 보려다가 말았다. 왠지 기차 안으로 들어가면 붉은 재킷의 여인이 사라져버릴 것 같았기 때문이다. K는 책을 단념했다. 까짓 책. 아마 아까 설핏 잠들었을 때 붉은 재킷의 여인이 책을 슬쩍 자기 가방 안에 넣었는지도 모른다. 붉은 재킷의 여인은 금색 단추가 달린 조금 헐렁해보이는 가방을 두 무릎 위에 놓고 있었다. 지금은 붉은 재킷의 여인의 왼쪽 어깨에 가방이 둘러메어 있었으나 그 안을 들여다보자고 할 수는 없는 노릇이었다. 어쩌면 K가 그 책을 이미 여인에게 주었을지도 모른다. 그랬을 것이다. 아마도 책을 붉은 재킷의 여인에게 줬을 거라고 K는 믿기 시작했다. 그 여인은 충분히 그 정도의 자격이 있다. 미녀에다가 몸매도 좋고 더군다나 재치를 발휘하여 K가 트란킬리아라는 맥 빠진 역에 내리지 않도록 하지 않았나.

K는 훅 끼쳐오는 차가운 공기 때문에 목 안에 서리가 끼는 듯했다. 기침을 했다. 붉은 재킷의 여인이 손수건을 건넸다. 그러나 K는 계속 기침을 하며 고개를 가로저었다. 이 이상의 친절은 분명 거절하는 것이 옳다고 생각했다. K는 조금 있다가 적을 메모의 구절 같은 걸 머릿속에서 매만지고 있었다. 아니, 사실 K는 떠나온 이후로 줄곧 편지를 써내려가고 있었는데, 편지지는 그의 머릿속에 있었다. K는 클럽의 멤버였던 친구들을 떠올리며 머릿속에서 상상 편지를 써왔다. 그 일은 생각보다 큰 위안을 주었다. 머릿속으로 글을 쓰는 일은 친구들과의 추억을 보다 자세히 떠올리게 할 뿐 아니라 알 수 없는 충만함을 주었다. 갑작스럽게 머릿속에서 시작된 편지 쓰기에 집중하느라 K의 표정이 약간 멍해졌다. 붉은 재킷의 여인이 고개를 돌려 K를 바라보았다. 마치 곁눈질 같은 건 한 번도 해본 적이 없다는 듯 자신만만한 눈초리였지만 그것은 여느 때와 마찬가지로 평온했다. K의 멍한 얼굴이 지나친 긴장감 때문이라고 생각했는지 그녀는 K 쪽으로 조금 더 다가와 다정함을 표시했다. 평소 같았으면 머쓱함과 경계심이 섞인 어색한 손동작으로 모자를 매만지며 그렇게 바싹 다가온 여인을 살짝 비켜나 원래의 거리를 유지하려고 애썼을지 모르지만, 상상 속의 편지 쓰기에 몰두한 나머지 K는 그저 발걸음을 옮길 뿐이었다. 붉은 재킷의 여인에게 K의 그런 태도는 꽤 자연스러워 보였다. 그녀의 표정에서 추억을 회상할 때의 그림자가 조금 가셨다. 붉은 재킷의 여인은 K가 꽤 다정한 사람이라고 느꼈을 수도 있다.

P에게

P. 빈지 눈인지 모를 것들이 스멀스멀 내려서 거리를 더럽히는 초봄의 썰렁한 오후다. 꽤 시간이 흘렀네. 이제야 재판이 끝났구나. 벌써 몇 년 전이지? 이제서야 성에서 나올 수 있다는 건지, 아니면 아직도 그러기에는 더 많은 절차가 필요하다는 건지, 조서를 읽어봐서는 잘 모르겠다. 너의 기록들이 작성된 그해 여름부터 이듬해 겨울까지, 사실 그때 나는 겨우내 저장고에 있던 묵은 햄을 꺼내서 먹어보는 기분으로 그 기록들을 읽어 내려가며 때로는 이것들을 노래로 만들었으면 좋겠다는 생각까지 했다. 노래. 노래는 언젠가 끝이 난다. 노래가 끝나면 저절로 글도 끝나겠지. P. 지금 너는 어디를 떠돌고 있니. 분명히 너도 보았을 것 같다. 클럽에 붙어 있던 영업정지 딱지를. 그것만큼 소름끼치는 일이 또 있을까. 그다음에 우리가 산산조각이 난 거야. 그 하잘 것 없는 쪽지 따위가 우리를 이렇게 만들다니, 믿기지 않는다. P. 시간이 없다. 내가 한 일을 짧게 말하는 수 밖에 없다. 결론부터 말하자면, 나는 그 청원서를 영문으로 번역하여 비밀리에 바티칸에서 온 신부 한 사람을 만났어. 신분을 감추고 계약직 교수로 학생들을 가르치고 있는 그 신부의 얼굴 윤곽은 이탈리아 사람이 분명했으나 얼굴 피부가 투실투실한 것은 꼭 북유럽 사람 같았다. 그 피부 위를 덮고 있는 딱딱해진 지방층 때문에 얼굴에 철가면을 쓴 듯한 느낌이었다. 그런데 그 철갑 피부에서 아무 데서나 함부로 입을 열지 않을 것 같은 과묵함이 풍겨져 왔고, 나는 그게 맘에 들었다. 신부는 그저 내 이야기를 들을 뿐이었다. 나는 청원의 경위와 정당성을 설명했고 신부는 고개를 끄덕였다. 내 이야기를 다 듣더니 신부는 딱 한마디만을

했다. '알겠소.' 그 말은 모든 걸 인정한다는 뜻이었다. 그래서 나는 더 묻지 않았다. 물을 필요도 없었다. 신부는 자리에서 일어나 뒤도 돌아보지 않고 문을 나섰다. 나는 왜 그랬는지 힘이 빠져서 그냥 자리에 앉아 멍하니 문 쪽을 바라봤다. 신부의 뒷모습이 텅 빈 문 앞에서 어른거리는 듯 했다. 아직 그 기운이 남아 있다는 뜻이겠거니, 생각하고 있는데 벌컥 문이 열렸다. 나는 깜짝 놀라 자리에서 벌떡 일어났다. 다시 그 신부였다. 신부는 대화의 사정거리 안으로 들어오기도 전에 입을 열었다. 모든 것을 무효로, 그러니까 원천적인 무효로, 다시 말해 처음부터 없었던 일로 만들어줄 것을 요청하는 것이 더 낫겠다는 취지의 설명이었다.

이미 어떤 일이 벌어졌다면 그 씨앗을 완전히 제거하는 것이 사실상 불가능하잖소. 그렇다면 청원의 정당성이 훼손될 수도 있습니다. 반면 벌어진 그 일 자체가 무효라면 그다음의 모든 것이 무효이므로 청원의 수용 여부를 떠나 정당성이 훼손될 여지는 전혀 없는 것이죠.

K는 고개를 끄덕였다.

모레면 충분한가요? 클럽 근처 놀이터 그네에 앉아 있을 테니 해 지기 직전인 5시 24분까지 그리로 와주시면 감사하겠습니다.

정중한 그 제안은 한 치의 오차도 없었어. 알겠지만 그걸로 끝이었다. 청원서를 밤새워 새로 작성하여 클럽의 문장으로 단단히 봉인했고 네게 보낸 그것이 바로 그 수정본이었어. 인증을 받은 그것을 되받아 나는 또다시 밤을 새워 번역했고, 다음 날 정확히 5시 5분 전에 집을 나서 그 신부를 만나러 놀이터 쪽으로 가는 도중에 일몰을 만났지. 일몰은 5시 15분쯤이었던 걸로 기억된다. 그때 나는 절망이 일몰보다 약 9분 정도 먼저 찾아온 걸 알았어. 아니, 신부가 지정했던 5시 24분이라는 시각의 밑도 끝도 없음을. 나는 서둘렀어. 예감이 안 좋았고. 놀이터 쪽으로 돌아 올라가는 작은 언덕 중턱쯤에서 이미 신부가 거기 없을 거라는 확신을 하고 말았지. 그네에는 분명 다른 사람이 앉아 있을 것이다, 그러니 그쪽으로 가지 말자. 나의 어떤 본능은 그렇게 말했고 식은땀이 나기 시작하자 나는 모자를 고쳐 썼어. 만일 곧이 곧대로 신부를 만나기 위해 그네 쪽으로 갔다면 나는 P, 너와 똑같이 재판을 받는 처지가 되었겠지. 조금 더 어두워질 때까지 근처를 배회하다가 클럽으로 가서 봤더니 영업정지 처분 쪽지가 문에 붙어 있었던 거야. 그렇게 길을 떠난 후 나는 여기까지 왔다. 여기는 피오스크라는 곳으로 지도에는 나타나 있지 않다. 이곳을 어떻게 설명해야 할지 모르겠다. 바닷가라는 것만 알려주도록 하지. 피오스크에 다다르기 위해서는 종점을 하나 더 지나쳐야 해. 물론 이곳도 완전한 종착지는 아니야. 그렇다는 것을 알려준 사람은 붉은 재킷의 여인이야. 눈매가 강인하고 날카로워 보였지만 턱선으로 봐서 기관원은 절대 아닌 것 같다. 뭐랄까, 하관이 날렵하긴 하지만 느슨해 보여. 그것은 이를 악물고 버텨야만 하는 훈련을 받은 적이 없다는 증거지. 나는 일단 이 여인을 믿기로 했다. 그러나 그것도 거기까지일 뿐, 그 이상은 아니다. 피오스크에서 일단 은거지를 찾아보려고 한다. 놀라운 것은 공식적인 종점이라 할 수 있는 트란킬리아에서 내리는 사람들은 하나같이 성에 복귀하려고 하는 사람들이었다는 점이다. 그렇다면 성은 여기서 멀지 않다. 그것은 위험 요소일 수도 있지만 반대일 수도 있다. 맴도는 길을 잘 찾으면, 다시 말해 미로 안에 숨어들면, 오히려 찾아내기가 힘들어지는 법이다. 쫓는 사람들조차 미로에는 들어오려고 하지 않으니까. 피오스크는 미로에 갇힌 사람들로 꽤 붐빈다. 비밀의 지역에도 이렇게 사람들이 많다는 것이 신기하다.

P. 넌 그동안 누군가와 만나고 어떻게든 헤어졌다. 그것을 인정한다. 그럴 수밖에 없었다. 너는 의사이므로 너의 지식은 지나치게 위험하다. 너는 신체를 공식적으로 처리할 칼과 신체에 결정적인 영향을 미치는 처방전들을 소유하고 있다. 그러니 어쩔 수 없다는 것을 안다. 니가 그립다. H의 소식도 듣나? 그 친구가 나의 탈출을 주선했지. 아마도 가을로 기억된다. 마룻바닥으로 긴 해가 들어오고 먼지들이 휘날리던 날의 플로어였어. 그런데 말이다, 시간이 더 흘렀다. 이게 웬일이냐. 이곳 피오스크에서는 3월에 아무렇지도 않게 함박눈이 내린다. 눈송이가 소 눈망울 같다. 그래. 그날 새벽이 기억나. 퐁듀 집에서 니 정신의 산책이 시작되던 날. 우리 모두 이렇게 우리를 사용해. 뿌옇게. 그게 살아남는 길이기도 하다.

건강해라 내내.

언제나 너를 생각하면 흐뭇해지는,
K

붉은 재킷의 여인이 엎드려서 담배를 피우고 있었다. 시트에 가려지긴 했으나 부드러운 허리와 엉덩이의 실루엣이 간간히 보였다. K의 시선은 시트에 의해 단절된 라인을 이어서 온전한 형체를 만들어보려고 애쓰고 있었다. 살짝 들어올린 다리가 언덕 너머 어렴풋이 보이는 방앗간의 굴뚝처럼 느닷없었으나 기린의 목처럼 길고 예뻤다. 다시 굴곡을 따라 끝까지 올라오면 흩어진 금빛의 머리칼이 나왔다. 거기서는 캐머마일 꽃잎 냄새가 났다. 붉은 재킷의 여인은 물끄러미 창밖을 바라보고 있었다. 예전 클럽의 고양이가 생각났다. 일요일 오후면 고양이는 창틀에 앉아 넘어가는 해를 바라보곤 했다. 도취된 표정과 붉은 해의 색깔을 반사하는 하얀 수염들과 오래 바꾸지 않는 자세 때문에 고양이가 진정 일몰을 감상하고 있다는 것을 알 수 있었다. 해가 넘어가서 어둑어둑해지면 고양이는 창틀에서 내려왔지만 정확히 언제 내려오는지는 알 수 없었다. 쳐다보면 이미 그 자리에 없었다.

어느 쪽이었지?

K의 느닷없는 질문에 붉은 재킷의 여인이 의아해했다. 그러나 그 궁금해하는 표정은 꿀을 부은 백도처럼 부드럽고 야릇했다.

뭐가요?

그 별.

아. 그거. 자면서 잠꼬대로도 똑같은 질문을 한 거 알아요?

K는 갑자기 우울해졌다. 자기가 뭔가에 집착하고 있다는 것이 드러났기 때문이었다. K는 그런 들킴을 아주 싫어했다. K가 반대편으로 돌아누워버리자 붉은 재킷의 여인은 순순히 대답해주었다.

오른쪽.

부담 없는 대답에 K의 마음이 조금 누그러졌다. 희미해서 잘 보이지 않았지만 분명히 그 푸른 별은 오른쪽 가슴에 있었다. 그 별의 향기를 맡으려고 닿지 않는 팔을 뻗었던 어젯밤 역시 희미하게 채색되어 어딘가로 보내졌다. 과거의 일이었다. K는 그때 벌써 떠날 것을 생각하고 있었나 보다. 붉은 재킷의 여인의 표정은 앞으로 먼 길을 가야 할 사람의 그것처럼 아스라했다. 그리고 느렸다. K에겐 임무가 있었다. 그리고 빨랐다. 그것이 운명이라면 운명이었다. 그렇지만 기력을 차리는 것이 우선이었다. 목이 말랐고 배도 고팠다. K는 그런 것들에 시달리는 게 싫었다. 그러나 받아들여야 했다. 어느 단계에서는 받아들일 수 밖에 없는 일들이 있다는 것, 그것이 K와 붉은 재킷의 여인 모두의 운명이라면 운명이었다. 붉은 재킷의 여인은 마치 그 모든 것을 알고 있다는 듯, 유유히 침대에서 몸을 일으켜 키친 쪽으로 갔다. K는 그 부드러운 살의 실루엣이 점유하고 있는 공간의 우윳빛 어른거림에 자기도 모르게 뜨거워졌다. 그런데 뜻밖에도 갑자기 눈물이 흘렀다. K는 붉은 재킷의 여인이 커피를 끓이는 동안 들키지 않으려고 무척 애를 쓰며 소리없이 울었다. 아침나절의 이런 따뜻함이 도대체 얼마만인가. 미국으로 떠나간 H가 불현듯 그리워졌다. K는 침대에 누워 상상의 편지를 썼다.

보고 싶은 H,

작별. 이제 작별인가. 너는 내가 그토록 아름다웠던 일요일 오전에도 신문을 들여다봤다는 걸 비난하곤 했지. 맞아. 내가 무신경한 거였어. 잠이 덜 깬 얼굴로 니가 부시시 방에서 나오던 일요일 오전을 기억해. 그러면 난 널 데리고 다시 방으로 들어가 커튼을 거쳐 부드럽게 들어오는 오전의 햇살을 받으며 오랫동안 함께 침대에 누워 있었지. H, 이젠 그럴 수는 없을 거야. 아무 가려진 것 없이 천천히 지나가던 그 시간들 속에 있던 너를 다시는 만나기 힘들겠지?
허리는 어떠니? 이젠 다 나았지? 혹시 알고 있는지 모르겠다. 나는 떠돌고 있어. 너처럼. 아니, 너에 대해서 모르니까 그렇게 쉽게 말하지는 않겠다. 건강해라.

한때 너의 것이었던

K

K는 성욕이 용솟음치는 것을 느꼈다. 참을 수 없도록 그것이 상승했으나 눈물 때문에 움직일 수가 없었다. 그리고 조용히 기다렸다. 모든 것이 잠잠해지기를. 그렇게 오전의 시간이 지나갔고, 한낮의 그것이 또 지나갔으며 저녁이 되자 K는 다시 시장해졌다. 붉은 재킷의 여인은 눈부시게 흰 살을 지닌 생선에 타임 이파리와 레몬 즙과 후추와 마늘을 넣은 음식을 으깬 감자와 함께 내왔다. K는 맛나게 그것을 먹었다.

이 생선은 이 호수에서만 살죠.

K는 소스라치게 놀랐다.

바다가 아니었군.

붉은 재킷의 여인이 고개를 끄덕였다.

그렇다면 지금 우리는 바이칼 호 근처에 있는 건가?

붉은 재킷의 여인은 대답 대신 음식이 비워진 접시들을 들고 다시 키친으로 갔다. 설거지통에 접시들을 넣어놓더니 외출복을 입고 모자를 썼다.

잠깐 어머니 댁에 다녀올게요. 내일 아침에 마실 티에 넣을 버터가 필요해요.

너는 왜 나를 이리로 데려왔지?

붉은 재킷의 여인은 대답 대신 이렇게 덧붙였다.

호수에 있는 섬에 어머니가 사세요.

K는 잠을 깼다. 언제 돌아왔는지 K의 옆에서 붉은 재킷의 여인이 책을 읽고 있었다. 그 책이었다. K는 몸을 일으켜 재킷 안에 있는

시계를 들여다봤다. 새벽 5시 24분. K는 옷을 입었다. 누가봐도 K
는 떠날 준비를 하고 있었다.

오뚜기 클럽은 예약 제였나요?

붉은 재킷의 여인이 책 사이에 왼손 검지를 끼워 넣고 오른손으로는
치렁치렁한 금발을 어깨 뒤로 넘기며 그렇게 물었다.

역시……

한 가지만 더 물을게요. 당신은 그때 어디에 있었나요?

K는 주저하지 않고 대답했다.

아무것도 없는 새벽에 단지 비명 소리만을 들었다면 당신이 길에 있
었다는 뜻이지.

그것이 당신이 생각하는 끝인가요?

고마웠어.

낮에 역에서 잠깐 볼 수 있겠죠? 책을 돌려줄게요.

K는 미소를 지은 채 고개를 끄덕이며 집을 나섰다. K는 차가운 언
덕을 홀로 내려가다가 할머니 한 사람을 만났다. 할머니는 소형 수
레에 뭔가를 잔뜩 싣고 가고 있었다. 물어보지도 않았는데 할머니가
K에게 말했다.

쓰고 남은 기름이죠. 비누를 만들려고 가져가는 거예요.

어디로 가져가시는데요?

노인정이라우.

쓰레기 더미 앞에서 개 한 마리가 K를 바라봤다. 고달퍼 보였다. 그
제서야 K는 모자를 두고 나왔음을 깨달았다. 차가운 바람이 스치자
머리가 띵했다. 그러나 이상한 안도감이 찾아왔다. K는 책도 모자도
돌려받을 수 없다는 것을 알았다. 붉은 재킷의 여인을 만나지 않을

것이기 때문이다. 더 이상은 위험하다는 어떤 직감 같은 게 있었다. 아니, 그보다는, 왠지 이와 같은 우발적인 연애가 자신한테 어울리지 않는다는 생각이 들었다. 이제 K에게는 집착할 만한 것이 모두 사라져버렸다. 눈앞이 뿌옇게 어른거렸다. 귓불에 차가운 것이 닿는 느낌이 들었다. 뭔가가 킁킁대고 있었다. 그 기척은 의외로 따스하고 정다웠다.

미완성

이런 것이 가능할까. 또는, 가능하다고는 해도 쓸데없는 건 아닐까. 완성되지 않은 작품에 관해 비평을 하는 일 말이다. 더 적극적으로는, 오지 않은 작품들에 관해 보고하는 일. 아직 이루어지지 않은 것을 과거형으로 놓는 것. 그런데 신기하게도 우리는 그런 시대를 살고 있다. '미래'라는 개념은 21세기에 대한 환상을 낳았고 우리는 지금 그 21세기를 살고 있다. 그러면서 과거형이 된 '미래'라는 단어를 반추한다. 미래를 과거로 놓고 반추하는 역설의 담론을 21세기는 기다린다. 21세기의 진보는 퇴행의 철학을 원한다. 사람들이 자주 말하듯, 우리는 1950년대 이전으로 핵 시계를 돌려놓아야 할 미래에 관한 책임이 있는 현재를 살고 있다고 말함으로써 미래형을 쓸 자리에 과거형을 쓴다.

사실, 작품이라는 것은 결코 완성된 적이 없었다. 헤어짐을 완성한다,는 구문은 영원히 거짓이다. 헤어짐이 완성될 때, 이미 헤어질 필요가 없었던 것이므로 헤어짐은 없어지고 만다. 철저한 망각 속에서는 아무것도 성립하지 않는다. 그러나 우리는 망각의 순간을 기다린다. 뼈아픈 상처가 치유되는 동안 머릿속의 계곡에서 망각이 빚어진다. 우리는, 망각은, 그렇게 완성되고, 작품은, 흔적은, 바큇자국을 남긴 채 떠나간다. 그토록 여러 번 지나갔는데도 계속 오지 않는 것들이, 끊임없이 오고, 간다. 쓸데없지만 필요한 일, 불가능하지만 가능한 일, 제논의 화살은 의지의 촉을 세운 채 보이지 않는 과녁을 향해 쏘아지고 지하철은 역사를 빠져나와 터널의 형광등 화살 속을 달리고 형광등 잔상은 점에서 선으로 변하고 그렇게 황홀해진 시간은 바로 그 방향으로, 절대로 다가갈 수 없지만 절대적으로 어느 순간 넘어서게 되어 있는 죽음이 존재하는 그 방향으로 항해한다. 그러므로, 다시 내 차례가 되어, 쏘아야만 할 화살이 있다. 너를 확실히 죽이겠다. 너를 잊겠다.

1.

영원히 완성되지 않을 영화를 위해 음악을 만들었던 적이 있다. 시나리오를 읽으며 장면들을 상상했고, 그 장면에 걸맞은 음악들이 귓속에서 울리는 걸 들으려고 애썼다. 촬영장에 나가 현장의 냄새도 맡았다. 걷다가, 멍하니 누워 있다가, 사람들과 이야기하다가, 글 쓰다가 문득 떠오른 멜로디를 붙들기 위해 나에게 뜬금없는 음성 메시지를 보내곤 했다. 따랏 따 빠랍, 빠랍, 디리리, 바라라바밤……
나에게서 나에게로 도착한 음성 메시지를 전달받으며 기타 줄을 한 번 퉁— 퉁긴다. 주변 소음과 섞여 있는 가느다란 내 목소리는 왠지 위태롭기까지 하다. 그게 뭐였드라. 그 '디리리'가 어떤 느낌이었지. 디리리~
나는 겨우 어떤 낌새를 붙들려고 안간힘을 썼을 뿐이다.
그렇다. 결국 영화는 완성되지 못했다. 따라서 음악도 함께 완성되지 못했다. 녹음을 끝마쳤으나 그 음악은 영원히 완성되지 않은 상태로 잠들어 있다. 그뿐이다. 그러니 영화의 내용이나 멜로디의 음계 같은 이야기는 꺼내지 말자. 사실은 잘 기억나지도 않는다. 사람들은 그저 움직였을 뿐이다. 주인공이 툇마루에 걸터앉아서 카메라를 쳐다보며 우는 장면을 몇 번이고 반복해서 촬영했던 것은 기억난다. 배우 이름이…… K였지. K는 처음에 감독과 사이가 안 좋았으나 나중에는 감독 편을 들었다. K와 감독은 자주 소주잔을 기울이며 찍고 있는 영화의 미래, 영화의 운명에 대해 이야기했다. 이건 이렇고 저건 저렇고 여기선 이렇게 하고 저기선 이 동작이 어떨까요, 감독은 고개를 끄덕거릴 경우가 많았고 이따금 아무 반응 없이 잔을 들기도 했다.

모든 사람들이 모든 역할을 마친 그 상태에서조차 영화란 여전히 제작 중인 예술이다. 만드는 동안의 모든 행동은 단지 암시되어 있을 뿐인 어떤 끝 지점을 위해서만 존재한다. 의미부여는 끊임없이 유보된다. 감독은 암실 속에서 미래를 상상한다. 미래를 상상할 뿐이다. 영화가 완성된 이후에도 그 완성은 자꾸, 어떤 이유들 때문에 유보된다.

완성되지 않은 영화는 영원히 상영되지 않을 것이다. 그것은 필름 더미에 불과하다. 쓰레기통 속에 처박힌 필름 속의 사람들은 분명히 움직였다. 머릿속에서 가짜로 왔다 갔다 한 게 아니라 실제로 여러 사람들이 분주히 움직였다. 감독은 모니터를 보며 액션과 커트를 외쳤고 조감독은 콘티를 말아 쥐고 슛 갑니다! 소리를 지르며 여기 저기 분주히 뛰어다녔다. 확실히 조감독에게는 표정이 없었다. 표정이 있을 수 없다. 그 영화가 자기 것이 아니므로 표정은 금지된다. 누구에게도 표정은 금지된다. 단지 배우들만이 표정을 지을 수 있다. 우스운 것은 촬영 현장에서는 바로 그 표정만 통하지만 그것이 유일한 가짜라는 점이다. 현장에서는 그 표정만이 가짜다. 어느 날은 몹시 추워서 배우들은 오슬오슬 떨었고 또 어느 날은 비가 와서 하염없이 기다렸다. 고스톱을 치기도 했을 것이다. 지금 이 글을 쓰는 내 주위에는 아무도 없지만 영화 촬영 현장에는 늘 여러 사람들이 있다. 조명이 준비되는 동안 카메라는 앵글을 잡고, 배우들은 대기실이나 분장실에서 노닥거리거나 PD와 주전부리를 하거나 분장을 하며 거울을 본다. 액션 장면을 연습하느라 서로 멋지게 때리고 맞는 일을 흉내 내기도 한다. 단지 여자 주인공만이 그들 주위에 없다. 여자 주인공은 숏이 들어가기 직전에 나타났다가 숏이 끝나면 지나치게 과시적이어서 우스꽝스럽기까지 한, 위압적으로 검게 선팅된 외제 승합차 안으로 들어간다. 열린 문틈으로 잠깐, 여주인공이 문자를 확인하는 모습을 훔쳐본 적이 있다. 여주인공은 여주인공이기 위해 그런 식으로 자발적인 외로움을 택한다. 그 후광이 카메라에 담겨야만 한다는 걸 본능적으로 안다. 그렇지 않으면 여배우는 죽는다. 그렇지 않은 여주인공을 영화는 가차 없이 살해한다. 끼니때가 되면 밥차 주위를 어슬렁거리는 사람들이 늘어난다. 여주인공은 끼니때에도 나타나지 않는다. 우악스러워 보이는 로드 매니저가 밥을 타서 승합차 안으로 가져다준다. 국을 퍼주는 밥차 아저씨의 팔뚝에 해독 불가능한 남색 문신이 꿈틀거린다. 간이 식탁에 식판을 놓고 간이 플라스틱 의자에 앉아 달그락거리며 사람들이 밥을 먹는 동안 땅거미가 진다. 음악을 맡은 나는 그 모든 장면들을 구경하면서 본능적으로 무슨 멜로딘가를 흥얼거린다. 그 흥얼거림은 일종의 불안함의 산물이다. 내가 이 현장에서 일을 하고 있다는 표시일 수도 있다. 영화는 돈으로 움직인다. 돈을 받고 계약서에 서명을 했으므로 나는 흥얼거려야만 한다. 감독은 나의 흥얼거림을 들으며 묘한 미소를 짓는다. 잘 돌아가는 톱니라는 걸 증명하려는 나를 약간 경멸하면서 기특해하고 있는 중이다.

그러나 결국은 완성되지 않을 영화. 맞다. 그 영화는 한마디로 엎어졌다. 영화하는 사람들이 가장 무서워하는 동사, '엎어지다.' 시나리오는 이면지가 되고 모였던 사람들이 흩어진다. 빚더미에 올라앉은 제작자는 BMW 승용차를 팔고 사람들이 모르는 곳으로 깊이 잠수한다. 감독은 차가운 술을 죄 없는 위 속에 들이붓거나 평소 소홀히 대했던 아내의 위로를 받는다. 이제 더 이상 여배우들이 감독님, 하고 애교를 떨면서 무릎을 스치며 다가오는 일은 없을 테니까. 아내의 위로는 그래서 더욱 안타깝다. 그 손길에는 그런 야릇함이 없다. 그런 야릇함. 촬영 현장은 황홀한 가짜를 일구는 현장이다. 꿈결 속의 암중모색이다. 그렇게 다시, 완성되지 않은 영화의 스탭들은 황야에 뿔뿔이 흩어져서 각자 다른 미래를 꿈꾼다. 과연 재기는 가능할까. 한 번 빠져나간 사람들을 다시 모으기란 쉽지 않다. KO패한 감독은 다시는 일어설 수 없을 정도로 심한 펀치 드렁크 상태에 빠져 있다. 그러나 죽기 직전에조차 감독은 현장의 팽팽함을 사무치게 그리워한다. 다시 남산 꼭대기로 조깅을 시작할지 모른다. 그렇게, 완성되기는커녕 시작도 안 된 다음 영화의 씬 넘버 1이 머릿속에 그려진다. 영화는 오히려 그 순간에 가장 완벽한 완성의 상태로 충만하다. 현장에서 허공으로 날아가버린 모든 동선들을 그리워하며 유보된 시사회 날짜를 내년 내후년 안 되면 그다음 해 달력에서라도 찾는다.

2.

하긴, 누구나 그런 적은 있으리라. 우리는 늘 남아 있는 미완성의 시간을 위해 몸을 던진다. 끝없는 유보 상태의 종점을 향해 달리는 버스에 나는 음악 보따리를 들고 승차한다. 한 번은 달리는 영화에서 내 음악 보따리와 함께 중간에 내린 적이 있다. 영화는 영원히 떠나버리고 말았다. 나를 내려놓고서 붕— 떠나는 영화의 뒷모습을 바라봤다. 잘 가. 작별의 인사를 던진다. 그 인사는 프랑스어의 오 르 브아르au revoir, 다시 보자는 일상적인 인사가 아니라 아듀adieu! 영원한 작별의 인사다.

S라고 해두자. 그 영화의 제목을. 그 정도로만 암시해두자. S는 내 첫 작품이다. 물론 내 작품은 아니다. 나는 S를 위해 음악을 만드는 사람으로 결정됐었다. 사실을 말하면 S는 개봉되었다. S는 결국 완성된 영화였다. 그러나 내 음악은 그 영화의 사운드트랙에 몸을 싣지 못했다. 영화는 트랙을 달리는 예술이다. 영상이 달리는 트랙이 있고 소리가 달리는 트랙이 있다. 소리가 달리는 트랙을 우리는 사운드트랙이라고 부른다. 별개의 그 두 트랙, 영상의 트랙과 사운드의 트랙이 인위적인 조작으로 함께 달린다. 영화는 그런 예술이다. 영상의 트랙과 사운드의 트랙에 동시성을 부여하는 일을 보통 '싱크'라 부른다. 동기화synchronization. 일부러 동기화시켰다는 것은 그 동기화가 가짜라는 걸 나타낸다. 가짜다. 언제라도 사운드트랙에 실려 있는 사운드를 하차시킬 수 있다. 보통 그렇게 하는 일을 '들어낸다'고 한다. 마치 못 쓰게 된 장기를 적출하듯 그렇게 들어내지는 순

간, 나의 음악은 그 영화의 전적인 타자가 된다.

못내 아쉬워서 떼도 써보았고 투정도 부려봤지만 영화는 내 음악을 내려놓고 다른 음악을 태운 채 소실점을 향해 달렸다. 시사회를 했고 관객 앞에서 상영되었으며 수백만 명의 흥행을 했다. 결국은 성공적이었다. 나는 어느 날 아침, 극장에 가서 입장료를 지불하고 관객 틈에서 그 영화를 봤다. 그것은 남의 영화였다. 그것은 완성된 영화였지만 내게는 영원히 완성되지 않은 영화다. 완성된 이후에도 영원히 완성될 수 없는 영화. 그리고 음악. 내 음악들은 여전히 컴퓨터에 저장되어 있다. 버려진 가방 안에 담겨진 그 음악들을 지금 들어보면 그 영화하고 걸맞지 않는다. 영화는 로맨틱 코미디 풍이었다.

"자, 보자, 인물들의 일과 사랑과 우정과 가족……"

감독은 그렇게 간단하게 구조화시켜놓고 분위기를 내게 설명했었다. 감독이 상상한 일과 사랑과 우정과 가족과 상관없는 음악들을 나는 만들었다. 물론 나 역시 주인공들의 일과 사랑과 우정과 가족을 상상하며 음악을 만들었지만 그 상상은 과녁을 빗나가고 말았다. 걸맞아야 한다. 무조건 걸맞아야 한다. 걸맞지 않도록 하는 게 의도라면 그 의도에 걸맞아야 한다. 음악이 왜 걸맞아야 할까. 순수하게 경배하다시피 음악을 좋아하던 나는 그 질문이 역겨웠다. 음악은 걸맞든 걸맞지 않든 상관없이 존재하고 있는데 영화는 그것이 걸맞아야 한다고 강력하게 주문한다. 사실 음악이 왜 걸맞아야 하는지 이유는 없다. 미학적 근거도 없다. 싱크된 사운드트랙 속에 그 어떤 사운드가 붙어도 영화는 달릴 수 있다. 그런데도 영화는 걸맞아야 한다고 우긴다. 그 배경에 통속성이라는 게 있다. 그냥 그래야 한다. 하여튼 걸맞지 않으면 모차르트도 드뷔시도 문을 여닫을 때 나는 쾅 소리보다도 쓸데없는 것이 된다. 미술도, 글도, 옷도, 그 모든 것이 똑같다. 그래서 영화 제작에 참여하는 식구들은 하나같이 절망적이다. 자기 옷을 벗고 걸맞은 그 어떤 옷이라도 입어줘야 하고 또 입혀줘야 한다. 유린당하는 기분을 참고 제작한다. 감독은 냉정하게 그 걸맞은 요소들을 취사선택하고 PD는 그 선택과 흥행을 연결시킨다. 누구도 그 잣대를 부정하거나 외면하지 않는다.

한 번 영화의 트랙에서 음악이 적출되는 경험을 한 뒤로 나는 약간 필사적이 된다. 그래도 여전히 나의 의도는 영화의 의도를 빗나간다. 맘속에서는 매번 화살을 일부러 다른 곳에 쏜다. 그래. 나는 걸맞지 않을 거야. 그 무엇에 걸맞은 따위의 방식은 더러워서 취하지 않을 거야. 불행히도 나는 시인이다. 그러나 가끔 식은땀을 흘리며 음악을 만들어서 영화의 의도대로 비교적 훌륭히 걸맞은 옷을 입혀 보내게 될 때도 있다. 그렇게 되면, 이번엔 상당히 슬퍼진다. 이 음악은 내 음악이 아니다. 다른 걱정이 들기 시작한다. 거울을 보면서 내 얼굴을 매만진다. 이게 내 얼굴이야? 맞아? 이게 니 음악 맞아? 얘야, 어째서 그런 옷을 입었니. 누가 너에게 그렇게 하라고 시키든? 어서 벗고 집에 와서 편한 옷 갈아입고 자라.

그러나 이런 건 잠꼬대 같은 소리다.

3.

아직 완성되지 않은, 지금 만들어지고 있는 어떤 영화를 위해 음악을 하고 있다. 1930년대가 배경인 이 영화를 그냥 'R'이라고 해두자. 나는 1930년대의 위대한 뮤지션인 김해송의 음악을 맨 밑에 놓고 뜸악 보따리를 꾸려나간다. 1930년대 전 세계의 팝을 양분하던 스윙과 탱고를 두 축으로 삼는다. 스윙이 리듬을 잡아주고 탱고가 멜로디를 띄운다. 거기에 한두 대목, 우리 민요 「뽕 따러 가세」의 유장한 신명이 덧붙여진다. 그러면서 자칫 과거의 스타일을 근거로 만든 영화가 빠지기 쉬운 '백화점식 나열'을 경계한다. 감독과도 그런 이야기를 했다. 어떤 경우에도 나열하면 안 된다. 음악은 자꾸 휘돌아야 한다. 타르코프스키가 「봉인된 시간」에서 말한 것도 그것이다. 타르코프스키가 위대한 영화감독이어서 존경하는 건 아니다. 그는 지독한 시인이다. 그는 "영화에서 나를 매혹시키는 것은 그 정서적인 연결, 그 시적 서정성의 논리"(타르코프스키, 『봉인된 시간』, 김창우 옮김, 분도 출판사, 2005, p.23)라고 말했다.

"나는 아직도 영화 속에서 음악이 이를테면 서정시의 후렴구처럼 작용하는 수법을 선호하는 편이다. 〔……〕 후렴은 우리들의 마음속에 시인이 사로잡혔던 그 원초적 마음을 불러일으켜주며, 우리들은 이 마음을 지니고 시인이 창조한, 우리들에겐 새로운 시의 세계로 들어서게 된다. 〔……〕 말하자면 우리들은 시가 태어난 근원으로 되돌아가는 셈이다"(같은 책, p.205).

R은 과연 완성될까. 그래야만 한다. 그러나 완성이란 무엇일까. 아마도 제작자는 손익분기점을 넘기는 관객 동원이 이루어진 후에야 그 '완성'이라는 낱말을 제대로 중얼거릴 수 있을 것이다. 음악을 담당한 나에게는? 옛날에는 영화의 끝에 '끝' 자가 자막으로 박혔지만 요즘은 그러지 않는다. 엔딩 스크롤에 실릴 수많은 사람들의 이름과

크레디트의 교정을 보는 일이 끝나는 순간, 영화는 완성될까? 그 크레디트에 내 이름과 내가 만들거나 인용한 음악들의 이름이 섞여서 올라가면 이야기는 일단락된다고 할 수도 있다. 그러나 그것도 완성은 아니다. 어떤 이별일 뿐이다. 사운드트랙에 음악을 실어 차를 떠나보내고 나는 돌아선다. 통장으로 잔금이 들어왔나를 확인하고, 음악 제작에 참여한 스텝들에게 나눠줄 돈을 나눠주고 나머지 돈의 일부를 집 담보로 만든 대출금 통장에 이체시키고 나서 나는 어떤 영화의 주인공들처럼 저 먼 길로 페이드아웃될 것이다. 그것은 완성이 아니라 망각이다. 보안관 배지를 잡아떼서 땅에 던져버린 후 떠난 게리 쿠퍼도 그랬고, 아직 편집이 덜 끝난 우리 영화의 끝 부분에서 덜컹거리는 호송차에 실려 미래에 만들어질 드라마의 이야기를 주고받는 것으로 설정될 류승범과 김뢰하도 그럴 것이다. R이라는 영화에 애착이 가는 건 그 때문인지도 모른다. 미래의 이야기를 중얼거리는 것이 이 영화의 끝이다. 완성되지 않고 열려 있다. 나 역시 마찬가지다. 열려 있고, 돌아설 뿐이다. 그렇게만 되면 해피엔딩이다. 거기까지 갈 길이 여전히 멀다. 오늘 오후에 현장 편집본의 파일이 퀵으로 배달될 거라는 감독의 전화를 받았고 내일 오전에는 1차 편집본이 대용량 메일로 발송될 것이다. 촬영은 끝났고 편집이 진행되고 있으며 내게는 이제 시작이다.

자, 과연 어떻게 될 것인가.

이 영화는 2008년 설날 개봉 예정이다.

1.

그러므로 생성이 일어나기 위해서는 세 가지가 요구되는바, 그것은 (첫째) 잠재적 존재자 즉 질료, (둘째) 현실적으로 있지 않음non esse actu 즉 결여, (세째) 어떤 것이 그것을 통해 현실적으로 되는 바로 그것 즉 형상이다. 예컨대 구리에서 동상이 생겨날 때, 동상의 형상에 대한 잠재태인 구리는 질료이며, 형태를 갖추거나 성질을 취하지 않고 있음이 결여라고 불린다. 어떤 것을 동상이라고 불리게 하는 형태가 바로 형상인데, 이 경우에는 형상 혹은 형태가 부가되기 전에도 구리는 현실적 존재를 지니고 있었다. 또한 구리의 존재가 그 형태에 의존하는 것이 아니므로, 그 형상은 실체적 형상이 아니라 우유적 형상forma accidentalis이다. 모든 인공적 형상들은 우유적이다. 기술은 자연에 의해 이미 완전한 존재로 구성되어 있는 것에 입각하지 않고서는 작용하지 않기 때문이다.

— 토마스 아퀴나스, 『자연의 원리들』, 김율 옮김, 철학과현실사, 2005.

토마스 아퀴나스의 이 문장들은 여러 방향으로 생성적이다. '생성'의 본질에 관해 언급한 이 대목은, 그가 20대 후반이었던 1252년에서 1254년

사이의 시기로부터 750여 년이 지난 21세기인 지금에, 생태적으로조차 읽을 수 있을 정도로 여전히 힘이 살아 있다. 기술은 어떻게 작용하나? 이미 완전한 존재로 구성되어 있는 것에 입각해서 작용한다. 그러므로 자연이 훼손되거나 없어지면 기술은 무의미하다. 중세인이었던 그는 결국 '제1원리'로서의 신에 관해 말하기 위해 차근차근 논리를 진행한다. 그러나 거기까지 가기 위해, 다시 말해 그 원리를 '생성'해내기 위해 그가 거치는 논리적 과정은 손에 땀을 쥐게 할 정도로 역동적이다. 생성은 지탱이자 긴장이다. 과거나 미래, 그 둘 어느 쪽으로도 무너지지 않고 그것들을 감당하는 일이다. 전통과 이름, 바르트식으로 이야기하자면 문법과 무의식 그 둘 어느 쪽으로도 기울지 않고 그 둘을 지탱하는 힘이다. 중요한 것은 그 과정의 역동성이지 이름 자체는 아니다.

2.

눈아, 그걸 부정하라forswear it, sight.

—셰익스피어, 「로미오와 줄리엣」, 1막 5장.

줄리엣에게 첫눈에 반한 로미오는 외친다. "처음으로 진정한 아름다움을 봤다!" 그러므로 지금까지 본 모든 것의 아름다움을 부정해야 한다. 눈은 스스로를 포기해야 한다. 눈도 그럴진대 하물며 글은! 지은이가 쓴 모든 글은 손놀림에 지나지 않는다. 「맥베스」의 너무나 유명한 구절, "꺼져라, 꺼져라, 촛불이여, 인생은 걸어다니는 그림자에 불과하다Life is but a walking shadow." 잘 알려져 있다시피 셰익스피어는 단 한 권도 책을 낸 적이 없다. 진본 원고는 한 장도 남아 있지 않다. 나중에 업자들이 출판한 여러 이본들이 존재할 뿐이다. 셰익스피어는 얼마나 철저한가!

글아, 지은이를 부정하라!

3.

마침내 저자의 이름은 고유명사처럼 담론 내부에서 그 담론을 낳은
현실적·외적 개인에까지 도달하지 않는다는 생각에 이르렀습니다.
저자의 이름은 텍스트의 한계 내에 머물면서 텍스트를 드러내고, 텍
스트의 윤곽을 따라서 그 존재 양태를 표시하거나 혹은 적어도 존재
양태를 특징짓습니다. 저자의 이름은 담론의 총체적 사건을 표시하고
사회와 문화 내부에서 이 담론이 차지하는 지위에 관련됩니다. 저자
의 이름은 호적상의 신분에 자리하지도 않고 작품의 허구 속에 위치
하지도 않습니다. 그것은 어떤 담론의 그룹과 그들의 독특한 존재 양
태를 만들어내는 틈 속에 위치하고 있습니다.
— 미셸 푸코, 『저자란 무엇인가』, 장진영 옮김,
『미셸 푸코의 문학비평』, 김현 편, 문학과지성사, 1989.

현대는 이처럼 장황하다. 셰익스피어의 한마디가 논리의 옷을 입느라 분
주하다. 1969년 2월 22일 토요일 장 발Jean Wahl의 사회로 콜레쥬 드 프
랑스 6호실에서 오후 4시 45분에 열린 이 토론에 미셸 푸코는 지각했다.
그래서 장 발은 이렇게 소개의 말을 한다:
"우리는 그가 온다는 데에 어느 정도 흥분했었고, 조금 늦어지자 초초하
기도 했었습니다. 이제 여기에 오셨습니다. 저는 그를 여러분께 소개하지
않겠습니다. 그는 '진짜' 미셸 푸코, 『말과 사물』을 쓰고 「광기」에 관한

논문을 쓴 바로 그 사람입니다."

그런데 뭐가 진짜란 말인가. 바로 그가 이 소개 이후에 행한 강연은 '누가 말하건 무슨 상관인가'에 관한 것이었다. 그는 그렇게 저자의 죽음을 말한 선구적인 몇 사람 가운데 하나로 '살아 있다.' 저자는 죽었어도 '호랑이는 죽어서 가죽을 남기고' 어쩌구 하는 속담은 여전히 살아 있는 것인가. 거기가 가장 큰 혼선을 불러일으키는 지점이다. 그러나 논점이 그게 아니라고 말할 필요가 있다. 강연 이후의 토론에 참여한 뤼시앵 골드만이 이렇게 묻는다:

"한 가지 질문이 있습니다. 당신이 인간 혹은 주체의 존재를 인정하긴 하지만 그들을 기능의 지위로 환원시키고 있는 건 아닌가 싶어요."

그러자 푸코는 이렇게 대답한다.

"내가 여기서 한 것은 주체의 분석이 아니라 저자의 분석이었습니다. 만약 내가 주체에 대해 강연을 했었더라면 똑같은 방법으로 주체-기능을 분석했을지도 모릅니다. 다시 말해서 어떤 한 개인이 주체의 기능을 수행할 수 있는 조건들을 분석했을지도 모릅니다. 또한 그 주체가 어떤 영역에서의 주체이고, 어떠한 것의 (담론, 소망, 경제적 발전 등의) 주체인지를 밝혀야 할 것입니다. 절대적인 주체란 없으니까요."

그렇다. 푸코의 말에서 우리가 뜻깊게 바라봐야 하는 것은 '죽음'이 아니다. 죽음은 신화를 만들어 그 죽음을 영원히 살게 하기 때문이다. 요는 '여러 목소리'다. 하나의 주체는 여러 목소리를 낸다. 그 다성성, 하나의 육체가 지니고 있는 다양한 존재의 레이어, 그 레이어들의 믹싱이다. 블랑쇼는 「사형선고L'Arrêt de Mort」의 서문에서 "내가 책을 쓴다면 그것은 그걸 통해 글을 그만 쓰기 위함이다"라고 말한다.

글쓰기야, 글쓰기를 부정하라!

4.

나는 저작권을 믿지 않아요. 모든 것이 공짜여야 한다고 생각합니다. 누군가가 음표의 다발을 소유하고 있다는 걸 어떻게 믿어요. 누군가 내 음악을 표절한다면, 글쎄, 그것조차 내가 쓴 게 아닌 게 분명한 걸요. 틀림없이 나는 은연중에 다른 기억이나 시간으로부터 그걸 호출한 걸 뿐이니까요.

—빌 라스웰, 피터 샤피로 편, 『모듈레이션스Modulations』

디제이들은 시간과 공간을 호출한다. 가령 DJ 토와 테이Towa Tei의 선구적인 라운지 음악 「테크노바Technova」를 들어보자. 그 음악은 최소한 네 장의 레이어를 지니고 있다. 1950년대 후반 브라질 리우데자네이루 코파카바나 해변의 보사노바 비트와 1980년대 후반 뉴욕의 이스트 코스트 힙합 스타일(어 트라이브 콜드 퀘스트A Tribe Called Quest와 토와 테이가 함께한 적이 있었지), 1950년대 초반 캘리포니아의 쿨재즈, 그리고 마지막으로 (늘 그렇듯) 1995년 당시, 그러니까 DJ가 시간과 공간을 호출하는 행위를 하는 바로 그 시점, 그렇게 네 겹이다. 컨템퍼러리는 기준점 노릇을 한다. 컨템퍼러리는, 양적으로 존재한다기보다는, 프로세스의 순간, 행위의 과정을 의미한다. 샘플되어 반복되는('루핑looping'된다고 하지) 사운드 레이어들은 각각 0과 1의 신호에 의해 호출되거나 뮤트된다. 다른 공간과 시간을 잘라내서 호출시키는 DJ의 작업을 들을 때 우리는 혼란에 빠진다. 아니, 차라리 그 혼란을 즐긴다. 과연 이것은 누구의 것인가. 누가 이 음악의 지은이인가. 이 레이어들을 결합시킨 이가 이 음악의 주인인가. 그는 자기가

현재 존재하고 있는 시간대와 다른 시공의 샘플들을 카피했고 그것들의
고전적 구분을 의도적으로 혼동한다. 때로는 직접 원곡의 데이터를 커트
하여 쓰기도 한다. 그가 한 일은 사진 스크랩과 비슷하다. 사진들을 신문
에서 오려 스크랩했다고 해서 그가 그 사진들의 지은이가 되는 것은 아니
지 않은가. 당연한 듯하지만, 대답하기 쉽지는 않다. 최소한 그는 그 행위
의 포인트, 컨템퍼러리의 시간대에 현존했다. 그 레이어 자체의 지은이가
아니라 레이어링하는 프로세스의 지은이란 뜻이다. 순수 창작의 주체냐
아니냐가 지은이냐 아니냐를 판별하는 기준이던 시대는 예전에 지나갔다.
아니다. 아직도 그렇게 하는 사람들이 너무 많다. 한국 소설가들은 차라리
과거의 레이어에 산다.

5.

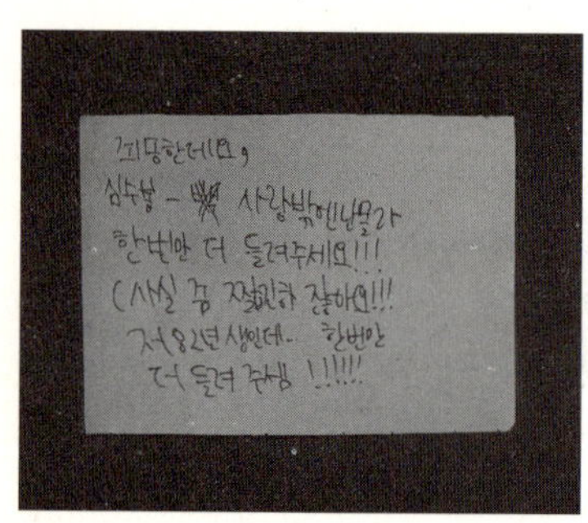

(사진: 2009년 3월 13일 금요일 서울 홍대
근처 술집 〈곱창전골〉에서 DJ가 건네 받은
신청곡 용지)

당신이 그렇게 듣고 싶어 하던 그 노래를 틀어드리겠습니다. 아시다시피,
이 노래는 내 노래가 아닙니다. 이 노래를 불러주는 가수는 심수봉입니다.
그러나 이 노래를 들려주는 사람은 접니다. 내가 아는 노래와 당신이 아

는 노래는 다른 노래일 겁니다. 내가 아는 시와 당신이 아는 시를 똑같다고 할 수도 없을 겁니다. 명심하세요, 당신이 그렇게 좋아하던 그 노래도 3분 남짓의 시간이 지나면 끝납니다. 너무 열정적으로 좋아했다가는 허망함을 견딜 수 없게 될지도 모릅니다. 기껏 당신은 지나가버린 그 노래를 기억할 뿐이니까요. 그것은 당신이 아닙니다.

6.

신문을 들어라.
가위를 들어라.
— 트리스탕 자라, 「연약한 사랑과 쓸쓸한 사랑에 대한 다다 선언, VIII의 일부」

이 글은 1920년 12월 12일 파리 포볼로즈키 화랑에서 낭독되고 다음 해 『문학생활』 4월호에 발표되었다. 성(聖) 자라. 그는 '사상은 입속에서 만들어진다'고 했다. 신문을 들고 가위를 들고 지은이를 난도질해라. '다다는 한 마리 개다', '다다는 순결한 미생물', '짖으라 짖으라 짖으라 짖으라 짖으라 짖으라 짖으라 짖으라……' 상징의 발생을 추적, 탐색, 경험하고 정신의 해방을 목표로 할 때 구태여 (제도권) 문학일 필요가 없다.

7.

글자꼴type face도 저작권으로 보호받을 수 있는가?
글자꼴의 개발에는 창작자의 정신적 노력은 물론이고 많은 시간과 비용이 소요되므로 [……] 그 개발자에게 일정한 권리를 부여함으로써 보상이 이루어지도록 하여야 한다는 지적이 국내외적으로 있어왔다. (그러나 정작 글자꼴 보호에 관해) 국내 판례는, 글자꼴은 저작물의 범주에 포함된다고 보기 어렵다는 태도를 취하고 있다. 즉 "저작물로 인정되기 위해서는 학문 또는 예술에 관한 사상 또는 감정의 창작적 표현물에 해당하여야 하는데, 서체 도안의 경우 그 기본이 되는 글자 자체의 기본적 형태를 떠나서 존재할 수 없는 본질적인 제약 및 서체 도안의 미적 창작성 등이 독립적으로 평가받아 별개의 존재를 인정받을 수 있을 정도의 저작물에 해당하여 현행 저작권법에 의해 보호받기에는 미흡하다"(서울고등법원 1994. 4. 6. 선고 93구25075)고 하고 있다.

2000년에 문화관광부에서 나온 『생활 속의 저작권』이라는, 지은이가 명시되어 있지 않은 책에는 흥미로운 질문들이 많이 나온다. 몇 개를 소개하겠다.

법령을 모아 법전을 발행하였는데, 저작권으로 보호받을 수 있는가?

다른 사람의 편지를 소설에 수록하는 것은 저작권 침해인가?

독일어의 원작이 영어로 번역되어 있는 경우, 이를 다시 한국어로 번역할 때에는?

지방자치단체가 저작물을 복제하여 주민에게 배포하는 것은 가능한가?

인터넷상에서 국내외 신문사의 웹사이트 또는 다른 웹사이트에 링크시키는 것은?

월납북 작가의 저작물도 보호되는가?

1957년에 사망한 부친의 저작물이 무단 사용되고 있는데, 이를 중지시킬 수 있는가?

저작물을 창작하였으나 공표하지는 않았다. 저작권 등록을 할 수 있는가. 할 수 있다면 그 절차와 방법은 무엇인가?

'무용dance'도 저작권으로 보호되는가?

텔레비전에서 방영 중인 인터뷰 장면을 찍은 사진을 그 인터뷰 당사자에게 판매해도 되는가?

저작권과 관련한 국제 조약의 적용 여부를 결정하기 위해서 저작물의 본국을 알아야 한다는데, 저작물의 본국이란 무엇을 말하는가?

지은이가 명시되어 있지 않고 ISBN이 없으며 정확한 인쇄 날짜와 발행날짜도 표기되어 있지 않은 이 책의 페이지가 표시되어 있지 않은 296쪽 다음 장에는 띄어쓰기가 되어 있지 않은 '생활속의저작권'이라는 제목의 저작물에 관한 정보가 다음과 같이 인쇄되어 있다.

생활속의저작권

—————————————————

2000년 12월 인쇄
2000년 12월 발행

발행/문화관광부
인쇄/신유문화사

이 책자에 관한 문의사항은
문화관광부 저작권과로
문의하여 주시기 바랍니다.

8.

인드라망[因陀羅網]

요약

부처가 세상 곳곳에 머물고 있음을 상징하는 말.

본문

산스크리트로 인드라얄라indrjala라 하며 인드라의 그물이라는 뜻이다. 고대 인도 신화에 따르면 (인드라망은) 인드라 신이 사는 선견성(善見城) 위의 하늘을 덮고 있다. 일종의 무기로 그물코마다 보배 구슬이 박혀 있고 거기에서 나오는 빛들이 무수히 겹치며 신비한 세계를 만들어낸다. 불교에서는 끊임없이 서로 연결되어온 세상으로 퍼지는 법의 세계를 뜻하는 말로 쓰인다. 화엄 철학에서는 '인드라망경계문[因陀羅網境界門]'이라고 하여 부처가 온 세상 구석구석에 머물고 있음을 상징하는 말이다.

— 네이버 백과사전

위키피디아에서 '인드라의 그물Indra's net' 항목을 보면, 영국 철학자 앨런 와츠Allen Watts가 한 이런 말이 인용되어 있다.

"이른 아침, 이슬로 뒤덮인 복잡한 거미줄을 상상해보라. 이슬방울마다 다른 모든 이슬방울들이 비춰진다. 또 그 비춰진 이슬방울들에도 다른 모든 이슬방울들이 비춰진다. 그렇게 영원히 계속된다. 그것이 불교의 우주에 대한 이미지다."

끝없는 그물. 지은이들은 지식의 그물의 매듭들, 이슬들이다. 이슬들은 상호 연결된 모듈로 거미줄 전체라는 모듈러를 구성하는 단위들이다. 이슬들은 서로를 비추는 거울이자 세상 전체를 드러내는 작은 우주다. 연결된 경험. 경험과 경험은 어떻게 연결되나. 체액을 빨린 지은이의 신체와 이름이 헛껍데기가 되어 거미줄에 대롱대롱 매달려 있다. 모든 경험과 지식이 연결된 인드라망을 꿈꾸는 웹 개발자 톰 버너스-리_{Tom Berners-Lee}가 떠오른다.

p.s. 한국의 가장 위대한 지식인은 네이버 지식인이다. 네이버 백과사전의 모든 항목 끝에는 다음과 같은 경고 문구가 붙어 있다:

네이버 백과사전 저작권 안내 —— 네이버 백과사전은 저작권법의 보호를 받는 저작물이며, 저작권은 두산 엔싸이버에 있습니다. 네이버 백과사전을 상업적인 목적으로 사용하실 때에는 저작권자(두산 엔싸이버)에 그 내용을 알리고 이용허락을 받으신 후, 저작권자의 지시에 따라 저작권을 명확히 표기하고 사용하셔야 합니다.

이 경고 문구와 이 문구의 [출처] '인드라망〔因陀羅網〕'은 굉장한 아이러니를 발생시킨다.

9.

강조 큰 바위는
푸른 하늘을 쓸어 담은 천연 병풍이어라

시 제목만 남아 만고에 전하고
푸른 글자에는 비단 이끼 자라나네

—— 이백, 「추포의 노래〔秋浦歌〕9편」

지은이는 늘 말이 되어왔던 말로 말이 되어본 적이 없는 말을 하는 사람이다. 그래서 있고, 또 없다. 당신에게 묻겠다. 태초에 물을 물이라, 불을 불이라 부르기 시작한 그 사람들보다 당신이 더 창의적인가. 한글을 쓰는 당신이 물을 물, 이외의 다른 말로 불러본 적이 있나. 당신은 문법을 어긴 적이 있나. 당신은 물을 물이라 처음 말한 그 사람들의 저작권을 인정하나. 유효기간이 지났으니 그럴 필요가 없나. 기껏해야 당신이 만들어내는 것은 있는 단어들의 조합일 뿐이다. 비단 이끼 이불 쓰고 세월 따라 지은이의 이름을 지워가는 익명의 푸른 글자, 그것이 책이다.

사랑의 음소 ㄹ

반복과 떨림, 그것은 사랑이다.

ㄹㄹㄹㄹ

ㄹㄹㄹㄹ

ㄹㄹㄹㄹ

ㄹ의 지배는 보편적이다. 우리말뿐 아니라 그 어떤 나라의 말로된 시를 보아도 ㄹ은 언어적 회전의 중심에 있다. 모든 말은 ㄹ을 모신다. 아, ㄹ, 당신을 사랑해. '사랑하다'라는 단어에도 ㄹ이 있다. ㅇ도 예쁘고 앙증맞고 동그랗고 우물처럼 파여 나를 빤히 쳐다보는 발음이긴 하지만 닫혀 있다. ㄹ은 감싸지만 열려 있다. 순환한다. 혀를 돌려야 ㄹ이 된다. ㄹ은 매듭이 터진 원이다. 동그랗게 혀를 말아서 예쁘게 발음해보아요 우리. 리-을-,이라고. ㄹ은 아무것도 찌르지 않고 아무것도 붙들지 않는다. ㄹ은 다른 모든 발음들을 감싸며 물 흐르듯 흐른다. ㄹ은 시냇물처럼 졸졸졸 흐른다. ㄹ의 동생 ㄴ도 애착이 안 가는 건 아니지만 거기에는 ㄹ의 깃털이 조금 빠져 있어서 밋밋하게 느껴진다. 프랑스어의 사랑 '아무르', 이탈리아어의 사랑 '아모레', 영어의 사랑 '러브.' ㄹ은 사랑의 발음. 사랑하는 사람들은 ㄹ을 발음한다. 사랑해 사랑해 떼끼에로 아모레 미오 알러

븕. 하루에도 수십 번씩 ㄹ을 발음하고, 키스할 때 혀를 돌돌 말아 겹ㄹ을 만든다. 얼마나 달콤한가, 그 겹ㄹ의 부드러운 톱니바퀴는! ㄹ은 물고 돌린다. 톱니가 제대로 돌면 시간 가는 줄 모르고 겹ㄹ 트레인을 타고 달린다. 서로의 혀를 감고 놀다가 드디어 옷을 훌훌 벗고 분비물을 졸졸졸 흘리며 때로는 배가 고파 질질질 싸며 둘이 섹스할 때 남녀의 성기들도 황홀해한다. ㄹ, ㄹ, ㄹ, 질척질척, 철 썩철썩, 솨르르르르 핫! ㄹ은 파도치는 모양이다. 바다도 하루 종일 ㄹ, ㄹ, ㄹ, 파도치고 파도의 오름은 감긴 혀 같고 그 감긴 혀는 넘 실거리는 불, 일찍이 우리의 문인 한 분은 일출을 바라보며 바다 위 로 길게 뻗은 해를 '소 혀 같다'고 탁월하게 묘사한 바 있다. 불은 화 르릉 호랑이는 으르렁, 산새들은 조잘조잘, 하늘은 하느을, 하느을, 바람도 산들산들 수돗물은 콸콸콰르르르르 천둥은 꽈르르릉; 쌍기 역으로 화를 냈다가도 끝은 돌돌돌 굴러간다. 돌돌돌 굴러다녀 동그 스름해진 조약돌이 오늘도 구르는 동안 라디오에서는 섹시한 노래가 흘러나온다. 록큰롤! rock&roll! 노래! 노래의 ㄹ!

나는 록큰롤을 좋아한다. 때로는 그냥 R&R이라고 표시하기도 하고 rock'n'roll이라고 줄여서 표시하기도 하는 록큰롤. 쾅쾅 록으로 치 고 돌돌돌, 롤로 돌리는 음탕하고 귀여운 록큰롤. 록큰롤이 섹스 과 정의 묘사라는 것을 모르는 사람은 없다. 록과 롤 사이에 and의 다 리를 놓았다. 니은의 다리로 이어진 두 ㄹ. 록큰롤이라는 단어의 구 성 자체가 음악의 본질을 압축하고 있다. 비트와 비트 사이를 멜로 디의 끈으로 이으면 그것이 음악이다.

세상에는 수많은 ㄹ이 있다. '빠다'처럼 잘도 굴러가는 영어의 〈r〉 발음도 있고 목 깊은 데서 목청의 육질을 품고 그윽하게 울려 나오

216

는 프랑스어의 〈r〉 발음도 있다. 혀 위에서 정열적으로 굴러가는 스페인어의 ㄹ도 있고 거의 잦아들면서 모음이 될 듯 말 듯 혀끝에서 돌다가 비비 꼬이며 재주를 넘는 알다가도 모를, 국가대표 체조선수들이 평행봉에서 몸을 꺾고 돌리는 듯한 중국 말의 ㄹ도 있고 사요나라, 나막신처럼 드라이한 일본식 ㄹ 발음도 있다. 〈r〉만 있는 것이 아니라 〈1〉도 있다. 그녀, elle 엘르. 〈1〉 발음 하면 '그녀'가 떠오른다. 프랑스 말에서는 그녀가 '엘' 발음 자체다. 엘은 혀끝을 세워 입천장에 갖다 붙였다가 과감하게 떼면서 발음된다. 엘은 도도하고 명랑하다. 엘의 머리 스타일은 찰랑찰랑, 청순한 단발 머리. 프랑수아즈 아르디Françoise Hardy. 머뭇거릴 때는 어……〈r〉, 기분 좋아 깡충깡충 뛰며 절로 노래가 나올 때는 랄랄랄. 〈r〉 발음은 새침떼기고 조심스럽고 수줍음 타지만 〈1〉 발음은 직선적이고 투명하며 말괄량이다. 말괄량이! 소년 같아! 그러나 그녀elle는 보이시한 소녀, 우리말에서 〈1〉 발음은 쌍ㄹ이다. 랄랄라, 즐거워하는 일곱 살짜리 어린이가 언덕을 내려오며 콧노래를 부르다가 바람 냄새를 맡은 후 혀를 놀려 쌍ㄹ, 쌍ㄹ.

ㄹ, 당신을 사랑한다. ㄹ, 당신이 나를 미치게 한다. 처음 고등학교 국어 2 교과서에서 「청산별곡」을 접했을 때 나는 이 노래의 잔해에 홀려버렸다. 그때는 내가 누굴 좋아하는지 알지 못했다. 사랑하고 싶었고, 그냥 「청산별곡」 안에 빠져들어갔다.

살어리살어리랏다
청산에살어리랏다
머루랑다래랑먹고

청산에살어리랏다
얄리얄리얄라셩얄라리얄라

기말고사 기간이었던 어느 후덥지근한 날 밤, 나는 「청산별곡」과 사랑을 나누게 되었다. 자꾸자꾸 보면 볼수록 홀리고 또 홀려 그 리듬 안으로 말려 들어갔다. 빙글빙글 돌며 내 존재의 먼 고향을 환기시키는 그것이 무엇인지 몰랐다. 그때는 그게 누군지 몰랐다. 그러나 지금은 그걸 안다. 내가 사랑한 것은 ㄹ이었다. 내가 홀리다시피 좋아했던 상당수의 시들이, 그 속 깊은 뜻 때문만은 아니었다. ㄹ 언니의 롤롤롤, 감싸면서 흘러가주는 그 푹신하고 동글동글하고 촉촉한 느낌 때문이라는 걸 내 몸은 원래 알았겠지만 그것을 인식하기 시작한 것은 최근이다.

근본적인 것을 환기시키고, 근본적으로 말을 빙빙 돌려 공명하게 하고 그것으로 시간 너머와 시간의 깊은 속과 텅 빈 항아리 속 우주를 떠올리게 하는 것은 뜻이 없다. 뜻이 아니다. 함께 우는 것, 그것은 소리다. ㄹ이다. 지금 생각하면 「청산별곡」은, 나에게 최초의 그런 체험을 가져다준 시였다. 우리의 시들은 얼마나 ㄹ 언니를 많이 모시고 사는지!

우리말 자모 'ㄹ.' 볼수록 오묘한 글자다. 위는 왼편이 터졌고 아래는 오른편이 터졌다. 오른쪽으로 가다가 꺾여 내려와 다시 왼편으로

가다가 꺾여 또 타고 내려와 끝내 오른편으로 가는 한 획의 글자. 왼쪽이 오른쪽에, 오른쪽이 왼쪽에 열려 다가가 있다. 이 각진 ㄹ을 둥그렇게 깎아보자. 그러면 태극이다. 그냥 일직선이 아니라 당신 쪽으로 저만큼 들어가 있고 내 쪽으로 이만큼 밀려와 있는 태극의 ㄹ은 역동적이다. ㄹ은 스프링 모양이다. 빙글빙글 꼬인 스프링이 도약의 발판이듯, ㄹ은 말의 발판이다. ㄹ을 태극으로 형상화한 것을 보면 참 한글은 속 깊게도 만들어졌다.

꼭 그렇진 않았지만
구름 위에 뜬 기분이었어
잎새 끝에 매달린 햇살
간지런 바람에 흩어져

— 산울림, 「아마 늦은 여름이었을 거야」

나 보기가 역겨워 가실 때에는
말없이 고이 보내드리오리다
영변의 약산 진달래꽃
아름 따다 가실 길에 뿌리오리다

— 김소월, 「진달래」

둘 다 ㄹ의 향연이다. 하나는 노래 가사고 다른 하나는 시지만, 둘이 다를 게 없다. 나는 김소월의 시적 전통을 그 어떤 시인들보다 산울림이 잘 계승했다고 확신한다. ㄹ의 관점에서, 시와 노래의 역사를 통합하자.

시의 몸

시의 몸은 어떤 세포로 이루어져 있을까. 음소(音素, phoneme)라는 세포로 이루어져 있다. 야콥슨은 음소를 '변별적 특징의 다발'이라고 했다. 의미를 부여하는, 언어의 형태론적 수준에서의 최소 단위는 형태소morpheme다. 형태소들이 의미 단위가 될 때 의의소, 또는 의미소semanteme가 된다. 그러니까 음소는 아직 의미를 가지기 이전의, 그러나 청각적으로 분별할 수 있는 말의 기본 단위다. 시는 말하기의 한 방식이므로 다른 말과 마찬가지로 음소라는 세포로 짜여져 있다. 동시에 시는 말하기의 '특별한' 방식이므로 시가 아닌 말과 음소 세포를 직조하는 방식이 다를지도 모른다.

애초에 글자가 없을 때, 시는 적히지 않고 들려졌다. 지금 시는 글자로 이루어져 있지만 원래 시는 순수히 들려주는 것이었으므로 순수한 음소들의 향연이었다. 그런데 우리는 이 대목에서 재미난 모순과 만난다. 분명 시를 듣는 일은 예를 들어 '밥 먹었니?'라는 일상적인 질문을 듣는 일과는 다르다. 그렇다고 '밥 먹었니?'라는 문장이 시가 될 수 없는 것은 아니다. 이 문장은 충분히 시가 될 수 있고 어쩌면 시의 근본일 수도 있다.

'이 몸은 내 몸이니 이 몸을 먹어라. 이 몸을 먹는 사람은……'
이렇게 말하면 시가 될 가능성이 있지만 예수라는 사람은 마지막 밥상 앞에서 제자들에게 이 말을 했다. 그 현장에서 이 말은 시가 아니었다. 어둑어둑해질 때까지 동네 길거리에서 뛰어놀 때 어디선가 들리는 익숙한 엄마의 외침, '밥 먹어라!' 하고 같은 말이다. 그것은 명령문이다. 그러나 천주교 신자들은 예수의 그 명령문에 운을 붙여서 암송한다. 심지어 그 말에 멜로디를 붙여서 노래를 하기도 한다.

엄마의 외침, '밥 먹어라!'도 마찬가지다. 시간 속으로 사라진 유년의 동굴 어디에선가 리버브와 딜레이 같은 공간계 잔향 이펙터들을 잔뜩 먹은 채 엄마의 외침은 지금도 둥글둥글 크게크게 동심원을 그리며 퍼져나간다. 엄마의 가장 평범했던, 귀에 못이 박히도록 들었던, 재미난 놀이를 그칠 수밖에 없게 만들기 때문에 가장 듣기 싫었던, 깜깜한 밤이 온다는 받아들이기 힘든 사실과 동의어이기도 했던 그 말은 레게의 한 분파인 더브Dub의 DJ들이 구사하는 효과음들처럼 반복, 반복, 또 반복되면서 퍼지고 퍼지고 또 퍼져, 울리고 울리고 또 울려, 결국은 마음 깊은 곳에서 시가 된다.

시와 시가 아닌 말은 어떻게 같고 다른가. 하나는 울리고 다른 하나는 울리지 않는다. 똑같은 말이라도 울려야 시가 된다. 시가 되어 울리면, 그것은 음악이다. 음악적인 소리란 무엇인가. 예쁜 주파수를 가진 소리들이다. 사인 파처럼 주기적으로 파도치면서 반복되어 음정을 가지게 된 소리들이다. 노이즈가 음악적인 소리로 느껴질 때 역시 마찬가지다. 그 파장에 공명하는 방법을 깨달을 때 그것은 좋은 소리로 들린다.

무엇이 시고 무엇이 시가 아닌 말인가. 하나는 마음속에서 후렴구가 되고 다른 하나는 휘발된다. 그렇다고 휘발되는 그 말들이 다시 마음속 후렴구가 되지 말라는 법은 없다. 그 둘은, 말하기라서 같고 그 둘은, 말하기와 노래하기라서 다르다. 시는 애초에 노래였다. 노래는 무엇인가. 반복과 후렴이다. 반복과 후렴을 지배하는 음소는 무엇인가. ㄹ이다. ㄹ은 혀끝과 입천장이 닿을 듯 말 듯 미묘하게 떨릴 때 발음된다. 정확히는, 그 떨림이 반복될 때 발음된다. 시와 노래는 ㄹ의 향연이다. ㄹ 여왕의 부드러운 지배. 무엇이 시의 핵심인

가. ㄹ이다. 무엇이 노래의 핵심인가. ㄹ이다.

ㄹ 주변의 다른 사내들

ㄹ의 향연에 ㄹ만 있는 건 아니다. 그러면 심심하지. ㄹ 주변엔 언제나 사내들이 많다. 다시 「청산별곡」으로 가보면,

　　살어리살어리랏-다

'랏!'에서 끊긴다. 살어리살어리 하며 살살 올라가다가 펄쩍 뛰어내린다. '살어리살어리' 두 번 반복되며 유장하게 휘감은 춤사위가 딱! 절도 있게 한 번 끊기면서, 때리는 음인 '다'로 넘어간다. 돌고 돌다가 탁! 끊고 쿵 때리며 정신나게 하고 다시 돌아간다. 기본은 돌아가야 하는 것. 돌지 않으면, 계속 반복하지 않으면 노래는 없다. 그러나 무조건 돌기만 하면 어지럽고 구역질 나고 퇴폐스럽다. Cut! 치고 빠져줘야 하고 맺고 다시 감아야 한다. 가다 서고 돌다 멈추고 다시 돌고 돌아 1연, 2연, 얄리얄리 후렴구로 갔다가 다시 나와 돌고 돈다. 왜 나왔다가 들어오고 돌다가 멈춰야 하나. 그래야 올라가기 때문이다. 또는 내려가기 때문이다. 가마꾼들, 올라가기 힘들지. 상여꾼들 하늘나라 보내기 힘들지. 그래서 노래를 한다. ㄹ은 평지를 빙글빙글 도는 것이 아니라 약간 경사진 언덕배기를 올라가거나 내려가는 노래의 수레에 달린 바퀴다.

그래. ㄹ은 바퀴다. 말을 실어 시가 사는 곳으로 날라주는 예쁜 자동차다. 그렇게 ㄹ 자동차를 타고 언덕을 넘을 때, 바야흐로 ㄹ의 회전력은 나선형의 흐름이 된다. 섹스할 때도 그렇다. 똑같은 동작

을 반복하지만 우리는 점점 어딘가로 간다. 어디까지 가는 걸까. 간
단하다. 끝을 만날 때까지 가는 것이다. 어디가 끝인가. 넘어가면
끝이다.

　아리랑 아리랑 아라리요
　아리랑 고개로 넘어간다

중간에 멈추지 않고 돌고 돌며 잘 가기 위해 우리는 사내들을 동원
해 매듭을 짓는다. 비트를 타고 장단을 꺾고 잔뜩 웅크렸다가 도약
을 한다. 그 도약들을 사내와 아낙 들이 도와준다. ㄱ, ㄷ, ㅅ, ㅈ,
ㅊ, ㅋ, ㅌ, ㅍ은 ㄹ의 남자 애인들이고 ㄴ, ㅁ, ㅇ과 모든 모음은
ㄹ의 여자 애인들이자 시녀들이고 닫혔다가 부드럽게 여는 중성 ㅂ,
바람 소리 무성 ㅎ은 ㄹ의 침묵과 호흡을 도와준다.

ㄱ은 꺾는다
ㅋ은 찌른다
ㅉ은 치대며
ㄷ은 때리고 맞서며
ㅁ은 기대어 밀고
ㅂ은 닫았다가 연다
ㅇ은 구멍을 벌리고
ㅈ은 지지며 누른다
타타타! ㅌ은 강하게 때리고
ㅍ은 피 터지며

ㅎ에서 날숨으로 한 박자 쉬고

다시 깊게 들숨으로 휘익!

바람이 된다.

움직임이 된다.

이런 흐름이다. 이렇게 해서 가나다라마바사아자차카타파하 자음과
모음 들, 남자 여자 들의 한바탕 향연이 펼쳐진다. 장단이 있으면 노
래가 있고 춤이 있는 법. ㄹ 언니 주변의 사내들이, 시녀들이, 그리
고 모음들이 ㄹ의 에너지를 받들어 언덕을 넘는다. 꺾고 넘기고 끌
어안고 돌리며 춤추는 사이 밤은 깊어가고

　　새벌 발기다래 밤드리 노니다가

우리는 가라리 네힌지도 모르고 황홀해한다. 내 것, 니 것, 내 여자,
니 남자 상관없이 ㄹ의 향연에 참여하여 뱀처럼 우글우글 몸 부비며
혼음하고 결국 함께 고개를 넘는다. 고개를 넘으면 무엇이 있나. 아
무도 모른다. 기억나지 않는다. 우리는 분명 고개를 넘었다. 그러나
그저 미세한 떨림만이 남는다. 허무하다. 노래는 그렇게 흐르는 나
선형의 시간을 부질없이 반복한다.

후렴

모든 시는 다 노래다. 어떤 의미에서 그런가. 노래 형식 기본은 순환
구조다. 노래는 입속에서 맴돌고, 동그라미 그리려다 얼굴이 된다.
맴도는 얼굴, 매미들이 맴맴맴 지겹게도 반복하고 그 프레이즈는 하
우스 음악의 비트처럼 계속 반복된다. 만물은 순환한다. 돌아간다

롤롤롤롤. Roll with it. ㄹ 바퀴 타고 넘나들다가 어느 사이 마주친 마음의 중심 거기서 우리는 예전에 마주쳤던 '현재'를 다시 만난다. '현재'를 '다시' 만나는 것. 그것이 후렴이다. 후렴은 우리가 떠난 자리, 노래가 떠난 자리를 환기시키는 베이스캠프다. 그러나 후렴을 반추하다가 오르페우스처럼 될 필요는 없다. 뒤돌아볼 필요 없다. 후렴 다음에는 2절이 있고 후렴에서 만나는 과거가 바로 현재이자 미래니까. 왜? 2절 다음에는 3절이 있고 그 사이 다시 후렴이 있을 테니까. 후렴에 관한 한 과거형이 바로 현재형이니까. 모든 후렴은 현재형이다. 우리는 그 현재형을 보편이라고 부른다. 그리고 거기서 만나는 현재형이 보편형으로서의 노래다. 그것은 내가 지금 만지고 있는 내 살이고 내 님의 살이고 그 살이 덧없이 타 없어지더라도 그 살에, 바로 살갗에 존재하는 그 우주적인 의식, 내가 리듬을 타고 있다는 바로 그 의식이다.

음악을 하면서, 동시에 시를 쓰면서, 의미 없는 후렴구의 의미를 깨닫게 되었다. 아무리 관념적이고 뜻만이 충만하고 아무리 노래 같지 않은 시라 해도, 그 시들은 그 보편형을 만나기 위해 존재한다. 모든 시는, 모든 노래는, 빙글 돌아 마음의 중심에 들어가는, 들어가서 그 중심에 있는 신화를 체험하는, 바로 신화 속 인물이 되는, 그 인물이 내 안에 있다는 사실을 깨닫는, 우물 밑바닥에 있는 마음을 가져보는, 그리고 돌아 나와 일상의 시간을 살다가 다시 노래로 들어가 텅 빈 하늘을 보는, 그런 순환이다. 그 순환의 마디를 우리는 후렴이라고 부른다. 후렴의 원심구심력. 그 원심 구심력의 내연기관이 바로 ㄹ이다.

사랑해

사랑해

위더러둥셩더러둥셩다롱디리

시의 중심에는 아무 뜻도 없는 후렴구가 있고 우리는 그 후렴의 삶을 반복하면서도 조금씩 고개를 넘는다. 왜 우리가 고개를 넘는지, 리듬을 타는지, 멜로디에 공명하는지, 왜 같은 주파수면 떨어져 있어도 함께 울리는 '공명'이라는 현상이 있는지 아무도 모른다. 그 신비스러운 현상의 텅 빈 중심을 휘도는 물레방아 소리가 바로 'ㄹ'이다. 이 모든 마음을 황홀하게 담아, 나는 얼마 전 「ㄹ」이라는 시를 썼다.

어강됴리 비취오시라

다롱디리 드리오리다

동동다리 뿌리오리다

시리잇고 욜세라

아랫꽃섬 녀러신

흘리오리다

꼭그렇진않

얄라리얄라

어름우희댓닙자리

구름나라로맨티카

—성기완, 「ㄹ」 부분

아무도 비밀을 모르지만, 그걸 모르는 사람은 없다, 우리가 비록 죽어 없어지는 존재라 해도 죽기 전에 할 일이 있다. 그 일이 무엇인지 모르지만 그 일을 만나게 된다. 당신을 만나 사랑하게 된다. 르을 타고 빙빙 돌다 보면 나를 넘어선다는 것을.

어느 봄날의 오프닝은 이런 식이었다.

20070427금
OPENING

성기완/ 한순간 추억을 곱씹다가도
다음 순간 내일을 생각합니다.
내일의 나는 어떻게 될까.
혼자 걷는 것 같다가도 문득
아는 사람을 만납니다.
그러면 언제 그랬냐는 듯이
그 사람과 길을 가며 이야길 주고받아요.

M-up/down

아날로그 방송은 5년 있으면 사라집니다.
벽장 *TV*가 벽걸이 *TV*가 되고
*HD*는 사치에서 기본으로 변합니다.
아날로그가 사라진 다음엔
디지털만 남겠죠.

그러나 디지털은 사라지지 않을까요.

그렇다면 오히려 이상한 거겠죠.

디지털도 사라지고 다음 단계가 옵니다.

그때쯤 되면 한반도는 통일이 되어 있을까요.

M-up/down

4월 27일 금요일입니다.

옛 친구들이 생각나네요.

약속을 하고 싶어도 전화번호를 몰라요.

그러나 걱정하지 않습니다.

언젠가는 만나겠죠.

성기완의 〈세계음악기행〉입니다.

우리 팔자에 없는 음악들일지도 모릅니다.

그래도 만나보세요.

친구가 될지도 모르니까요. 자, 시작하죠?

시인들이 전파와 바람, 와이어와 기타 모든 진동을 통해 확장시키고 있는 언어는 우주 만물이 하나의 그물로 엮여 서로 관계를 맺고 영향을 미치는 인드라망과 같은 세계다. 홀로 존재하지 않고 그물의 한 부분으로 다른 사물과 관계를 형성할 때 비로소 그 의미를 가지는 인드라망처럼 서로 연결되어 있는 텍스트. 한쪽 구슬의 흔들림이 다른 쪽 구슬의 흔들림으로 나타난다. 모든 시인은 하나다. 모든 시인은 함께 진동하는, 어디로 튈지 모르는 이슬들이다.

좀 힘든 밤 당신이 아른아른 나 잘못한 것도 있는데…… 늦었지만 고 그사이에 이런 문자를 누군가에게 보낸다. 그러나 용서해줄까. 이건 엄청난 도박이다. 끊어진 말들이 이어진다. 어느 방향으로 화살표를 그릴지 정해져 있지 않지만 화살표를 품고 있는 그물코다. 이런 언어들, 이런 삶의 태도는 고도의 비약을 보장해준다. 그러나 실제로 그것을 감행하도록 해주는 유일한 움직임은 '클릭'이다. 텍스트들은 날아다니지만 몸은 정적이다. 그래서 우리말 시 르네상스 시대의 상상력들은 은근히 식물적이다. 실제로 몸이 움직이지 않기 때문이다. 몸은 식어 있고 몸들은 서로 단절되어 있는 반면 마음은 날아다닌다. 이것은 차가운 불의 상상력이다.

"슛 갈게요!"
조감독의 외침 때문에, 나는 여기까지 글을 쓰다가, 파일을 저장시키고 대기실 바깥으로 나간다. 그랬다가 다시 돌아온다. 다시, 천막극장이다. 이제 조금만 더 쓰면 된다. 그사이 또 여러 장면이 필름에 감광됐다. 저녁의 시간이 밤으로 달려가고 있다. 시인들은 이렇게 글을 놔두고 바깥으로 나간다. 글을 대기실에 놔둔 채, 시인들은 글 바깥으로 외출한다. 글 밖의 글을 쓰는 시인들이 글 바깥에서 친구들을 사귄다. 그 친구들과 나눈 사랑이 하이퍼링크된다. 비밀스러운 이 사랑이 시멘틱 웹semantic web의 시대를 연다. 모든 사적인 이야기들이 접속되는 칩들. html 문서에서 진화한 xml 문서들이 비선형적으로 결합한다. 이 모든 문서들의 비선형성. 문서를 페이지 순으로 읽어나가는 것이 아니라 문서에서 문서로, 링크된 낱말이나 이미지,

동영상, 웹 페이지를 클릭하면서 비선형적인 걸음을 걸으며 정보를 선택하고 흡수한다. 시인들의 폭식성은 그런 시대의 텍스트 존재 방식을 재현한다. 그래서 글 바깥으로 외출하는 시인들이 늘고 있다. 글 안에서의 친구들과 글 바깥의 친구들이 교류한다. 글을 놔둘수록, 시인은 시인답다. 너무 글에 안주하거나 연연해하거나 집착하지 않는다.

지금, 내가 이 글을 쓰고 있는 여기는 천막 극장의 대기실이다. 바로 옆에 화장실이 있어서 냄새가 스며든다. 조금 전까지 배우들은 1930년대 최고의 뮤지션 김해송 선생의 「청춘계급」에 맞춰 신나게 몸을 움직였다. 저녁 먹을 때가 됐다. 밥차에 길게 줄을 선 사람들 틈에서 저녁을 기다린다. 밥차가 서 있는 울타리 바로 바깥으로 역시 길게 꼬리를 문 차들의 빨간 미등들이 작은 열망을 표시하고 있다. 가야 할 곳으로 가야 한다는 그 작은 열망들. 사랑하는 사람을 보고 싶다는 막연한 그리움. 그 마음을 실은 자동차들이 꼭 한 덩어리처럼 움찔거린다. 길이 많이 막힌다. 나는 그 길 바깥에 있다.

조금 있으면 다시 촬영이 시작될 것이다. 한 영화의 에필로그 장면, 주인공들이 모두 등장해서 춤을 추는 흥겨운 씬으로 영화는 끝이 난다. 자막이 올라갈 것이고 거기에 내 이름도 수많은 이름 속에 섞여 지나갈 것이다. 나는 이 영화의 음악을 맡았다. 오늘의 나는 배우들 뒤에서 악기를 들고 연주하는 음악가의 한 명이다. 밥 먹기 전, 이미 여러 커트의 촬영이 있었다. 필름이 돌 때마다 나는 반복적인 동작을 한다. 촬영과 촬영 사이에 긴 기다림의 여백이 존재한다. 그 여백을 틈타 내가 이렇게 시인으로 변신하고 있는 줄을 사람들은 모를 것이다.

우리말 시의 르네상스

사람들이 알까. 우리말 시사(詩史)가 경험하고 있는 이 엄청난 중흥의 시간을. 단군 이후로 쳐서 4천여 년, 지금은 우리말 시 4천 년 역사의 가장 빛나는 시기다. 한마디로 우리말 시의 르네상스다. 시가 핵분열의 기운으로 용솟음친다. 단테와 셰익스피어가 나오기 위해서 호메로스와 오비디우스가 있어야 했듯, 르네상스renaissance, 다시 말해 '다시 태어나는 시기'의 시인들이 있으려면 네상스naissance, 태어나던 시기의 명인들이 있어야 한다. 우리말 시의 첫번째 폭발기는 당연히 1930년대다. 1930년대는 근대적인 모든 것이 빅뱅하는 태동기였다. 이상이 실험했고 정지용이 펜/끌로 쪼았으며 소월이 그 말들을 혀에 감았다.

지금은 그 두번째 폭발의 시기이자 우리말 시의 근본적인 혁명기다. 젊은 시인들은 엄청난 진폭으로 우리말의 경험을 확장시키고 있다. 지금, 우리말 시의 폭식성을 아무도 말릴 수 없다. 시인들은 르네상스의 한 상징, 라블레의 거인 가르강튀아처럼 너무 배가 고파 뭐라도 먹어야 한다. 시인은 거울을 보며 스스로도 놀란다. 빼어나게 매치시켜서 꾸민 절대적 네오 룩—그러나 사람들은 상상할 수 없을 정도로 추하다고 여길 수도 있다. 시인이 모든 텍스트를 온몸으로 활용하고 또 써내며 모든 지식을 하이퍼링크시키고 있기 때문에 사람들은 이게 뭔지 모른다. 그래서 아무것도 아니다. 아무도 그들에게 상을 주지 않는다. 상을 받는 시인들의 진부한 시들은 시가 아니다. 소설이 여전히 그저 그런 얼굴로 소설스러운데 비해서 시는 남

김없이 새롭다. 이승원의 시집 『어둠과 설탕』(문학과지성사, 2006)
에 있는 이런 시는 혁명의 소용돌이 속에 있는 우리말 시인의 정신
적 조건을 보여준다.

> 아편 유도체인 모르핀은 1805년 헤로인은 1889년에 합성되었다
> 흰 새는 밤을 향하고 검은 새는 낮을 쫓는다
> 제임스 렌싱은 1944년 알텍에서 604 듀플렉스 유닛을 개발한다
> 1946년 JBL을 설립하고 1949년 자살한다
> 좋은 시인은 죽은 시인이다
> 보스 901 스피커는 1968년에 발명되었다
> 너는 자신이 누구라고 생각하는가
> 1970년 4월 8일 와우아파트가 붕괴되어 서른세 명이 사망했다
> 나는 언제 죽는가 최후는 편안할 것인가
> 콜트사와 면허 계약을 맺은 국방부는
> 1972년 M16 소총 공장을 세웠다
>
> ——이승원, 『어둠과 설탕』, 「모노폴리」 부분

너는 자신이 누구라고 생각하는가. 진취적으로 절망을 탐닉하는 사
람. 나는 언제 죽는가. 이미 죽었다. 시인은 죽음의 음식들을 맛보
기 위해 모든 텍스트와 연대기 들을 탐색한다. 얼핏 언어나 취향의
나열 같지만 이 시는 절망의 폭식을 감행하는 정신의 역동성을 보여
준다. 이런 방식은 지금은 기본이지만 과거의 우리말 시에서는 찾아
보기가 쉽지 않다.
르네상스의 시인은 모든 걸 하고 동시에 아무것도 하지 않는다. 시인

함성호는 건축비평서를 냈고(『건축의 스트레스』, 문학과지성사, 2004),
시인 강정은 문화비평서를 냈으며(『나쁜 취향』, 랜덤하우스, 2006),
시인 서정학은 카피를 뽑고, 시인 조연호는 시타르를 치고 강정과
함께 히스테리 채널이라는 시인 밴드를 꾸리고 있고 시인 성찬경은
〈물질고아원〉 원장이고 시인 김소연은 어린이 도서관 〈웃는 책〉 관
장이고 시인 김태동은 학원 원장, 시인 황학주는 아프리카 사람, 시
인 김민정은 출판 기획자, 시인 이준규는 룸펜이자 블로거, 시인 황
병승은 문자 그대로 룸펜……

반대로 시인들보다 더 시인다운, 시단 바깥의 시인들. 3호선버터플
라이의 드러머였고 예전에 폐결핵을 앓았던 김상우는 〈이리 카페〉
일을 보면서 『뒤에 나비』라는 사적인 시집을 벌써 몇 권째 내고 있
다. 또, 화가이자 가수인 백현진은 어어부 프로젝트의 보컬리스트,
그의 가사는 빼어난 시, 황신혜 밴드의 김형태 역시 마찬가지, "비
둘기는 하늘의 쥐"라는 말의 조합을 생각해낸 언니네 이발관의 이석
원, 산울림의 김창완, 번역된 텍스트를 재번역해서 원문 김수영 시
와 대조시키는 작업을 한 미술가 김홍석, 스피치—발언하는 사람을
모티프로 삼았던 미술가 양혜규, 엇, 앗, 크, 으, 이런 낱말들로 대
사를 만든 바 있는 연극 연출가이자 극작가 강화정, 단순하고 아름
다운 몸짓과 언어의 분열을 프리하게 그려내는 그녀는 지독한 시인
이다. 그 모든 사람들이 다 시인이다.

시인들은 도처에 있고 아무 데도 없다. 시인들은 모든 걸 하거나 아무
것도 하지 않는다. 지금 천막 극장에서 이 글을 쓰는 나는 누구인가.
성기완: 밴드 3호선버터플라이 멤버, 영화·연극·공연 음악가, 라디
오 DJ, 학교와 학원 강사 비평가 개새끼 연구실장 게스트 걸레 천사

그리고 시인……

그러나 나는 아무것도 안 한다. 나는 언어의 해변에 나와 시적인 기분에 발을 적시고 있다. 나는 모두이면서 그 누구도 아니다. 자신이 누구인지 정확히 밝히지 말 것.

바깥 언어의 신경세포

이렇게 우리말 시의 르네상스를 만들어내고 있는 시인들은 역설적으로 과거 그 어느 때보다도 세상의 관심 밖이다. 철저하게 바깥의 언어를 지어내고 있는 시인들은 근본적으로 노벨상 같은 것에는 전혀 관심이 없다. 시인들은 그 어느 때보다도 혹독한 언어의 노숙자 생활을 하고 있다. 모든 시인은 다 놈팽이다. 사랑만이 그들의 관심이다. 시 쓰다가 만 네르발이 착란 속에서 방랑하다가 죽은 것하고 비슷하게 지금 모든 시인들은 일종의 착란 속에서 망각을 견디고 있다. 근대 이후 시인들에겐 하나의 자부심 비슷한 남루함. 보들레르 형님도 그랬고 긴스버그도 그랬으며 심지어 이백 할아버지도 그랬다. 시인은 룸펜이다. 어쩌면 시인의 이런 태도는 전통적인 것일 수도 있지만 그렇게 말하면 너무 막연하므로 근대 이후 시인들의 존재론적 조건이라고 해두자.

세르반테스의 단편 「유리 학사」는 르네상스 이후 시인들이 어떻게 계관시인의 월계관을 벗고, 신탁을 적는 무당의 혀를 반납하고, 자연의 언어를 받아쓰는 언어적 사제의 지팡이를 내려놓게 되었는지, 그래서 망상과 착란 증상을 보이는 정신병자 비슷한 지위로 내쫓기게 되었는지 극명하게 그려내고 있다. 대단한 박식성, 근대적 열정을 간직한 에스프리, 세르반테스는 「유리 학사」에서 하인 출신이었지만 뛰어난 재능을 지녀 학사가 된 르네상스적 인물 토마스를 등장시킨다. 토마스는 질투에 휩싸인 바람둥이 여인이 준 최음제를 먹고 광기에 휩싸여 자기 몸이 유리로 되어 있다고 믿게 된다.

우리는 섬세하고 민감한 물질로 되어 있으므로, 흙으로 빚어진 무거운 육신을 통해서 보다 자기처럼 유리로 된 몸에서 영혼이 더 신속하고 효과적으로 작용할 수 있다는 것이다.
— 세르반테스, 「유리 학사」

지금 당장이라도 박살날 수 있는 유리로 된 몸. 그것은 시인의 몸이다. 흥미로운 것은, 유리로 된 몸을 지녔다는 망상에 빠지는 순간 혀가 풀린다는 것이다. 토마스는 풀린 혀로 만물의 이치에 대해 광적으로 설파하면서 떠돌아다니는 '유리 학사'가 된다. 어떤 학생이 유리 학사를 보고 당신은 시인이냐고 묻는다. 유리 학사는 이렇게 대답한다.

"지금까지 난 그렇게 얼이 빠진 적도, 또 그렇게 행복했던 적도 없었다네."
— 같은 책

유리 학사는 '좋은 시인/나쁜 시인'의 구별을 통해 시인됨의 조건이 변화했다는 점을 설파한다. 오비디우스의 시를 인용하면서 "언젠가 시인들은 신과 왕 들의 즐거움이었고 옛 노래들은 막대한 보수를 상으로 받았다"고 한다. 플라톤은 시인들을 '신의 통역관'이라고 했다는 것도 기억해낸다. 그러나 이제 더 이상 그런 시인은 없다. 나쁜 시인의 시대가 온 것이다. 모든 시인은 언어의 보험을 들지 않은 '유리 학사'들이다.

그때부터 시인에겐 세상이 내준 직업이 없다. 시인은 신탁의 중계권을 박탈당하고 떠돌이 신세가 되었다. 그때부터, 시는 말이라는 신체의 오작동이다. 노이즈다. 시인들은 노이즈를 생산한다. 말이 되는 말과 말이 되지 않는 말이 만나는 지점, 말이 물러져 물이 되는 지점, 말이 소금이 되는 언저리, 언어의 해변에 시인은 발을 담그고 서 있다. 그 자리를 떠나는 순간 시인은 시인이 아니다. 단단한 육지 위에는 빌딩들처럼 말이 되는 말들이 건축되어 있다. 사람들은 그 집들 속에서 산다. 거기서 사람들은 소설을 쓰고 법전을 엮고 처방전과 신문과 명세서와 역사서를 발행한다. 그러나 시인들은 그 따위 짓은 하지 않는다. 말의 최전방에서 시인들은 언어의 조건을 생중계한다. 그 조건들을 조작한다. 그렇기 때문에 시인은 세상 속에 살아도 세상 밖에 있다. 시인들은 세상 밖의 사람들이다. 아무것도 아닌 사람이 되기 위해 자신의 모든 것을 팔아치운다. 시는 매춘이고, 시인은 매춘부다.

그러면 시인과 일상생활의 관계가 끊어진 건가. 전혀 그렇지 않다. 명세서, 견적서, 오늘의 TV 프로, 처방전, 전단지 문구 같은 불쌍한 말들이 해변으로 떠내려 온다. 시인은 그것들을 주워서 장사 지내준다. 연기가 하늘로 치솟는다. 시인들의 존재를 던지는 투기 행위에 의해 일상의 언어들은 오히려 확장된다. 해변의 언어, 모호한 블러의 언어, 상징계─상상계를 넘나드는 불가해한 전언을 통해 시장판의 가짜 소금은 녹아내리고 언어의 경계는 저만치 밀려난다. 바깥의 언어에서 시와 비시의 구별은 없다.

목재는 100°C 이상 가열되면; 추워라, 추워라, 상처 입은 짐승처럼 아무리 그대 얼굴 떠올려도 생각나지 않네; 가연성 가스인 CO, H$_2$, CH$_4$ 등이 발산되고; 나는 심해의 향유고래처럼 미지의 어둠에서 떨고 있구나; 150°C 이상 되면 탄화 작용으로 흑갈색으로 착색되며; 얼마나 사랑했으면, 얼마나 사랑했으면; 250°C 이상 되면 火原에서 스스로 불꽃을 당겨 인화하며; 피의 온도—칼날처럼 슬픈 너의 꽃이〔齒〕를 기억하고 있지; 화원이 없이도 목재 자체에서 불길이 길기 시작한다; 너는 왜 나를 파고 들지? 기억하니?

미친 내 인생을

— 함성호, 『너무 아름다운 병』, 「발화」 전문

바깥의 언어를 쓰는 사람들끼리 시대를 넘어 공간을 넘어 결합한다. 사람들과 같은 말을 쓰는 것 같아도 시인의 말 사용법은 전혀 다르다. 바깥의 언어는 박스 포장을 뜯어내고 그늘에서 그늘로 공기에서 공기로 전염된다. 나는 이러한 현상을 '몽홀함의 연대'라는 표현으로 정리한 바 있다. 몽홀함이란 일종의 사이키델릭psychedelic한 상태다. 의식과 꿈, 제정신과 착란, 수면과 깨어 있음의 언저리의 상태다. 티베트에서 아이슬란드로, 거기서 다시 아프리카 말리로, 캘리포니아로, 뉴욕 월 스트리트의 쓰레기통을 뒤지는 노숙자의 시선에서 면벽한 스님의 뇌파로, '몽홀함의 경지'들이 서로를 넘나들면서 바깥의 교류를 한다. 탬버린 치듯 바람에 흔들리며 몸을 흔드는 나무들처럼 시인들은 몽홀함의 주파수로 바깥의 삶을 그려낸다. 그 뉴런이 바로 시인이다. 그래서 시인은 바깥 언어의 신경세포들 모두를 가리키는 말이다. 그러니 시인은 아메바일 수도 있고 우주먼지일 수도 있다. 우주 미아, 무수한 단테들, 시인들은 그 울림들을 읽어내는 사람, 사랑밖에는 모르는 사람이다.

다시, 천막 극장

다시 천막 극장. 한 장면 촬영을 마치고 다음 장면을 위해 조명을 세팅하는 동안 나는 다시 냄새나는 대기실로 들어온다. 시가 버려져 있다. 사랑하는 비밀의 연인이 그러하듯, 글은 어둠 속에 홀로 버려져 있고 자기가 창녀 같다고 생각한다. 불쌍한 시. 너를 사랑해. 누구보다도 널. 보고 픈 내 사랑. 글이 끊긴다. 너와의 관계가 자꾸 끊긴다. 수많은 텍스트들이 내 글을 끊고 내 안에 들어와 내가 된다.

초인종이 울린다.

여기 앉아 스웨터를 뜨던 남자를 찾으러 왔소
(남자를 가리키는 손가락 끝에서 노란 소파는 우물거리며 지퍼를 열었다.)
그는 이미 여기 없어요 그런데 오른손에 든 건 뭐죠?
그를 찾으면 넣을 상자요 볕 잘 드는 곳으로 데려갈 거요
스웨터를 다 뜰 때까진 이곳에 머물 거라 했는데…… 여기 앉아 비디오를 너무 많이 봤어요
잠시 들어가 살펴봐도 될까요
좋을 대로 하세요 어차피 당신은 노루를 좇는 사냥꾼인걸요
(남자는 소파에 앉아 팔걸이의 얼룩을 가리킨다.)

이 핏자국은 무언가요?

　　　　— 이민하, 『음악처럼, 스캔들처럼』, 「지퍼—관계에 대한 고집」 부분

끊어지는 아픔을 견딘다. 나의 유일한 관심은 사랑, 오직 사랑뿐이다. 사랑하기 위해 시인들은 자기 자신의 윤리적 수미일관함을 끊어 반모랄의 세계를 열어젖힌다. 시인은 시를 배반하고 문학을 배반한다. 시인들의 글은 열려 있다. 그래서 시인들은 하나의 텍스트를 소설가들처럼 끌고 가지 않는다. 대신 세상 텍스트의 개입에 온몸을 열고 또 자신의 온몸을 그 개입을 위해 던진다. 그렇게 하여 시인은 텍스트/텍스트 바깥의 경계, 그 최전방의 상황을 늘 생중계한다. 나는 생방송을 하는 사람이다. 매일 열두 시 서울 주파수로 FM 104.5메가헤르츠. 나의 생방송이 시작된다. 나는 송신한다. 남몰래 눈물을 흘리는 시인의 고통을 월드뮤직에 포장해서 허공에 던진다. 매일 열두 시, 시그널 음악은 인도의 시타르 연주자 아난다 샹카가 편곡한 롤링스톤즈의 「점핑 잭 플래시」……

당신에게자꾸확인했던말들은어쩌면나를향한다짐이었어요 너무이기적이죠 당신이맞아요

그래. 사람들은 모른다. 내가 이 천막 극장에서, 여백의 시간을 텍스트의 공간으로 탈바꿈시키고 있음을. 사람들은 모른다. 지금 이 천막 극장의 어두운 대기실에서 한 사람의 시인이 언어의 절벽에 매달려 있음을.
나는 시인이다. 시인들은 어디에서든, 언제든 세상과 금을 긋고 시

의 천막 극장을 꾸민다. 그때 우주는 거대한 천막 극장이다. 길 위에
서 쓰는 시. 시인들은 모든 것을 버리고, 심지어 시도 버리고 길 위
에 있다. 길 위에, 배반당한 시인들이 우글거린다. 시의 르네상스다.

아주 어려서였어요. 유치원도 가기 전이었을 거 같아요. 아마도 다섯 살. 아니면 내가 이미 딱지치기를 하던 때니까 여섯 살. 옆집에 사는 친구가 있었는데, 이름은 정확하겐 모르겠어요. 아마도 종태였던 거 같아요. 종태는 분명 다른 아이였지만 종태라고 해두죠. 왠지 종태라는 이름이 어울릴 거 같아서요. 피부가 까무잡잡하고 귀여운 아이였어요. 내가 사는 동네엔 그렇게 귀여운 아이가 드물었죠. 수재민 주택들이 모여 있는 우리 동네 친구들은 굉장히 와일드했어요. 아마 내가 동네에서 가장 여리고 겁 많은 애였을 거예요. 그러나 어쨌든 강한 호기심을 누를 수 없어 동네에 나갔어요. 동네는 우리 집 울타리 너머를 뜻해요. 엄마 아빠의 보호막 바깥인 정글을 뜻하죠. 정글에서 만난 유일하게 순한 동물, 바로 종태였어요. 그 친구한테 친근함을 느꼈고 뭔가 통하는 거 같았어요. 또 안심도 되었고. 아빠는 일본에서 나온 미술 책들을 즐겨 사보셨어요. 그중에 미술사 책도 있었던 거 같아요. 나는 당시 그리스―로마 시대, 르네상스 시대의 조각 사진들을 넘겨보는 일에 탐닉했죠. 남자 여자 구별 없이 그 나신들을 보면서 알 길 없는 흥분을 느꼈어요. 당시에는 그런 사진들을 보면서 내가 느끼는 흥분을, 더 정확히는 그런 흥분을 느끼는 내 모습을 사람들이 눈치채지 못할 거라 생각했어요. 그래서 그냥

마룻바닥에서 떠오르는 해를 보며, 방바닥에서 대낮에 심지어 아빠가 출근하는 아침에 아빠의 구두가 놓여 있던 대청마루에서 엎드린 채 그 나신들을 보았어요.

"너 이 조각들을 참 좋아하는구나."

어느 날 아버지가 이렇게 말한 후 나는 사람들도 내가 그것들을 보면서 은밀하게 즐거워하는 걸 안다는 걸 알았어요. 나의 기분은 여자 조각상의 유방을 볼 때보다 이상하게 남자 조각의 엉덩이를 볼 때 더 야릇했어요. 때로는 검은 돌, 때로는 흰 돌, 로마 조각상 특유의 자세들이 아직도 기억나요. 약간 육체미 선수들 같은 그 자세, 다리 한쪽을 약간 구부려서 무릎 뼈가 예쁘게 드러난 프로필을 보여주는 그 자세. 고환과 남근이 조금 비현실적으로, 통통하게 드러나 있는 그 조각상들을 보면서 많이 황홀해했어요. 어느 여름날이었어요. 눈부신 날씨였고 내 가슴은 쿵쿵 뛰었어요. 종태와 그 조각상이 될 결심을 한 거예요. 왜 그랬을까요. 나는 처음으로 욕망이 나를 이기고 있다는 걸 느꼈습니다. 내 가슴이 타들어가고 있고 그 타들어감은 심장에서 회음부를 지나 항문 쪽으로 향하고 그것 때문에 아무것도 모르는 나의 작은 고추는 빳빳해졌어요. 종태는 처음에 이 유희에 참여하길 꺼려했습니다. 나만의 판타지에서 출발한 놀이니까 이해할 수 없었던 거죠. 종태를 뒤꼍으로 데려갔습니다. 가슴이 더 뛰기 시작했어요. 종태와 로마 조각상이 겹쳤습니다. 종태에게 바지를 벗으라고 했어요. 완전히 벗는 건 아니고 짧은 바지를 발목쯤에 걸치도록 했습니다. 어쩌면 동네에서 그런 나의 요구를 관철시킬 수 있는 유일한 대상이 종태였던 것도 같아요. 우리는 매우 야릇한 놀이를 했어요. 종태와 나는 바지를 반쯤 벗고 엉덩이에 힘을 주어 작은 돌멩이 하나를 그 사이에 살짝 끼웠어요. 그렇게 엉거주춤한 자세로 뒤꼍을 몇 발짝씩 왔다 갔다 했어요. 사실은 그게 다예요.

참 이상한 놀이죠.

그 놀이를 하던 어느 오후 나는 처음으로 야릇한 전율 같은 것을 느꼈어요. 그러던 어느 날 엄마가 뒤꼍으로 왔죠. 이 비밀의 공간에서 벌어지고 있는 일에 엄마는 소스라치게 놀랐어요.

너희들 뭐하는 거니.

우리는 재빨리 바지를 입고 뒤꼍에서 앞마당으로 도망치듯 나왔어요. 아무 말 없이 우리는 헤어졌고 그다음부턴 서먹서먹해졌어요. 가끔 나는 종태를 불렀어요. 종태야. 종태는 어색하게 웃었죠. 나는 마음이 아팠어요. 어느 비 오는 날, 나는 종태를 추억하며 장독대를 돌기 시작했어요. 그해 가을 무겁게 서걱거리는 뚜껑을 이불 삼아 어둠 속에서 자라고 있는 것이 따뜻함이라는 걸 알았어요. 장마철이면 별 자랑도 아닌데 내 가슴만큼 올라선 장독대 위에서 그림자도 없이 붉그스레 번들거리는 독들의 취기 세발자전거 타고 비 맞으며 하염없이 묵묵한 그 우울의 주위를 돌곤 했었어요. 아, 내가 왜 그랬을까. 빗물이 머리카락을 타고 코로 뚝뚝 그러면 난 경건한 표정이 되죠. 짭짤한 그 맛이 내 가슴에서 익어가는 그 무엇 무궁화 피어 있던 뒤꼍에서 하얀 엉덩이 보여주며 황홀해하던 종태와 나 종태가 황급히 바지를 올렸고 장마는 시작됐어요. 비가 그치고 장독대에 해가 들면 마음에서는 신비로운 화학 변화들이 일어나 퍼런 모기장을 걷고 누런 더께를 또 걷어내면 새빨간 고추장 같은 것이 익어가고 있었어요. 언젠가부터 나의 세발자전거는 녹슬고 어둠 속에서 문드러져가는 상처 관절에서 피어오르는 이상한 온도. 내 마음에는 뭐가 있을까. 무엇이 익어가고 있을까. 누가 자리 잡고 곰삭아가고 있을까. 돌무덤의 뚜껑을 스스로 열고 나서는 온도의 향기. 그렇게 사랑한 적이 있었죠 장독대의 독들은 장마철의 취기를 기다려요.

수재민 주택을 언제 떠났더라? 1976년. 그러니까 내가 초등학교 4학년 때 응암동 670-5호로 이사갔어요. 전화번호는 38-5981에서 302-6717로 바뀌었죠. 이 전화번호는 지금도 부모님 집 전화번호예요.

이 세상에서 가장 슬픈 책은 엄마의 일기장이었어요. 왠지 울고 싶을 때 서늘한 다락에 올라가 그 책을 보았어요. 울기 좋아하는 울보였던 나는 엄마의 일기장을 열렬히 훔쳐보았어요. 울다가 글자가 흐릿해지면 눈물을 훔치며 보았죠. 『데미안』도, 『무진기행』도, 『하버드 대학의 공부벌레』도, 『엠마뉘엘 부인』도, 그 어떤 소설책도 엄마의 일기장에 미치지 못했어요. 엄마의 일기장에는 엄마의 오전 10시가 기록되어 있었어요. 엄마의 오전 10시는 내가 아는 엄마의 시간이 아니었죠. 엄마는 현실에서 결코 주인공인 적이 없었습니다. 엄마가 줄줄이 낳으신 다섯 아이, 대쪽 같은 아버지, 명철하고 냉정했던 할머니, 할머니 저편에서 쓸쓸하게 돌아앉았던, 때 되면 찾아오던 할아버지와 그 근처의 제삿날, 그런 것들이 주인공이었고 엄마는 그저 즐거이 그 주인공들을 위해 사는 사람인 줄 알았어요. 엄마 일기장을 보기 전까지는요. 세계는 늘 그전과 그 후로 나뉘죠. 세계는 결코 그전으로 돌아갈 수 없어요.

아이들을 다 보내고 오전 10시에 부엌에서 식은 누룽지를 주걱으로 입속에 퍼 넣다가 흐느끼기 시작했다……

이렇게 시작하는 일기의 첫 문장에서부터 나는 울기 시작했어요. 그것은 울면서 쓴 글들이었어요. 나는 그 글들의 주인공인 엄마가 불쌍해서 울었어요. 엄마는 유일하게, 그 일기장 속에서만 1인칭이었어요. 1인칭인 엄마는 놀랍게 날카로웠어요. 엄마가 펜을 놀리는 소리가 들리는 듯했죠. 그것은 부엌칼이 김치를 썰 때 나는 소리와 비슷했어요. 엄마의 시점에서 가차 없이 재단되는 등장인물들은 모두 낯설어 보였는데, 모두 우리들, 우리 가족들이었어요. 우리 모두가 엄마라는 주인공을 둘러싸고 엄마를 위협하는 사람들이라는 게 놀라웠습니다. 엄마의 일기장은 모험소설이었어요. 엄마는 그 모든 난관을 헤치며 살아가요. 엄마라는 배는 위태위태해요. 우울하고, 힘들고, 매일매일이 풍랑이에요. 엄마의 일기장을 볼 때 나는 뱃멀미 비슷한 어지러움을 느꼈어요.

일기장 속의 엄마는 모든 소설의 주인공 중에서 내가 가장 좋아한 인물이었어요. 엄마의 일기장은 한 권이 아니었어요. 작은 노트, 큰 노트, 얇은 노트, 두터운 대학 노트, 가계부, 엄마는 어디엔가 적어놓았어요. 필사적으로 1인칭을 유지했어요. 엄마의 일기장은 늘 그 노트들의 앞쪽 몇 페이지였습니다. 엄마의 일기장은 바쁘게 끝났어요. 때로는 채 한 문장도 되지 않았죠.

대림시장에서부터 그 무거운 장바구니를 끌다시피 들고 집에 와 내려놓고 한숨 돌리고 펜을 잡

이렇게 끝날 때도 있었어요. 그 나머지 노트의 모든 페이지는 하얗게 비어 있었고 나는 거기서부터 울었어요. 나는 그때부터 1인칭 시점의 엄마를 찾아다녔습니다. 낡은 노트는 무조건 펼쳐보았어요. 때로 그 노트는 텅 비어 있었고 어떤 때는 놀라운 이야기로 가득했죠. 살점들처럼 흩어져 있는 엄마의 1인칭이 기록된 그 책들은 연재소설이었어요. 나는 엄마를 기워서 모자이크된 이불보로 만들고 싶어 했지만 그것은 허사였어요. 엄마의 1인칭은 완성되지 않았어요. 나는 그 이야기를 완성시킬 수 없었을 뿐 아니라 이해하지도 못했어요. 암흑의 골방 속에서 벽에 기록한 죽음의 흔적이었으니까. 엄마는 죽어 있었어요. 엄마는 긴 여행 중이었어요. 다섯 아이와 함께, 남편과 함께 자신을 잊는 길고도 긴 망각의 여행 중이었던 거예요.

엄마의 일기장은 전부 유서였어요. 일기장 속의 주인공은 자기 시간의 죽음에 격렬하게 저항했지만 허사였어요. 일기장은 절망으로 가득했습니다. 엄마는 빠져나올 수 없었어요. 주인공인 엄마는 식구라는 적, 가족이라는 어둠 속에 갇혀 있었어요. 엄마의 일기장은 스릴러였어요. 어느 날 주인공은 전통과 상식과 대안 없음, 가난, 체념, 그냥이라는 단어, 자포자기 그런 것들에 항복하며 시간대를 옮겨요. 그 이후로 올가미에 씐 포유류가 됩니다. 다섯 아이에게 젖을 먹인 포유류 말이죠. 허연 젖무덤이 아가들의 혀에 빨리는 것을 방치하며 눈물을 흘려요. 아, 엄마는 언제, 그 누가 구해주려나. 나는 울면서 그 결말을 기다리지만 이야기는 결코 끝나지 않아요. 어두운 터널 속에서 절규만이 들려요. 사소한 것들이 다, 죄다 엄마에게 상처가 되죠. 나는 주인공이 거기서 빠져나오기를 바라지만, 진심으로 바라지만, 일기장 속에서는 나조차도, 주인공의 구원을 방해하는 악역으로 등장해요. 가까운 모든 사람들이 다 악역이죠. 엄마는 훼방꾼들에 둘러싸여 있어요. 어느 날 주인공은 울부짖으며 이 모든 절망에 종지부를 찍으려고 하죠.

다 관두자. 관둬. 모든 것을 놓고 싶다고 노엘 수녀 이모에게 말해요. 노엘은 잠자코 듣고 있어요. 그러나 엄마가 잠시라도 그렇게 생각했다는 건, 엄마의 아이로서는 거꾸로 너무 절망스러운 일이죠. 주인공이 구원되려는 순간, 그 주인공을 사랑하는 독자는 입술을 깨물며 흐느낌을 참으며 그 구원을 방해해요.

안 돼, 엄마.

다락의 오래된 호마이카 화장대 서랍에서 엄마의 검은 머리터럭이 들어 있는 비닐봉지를 발견한 적이 있었어요. 나는 놀랐죠. 그것은 너무나 싱싱한, 뭐랄까, 방금 자살한 시체 같았어요. 나중에 엄마한테 들고 가서 여쭤보았죠. 엄마. 이게 뭐야. 응 그거. 엄마는 꼭 남의 머리칼 대하듯 어루만지며 시집와서 자른 머리칼이라고 했어요. 비닐봉지를 열어 엄마 20대의 머리칼을 만져보았어요. 왠지 발기할 것만 같았습니다. 너무나 기름졌어요. 그렇게 윤기 흐르는 새카만 엄마의 머리칼, 머리에서 잘려나간 그 머리칼은 엄마의 머리에서 자라고 있는 그것보다도 훨씬 더 생기 흐르는 멋진 것이었어요. 머리칼의 섹시함을 느낀 것은 그때가 처음이었어요. 엄마의 일기장은 바로 그 머리칼처럼 슬프고 생생했어요.

모듈

모듈module[*]

'모듈'은 시스템의 구성요소로서 독자적으로 존재하면서도 다른 구성 요소들과 원활하게 호환 가능한 인터페이스다. 분해하지 않고 다른 단위와 교환 가능한 다수의 모듈을 포함하거나 사용하는 보다 큰 단위를 '모듈러'라고 한다. 각 모듈의 디자인, 제조, 수리 같은 일은 복잡할 수 있으나 서로 관련은 없다. 모듈이 존재하게 되면 그것은

---

[*] 모듈module은 여러 분야에서 쓰이는데, 그때마다 다른 뜻을 동반한다. 기본적으로 모듈은 수학적인 개념에서 출발한다. 간단하게는 어떤 연산에 필요한 기본틀, 또는 가장 기본이 되는 정의를 말한다. 가장 흔히 쓰는 것이 정수론number theory에서의 모듈이다. 정수 a, b와 자연수 n에 대하여 a-b가 n의 배수일 때 $a \equiv b \pmod{n}$으로 나타낼 수 있는데(작대기 세 개는 합동equivalent이라는 뜻), 이를테면 17-3은 7의 배수다. 따라서 $17 \equiv 3 \pmod{7}$이라고 간단히 표현할 수 있다. 이와 같이 정수론의 근간을 이루는 나눗셈에서의 몫과 나머지의 개념은 모듈을 이용하여 간단히 표현해낼 수 있으며 정수론은 그로부터 시작된 논리를 발전시켜 나간다. 그러나 모듈은 수학에서 매우 다양한 의미로 쓰이는 개념이다. 추상대수학abstract algebra이나 카테고리 이론category theory에서의 모듈은 각각의 관점에서 새롭게 정의되지만 결국 그 이론 안에서 가장 기본적이고 필수적인 요소를 모듈이라는 장치를 이용하여 약속함으로써 그 이후의 논리 전개를 이끌어낸다는 점에는 변함이 없다. 건축에서는 일정하게 반복되면서 전체를 구성하는 기본 유닛을 모듈이라 한다. 1 모듈, 2 모듈, ……5 모듈…… 이런 식으로 쓸 수 있다. 또한 반도체 분야에서는 보드에 끼울 수 있는, 일정한 기능을 가진 부품들의 집합체를 모듈이라고 부른다.

시스템에 쉽게 접속되거나 탈접속될 수 있다.

A <u>module</u> is self-contained component of a system, which has a well-defined interface to the other components; something is <u>modular</u> if it includes or uses modules which can be interchanged as units without disassembly of the module. Design, manufacture, repair, etc. of the modules may be complex, but this is not relevant; once the module exists, it can easily be connected to or disconnected from the system.

—www.wikipedia.org

모듈은 '전체의 일부분이면서 동시에 독자적 기능을 가진 교환 가능한 신체'를 가리킨다. 모듈은 자기 내부에 기관을 가지고 있다. 그래서 스스로 존재하면서 전체 시스템에 끼워진다. 최근의 문화적 흐름을 보면, 각각의 문화적 정보들이 소통의 과정에서 모듈화됨을 알 수 있다. 모듈화된 정보들은 맥락과 합리적인 수순을 넘어 하이퍼하게, 자유자재로 결합된다. 문화적 정보는 DNA 정보나 유전자처럼 호환 가능하고 복제될 수 있는 단백질 같은 요소들을 허브로 삼아 결합, 증식한다.

플러그인plug-in

모듈은 반드시 다른 모듈과 끼워진다. 그렇다고 홀로 존재할 수 없는 것은 아니다. 모듈이 자신을 다른 모듈과 끼우는 행위를 플러그인이라 한다. 플러그인된 모듈들이 보다 큰 신체를 지니게 될 때 그것을 '모듈러'라 부른다. 모듈러는 또다시 하나의 모듈이 되어 다른 모듈러들과 플러그인될 수 있다. 이 플러그인 과정은 무한이 계속되고 그 과정을 통해 모듈은 증식한다. 모듈러 바깥에서 모듈들을 의도적으로 플러그인시키는 존재가 있을 수도 있고 모듈들이 스스로 플러그인되어 모듈러를 구성할 수도 있다. 전자를 인위적 플러그인, 후자를 자연적 플러그인이라 부른다. 플러그인된 모듈들은 플러그오프 상태에서도 스스로 기능한다. 그렇지 않으면 그것은 모듈이 아니다.

프로토콜protocol

모듈이 플러그인되기 위해서 필요한 연결의 규칙, 통신규약을 프로토콜이라 한다. 프로토콜에 의해 모듈은 서로의 연결방식, 절단방식, 주고받을 정보의 형식, 오류검출방식, 코드변환방식, 전송속도 등을 정하고 그 정보들을 교환한다. 프로토콜이 신체화된 것을 인터페이스라 한다. 인터페이스가 모듈 안에 탑재built-in되어 있는 경우도 있고 외장케이스로 존재하는 경우도 있다. 인터페이스 자체가 하나의 모듈일 수도 있다.

동기화synchronization

모듈들이 플러그인되면 하나의 타임라인에 놓이게 된다. 그것을 동기화synchronization라 한다. 동기화는 모듈의 연결조건이다. 이때 공간은 문제가 되지 않는다. 모든 모듈은 위치 정보를 소유하고 있지만 그 정보는 모듈의 연결에 관여하지 않는다. 동기화된 모듈은 모듈러의 일부가 된다. 가령 트위터를 예로 들어보자. 트위터가 마음을 움직이는 이유는 우리 모두가 하나의(둘일 수 없는) 절대적인 물리적 타임라인에 공간과 상관없이 동기화되어 있다는 운명적 조건을 초침단위로 목격한다는 데 있다. 우리는 덜렁덜렁 매달려 가는 쌩쌩 바람결 빈 스키 리프트처럼 하나의 타임라인에 걸려 있는 멤버들이다.

뮤트mute

그러나 동기화된 모듈이 하나의 시간 속에서만 사는 것은 아니다. 각각의 모듈은 모듈러 안에서 자신의 독자적인 시간을 소유한다. 모듈이 모듈러 안에서 다른 모듈들과 동기화된 상태에서 자신을 오프off시키고 자신의 시간으로 내려오는 것을 뮤트mute라고 한다. 이때는 공간이 문제된다. 뮤트 상태의 모듈들은 타임라인 위로 솟아오르지 않고 오프 상태의 시간을 소유하는데, 오프 상태의 시간은 자신의 위치 정보를 공유하지 않아도 된다.

믹싱mixing

믹싱은 플러그인의 한 방식이다. 모듈러는 자신의 신체 안에 수많은 시공간적 레이어들을 지닌다. 각각의 시간들은 특정한 공간의 위치 정보를 가지고 있다. 모듈 안에 존재하는 수많은 시간적, 공간적 레이어들을 트래킹tracking하는 것을 믹싱이라 부른다. 하나의 모듈이 여러 시공간적 자취를 품고 있을 때 그 모듈을 '두텁다'고 부른다. 두터운 모듈은 여러 레이어들을 지닌다. 레이어들의 믹싱 단위를 트랙이라 부른다. 트랙화된 레이어들은 믹싱될 수 있다. 믹싱된 레이어들을 인풋-아웃풋input-output시키는 경로를 채널channel이라 부른다. 모듈 안의 레이어들을 믹싱할 수도 있고 모듈들 자체를 믹싱할 수도 있으며 모듈러들을 믹싱할 수도 있다. 소리와 영상이 믹싱될 수도 있고 오브제와 텍스트가 믹싱될 수도 있다. 믹싱에 의해 모듈의 신체 영역이 해체된다.

허브hub

모듈은 기본적으로 모두 평등하다. 그러나 어떤 모듈은 다른 모듈들의 허브가 된다. 허브를 중심으로 모듈들이 플러그인되어 강력한 모듈러를 만들기도 한다. 강력한 모듈러는 강력한 인력을 지닌다. 주변의 모듈들은 그 모듈러에 끼워지기 위해 노력한다. 허브가 된 모듈은 원천기술을 보유하고 있을 때가 많다. 가령 음악에 있어서의 '아프로afro' 모듈은 모든 비트 중심 음악의 원천기술을 보유하고 있다. 그러나 허브가 된 모듈이라고 해서 거기에 권력이 부여되지는 않는다. 시그널 플로우, 그것은 근본적으로 존재의 카피라이트를 부정한다. 그 허브에는 물리적인 권력이 없다. 차이만이 존재하고 서열은 없는 이종들 간의 결합과 증식을 이끌 뿐이다.

모듈의 증식the proliferation of module

모듈의 증식은 DNA의 증식과 비슷한 과정을 거친다. 모듈은 일단 자기 신체의 정보를 코드화한다. 코드화된 정보는 복제 가능하다. 복제된 코드는 플러그인을 통해 다른 모듈로 전달된다. 일단 그렇게 코드를 공유하게 되면 그 코드들의 믹싱이 가능해진다. 믹싱을 통해 모듈은 증식한다. 증식의 과정을 아무리 거치더라도 원래의 코드는 변하지 않는다. 허브 모듈의 원천기술에는 오리지널한 시공간의 자취가 새겨져 있다. 아프로 모듈의 증식 과정이 그것을 잘 보여준다.

아프로afro

요즘 음악의 흐름을 보면 각 문화권의 음악적 모듈들의 전 지구적인 이동과 결합, 호환을 통해 새로운 모듈이 생성되는 방식이 자리 잡아가고 있음을 알 수 있는데, 그중에서도 '아프로'적인 요소는 음악 문화의 호환에 필수적인 역할을 담당한다. 한마디로 온 세상 음악에 '아프로'의 혼이 깃들어 있다. 그것은 일종의 음악적인 '칩'이다. 아프로의 프로토콜은 비트beat다. 아프로는 비트 단위로 존재한다. 비트를 중심에 놓는 음악 문화에 있어서는 아프로가 원천기술을 보유하고 있다. 아프로의 전 세계적인 호환은 정체성이 분명한 개별 문화 단위들이 어느 경로를 통해 이동하면서 어떤 '허브'를 중심으로 모이고 어떻게 결합하는지 잘 보여준다.

포켓 심포니Pocket symphony

2007년에 발표된, 프랑스 일렉트로니카 그룹 '에어Air'의 새 앨범 제목은 '포켓 심포니'였다. 사람들의 주머니에 교향악단이 들어 있다. 길에서 이어폰 끼고 다니기에는 이미 귀가 낡은 나는 아이팟을 들고 다니지 않는다. 대신 노트북에는 아이팟의 연동 프로그램인 아이튠스가 깔려 있다. 현재 내 노트북에는 26.6일 동안 연속 재생될 수 있는 63.42기가바이트의 MP3 파일 9,405곡이 들어 있다. 그중에서 임의로 10곡을 골라본다. 마우스를 검색 바에 놓은 후 눈을 감고 당겨 아무 노래나 클릭한 결과,

놀랍게도 그 10곡 모두에 아프로적인 요소가 들어 있다. 한국, 헝거리, 브라질의 록, 유럽-아프리카의 크로스오버, 미국 출신 뮤지션의

이름	시간	아티스트	앨범	장르	선호도
돌아오라 Get Back	5:56	김대환 & 김트리오	앰프 키타 고 고	korean old school	★★★★★
Nem nekem valo	4:41	Locomotiv GT		Hungarian rock	★★★★
Boys (Co-Ed Remix)	3:46	Britney Spears	Austin Powers In Gold member	pop	.
Agnus Dei	5:07	Pierre Akendegue & Hughes de Courson	Lambarena – Bach to Africa	crossover	★★★
Storia(Radio edit)	4:15	Question Mark	house		★★
Mother nature	3:05	Spectrum	Geracao Bendita	brazilian rock	★★★
Same Man	1:30	Till West & Dj Delicious		tribal house	★★
Not On Top	3:33	Herman Dune	Not On Top	indie	★★★★
September	3:37	Earth Wind & Fire	The Best Of Earth, Wind & Fire, Vol. 1	disco	★★★★★
Embracing The Sunshine (Embracing The Future Mix)	5:19	BT	10 Years In The Life [R2 78118] (Disc1)	Electronic	★★★

하우스 등등 지역과 장르가 다른 여러 음악들 중에서 아프로적인 요소가 빠져 있는 음악은 한 곡도 없었다. 내가 유별난 걸까. 꼭 그렇진 않은 것 같다. 9,000여 곡들 중에 아프로적인 요소가 전혀 없는 곡들도 없진 않다. 그러나 그것들은 극소수다.

아프로의 이러한 활약은 세계적인 현상이다. 박진영이 미국에 데리고 가서 성공시킨 원더걸스의 음악이 '한류'라고 하지만 실제로 90% 이상 아프로적인 요소들로 이루어져 있는 음악이다. 노르웨이의 힙합 뮤지션 매드콘Madcon, 스웨덴 팝 차트를 주름잡고 있는 스웨덴 소울 가수, 덴마크 팝 차트에서 맹위를 떨치는 R&B 가수, 18살짜리 스위스 소녀 슈테파니 하인츠만Stefanie Heinzmann의 소울 창법, 우리 나라 가수들의 소몰이 창법(이건 지긋지긋하기까지 하다)…… 그것을 영미팝의 세계적인 전횡으로 볼 수도 있지만 내용을 뜯어보면 그 안에 아프로적인 요소가 주재료다.

아이팟, 2기가 D램, 하이브리드 카…… 이런 것들에 아프리카는 없다. 그래서 사람들은 아프리카를 도와준다. 아프리카를 도와줌으로써 아프리카를 더욱 죽인다. 그러나 사람들은 아이팟에, 하이브리드 카 오디오에, 휴대전화에 아프로를 넣어서 들고 다닌다는 것을 생각하진 않는다. 아프리카는 죽어가지만 아프로의 사운드는 전 지구인의 귓전에 맴돈다. 껍데기는 아이팟이고 노키아 휴대폰이고 삼성 메모리고 모든 휴대폰에 들어가는 퀄컴 칩이지만 그 내용은 아프로다. 그러나 이 아프리카는 아프리카 자체는 아니다. 모듈화된 아프리카다.

'아프로'의 통사적 기능the syntactic function of 'afro'

아프리카는 엄청난 넓이의 대륙과 그 안에 사는 사람들을 아우른다. 유럽의 3배에 해당하는 3천만km²에 이르는 대륙은 거대한 블록을 이루고 있다. 또한 육지 1400km²당 해안 비율이 불과 1km일 정도로 넓다. 참고로 유럽은 300km, 북미는 400km, 남미는 700km다.[*] 그러므로 우리는 '하나의 아프리카'에 관해서 말할 수 없다. 아프리

---

[*] Majhemout Diop, *Contribution à l' étude des Problemes Politiques en Afrique Noire*(Editions Présence Africaine, 1958), 서문

카는 수많은 아프리카들의 조합이며 그 관계의 총합이다. 게다가 아프로 '모듈'은 아프리카의 일반 개념과도 또 다르다. 아프로 모듈은 엄밀히 말해 아프리카 자체는 아니다. 'Afro'를 사전에서 찾아보면 '아프리카적인african'이라는 뜻을 지닌 접두사로 나와 있다. 명사 '아프로'는 '아프로 헤어스타일'을 가리키고 형용사로는 '아프로 헤어스타일의'라는 뜻이다. 접두사 '아프로-'는 통사적 기능이 형용사 '아프리칸african'과는 다르고 따라서 의미도 같지는 않을 것이다. '아프로-'는 독자적인 의미 단위이면서 동시에 그다음 단어에 하이픈을 꽂고 직접 접속된다. 예를 들어

afro-cuban

이런 식이다. 형용사 '아프리칸'이 아프리카적인 정체성을 온전히 유지한 채 다음 단어를 꾸며주는 것과는 달리 아프로는 정체성보다는 호환성에 더 무게를 둔다. 이것은 아프리카적인 것이 모듈화되어 있는 상태다.

아프로는 물론 그 자체로 독자적인 모듈로 기능하기도 하지만 아프로가 장착된 여러 모듈의 모듈러로서도 존재한다. 모듈화된 아프리카는 아프리카 민속folklorique 내지는 토착native 음악과 마찬가지로 '비트beat'라는 음악적 DNA로 구성되어 있지만 그것을 아프리카 토속 음악과 동일시하면 안 된다. 그것은 호환되기 쉽도록 단위화된 형태로 존재한다.

서아프리카의 전통적 음악가이자 제사장이면서 주술사, 시인의 역할을 도맡은 '그리오Griot'가 읊는 경구 중에 다음 대목이 있음을 유의하자.

> "인생, 그것은 3일이다. 어제, 그것은 지나간 것. 오늘, 우리가 그 안에 있고 내일, 우리가 모르는 것. 우리가 몸담고 있는 태양은 우리가 지어낸 태양이니."
>
> 질문자: 그 근거는 또 뭡니까?"
>
> (……)
>
> "아주 오래된 이야기'란 뭐냐. 아프리카 현자의 설명에 의하면 '아주 오래된 이야기 하나에서 다른 하나가 나왔고 그렇게 서로 태어난다. 그것은 하나가 아니다."[*]

여기서 '이야기'는 구전되어 오는 이야기, 즉 파롤parole을 가리킨다. 이야기는 집약된 문화적 단위로서 존재하는데, 그 이야기가 하나가 아니다. 이야기들은 서로 서로 플러그인되면서 다시 태어나고 증식한다. 서아프리카에서 쌍둥이를 신성시하는 것도 이와 비슷한 맥락이라 할 수 있겠다. 쌍둥이는 하나이자 둘이다. 그것은 문화적 증식과 번성의 상징이면서 플러그인되는 기본 단위로서의 모듈과 맥락을 같이한다.

그러나 아프리카 민속음악의 현대적 모듈화는 아메리카 대륙에서 이

---

[*] Sory Camara, *La Parole très anciennes*, La pensée Sauvage, pp.15~17.

루어졌다. 아메리카의 아프로 문화는 기본적으로 이산 문화, 디아스
포라의 문화다. 아프리카인들의 비자발적인 이주와 정착 과정에서 다
성적인 아프로 모듈이 만들어지기 시작했고 그것이 1930년대~50년
대에 걸쳐 지속된 팝 음악의 스탠더드화를 통해 다양한 장르, 내지
는 리듬의 이름으로 정착했다. 아프로의 이러한 모듈화, 스탠더드화
를 아프리카인이 주도한 것은 아니다. 오히려 그것을 주도한 사람들
은 패스트푸드 체인점을 전 미국에 깔아놓은 사람들과 비슷한 부류일
것이다. 어쨌든 아프로의 모듈화는 대형마트와 청소년 문화시장, 라
스베가스, 매카시즘, 쿠바 아바나로의 패키지 여행이 성황이던 시기
와 겹친다. 이 시기에 모듈화된 여러 아프로 음악 문화를 살펴보면,

블루스 모듈the blues module

8분의 12박자. 업 비트. 12마디. 블루노트. 서양음악의 기본 박자(4
분의 4박자, 4분의 3박자)를 무시하고 악센트 위치를 뒤바꾸고(싱코
페이션), 기본 형식인 16마디를 채 못 갖춘 12마디, aab 형식, 단조
와 장조 사이를 넘나드는 미묘한 끌림음, 블루 노트를 사용함. 슬라
이드 기타. 프렛의 구분을 넘나드는 몸의 음악. 샤우팅. 19세기 중
반 노예해방기 이후 흑인 청년의 위기의식 표출. 샤우팅은 그러나
동시에 오르가슴. 블루스는 재즈와 록큰롤의 바탕이 되는 장르 또는
모듈, 모든 북아메리카 아프로 모듈의 근간. 1930년대 대공황을 거
치며 스윙으로 모듈화. 스윙이 백인 위주의 댄스홀을 지배하는 동안
독자적으로 진화한 흑인 대중음악 '리듬&블루스R&B'에서 록큰롤이
파생. 아이러니컬하게도 백인 엘비스 프레슬리와 비틀스에 의해 결
정적으로 모듈화. 1960년대에 록과 소울로 분화했고 1970년대에 휭

크funk를 통해 오리지널로 돌아갔으며 나중에 디스코로 단화됨. 단화된 디스코의 비트를 드럼 머쉰으로 돌리면 하우스, 휭크를 훅이 있게, 느리게 돌리면 힙합, 그것을 두 배의 속도로 돌리면 정글, 샘플링을 위주로 올드 스쿨 휭크의 롹킹한 드럼 비트를 전면에 내세우면 빅비트, 휭크가 자메이카로 가면 스카, 레게…… 흑인들의 시오니즘인 라스타파리아니즘의 정신성, 자메이카로 이주한 인도계 주민의 라가. 아프로에 여러 요소가 끼워진 형태, 70년대의 사이키델릭한 파티에 적응하기 쉬운 더브, 빽이 가는 음악, 보내는 음악, 트랜스, 이비자의 축제, 단화된 하우스 비트에 트라이벌한 아프로 퍼커션을 결합하면 트라이벌 하우스, 노마드적인 파티의 제의성, 다시 아프리카……

아프로-브라질리언afro-brazilian

살바도르를 주도로 하는 브라질 바이아 지방을 중심으로 생성된 모듈. 아프로-아메리칸 음악 중에서 가장 깊은 역사. 진정성 있는 아프리카 민속음악과 가깝고 무엇보다도 제의적. 삼바의 어원은 셈바semba. 셈바는 아프리카 앙골라의 제사 음악. 아프리카에서는 제사 음악이 댄스뮤직. 쇼루Choro로 발전한, 보다 백인적인 브라질 음악의 멜랑콜리한 멜로디. 재즈와는 다른 기원과 발전 경로. 남아메리카 노예 주인들은 앵글로 색슨과는 달리 북 치는 것을 허용함으로써 폴리리듬의 근간이 보존. 20세기 초반 재즈 화성의 도입. 삼바를 쿨 재즈 모듈과 결합시키면 보사노바. 조앙 지우베르투João Gilberto와 안토니우 카를로스 조빔Antonio Carlos Jobim은 코파카바나의 신. 카에타누 벨루주Caetano Veloso와 지우베르투 지우Gilberto Gil의 트로피칼리스무

Tropicãlismo, 또는 트로피칼리아Tropicãlia, 열대주의, 바이아의 아프로-브라질리안 음악을 다시 북미의 사이키델릭 록 모듈에 끼운 형태. 그때부터 MPB(Musica Popular Brasileira), 즉 브라질 대중음악, 삼바에 레게를 끼우면 삼바 레게, 베스 카르발류Beth Carvalho, 제카 파고징유Zeca Pagodinho의 파고지Pagode, 오리지널 삼바의 복원, 위대한 찜 마이아Tim Maia를 필두로 하는 횡크 카리오카Funk Carioca. 카리오카는 리우 데자네이루의, 라는 형용사. 아프로-브라질리안을 다시 제임스 브라운James Brown의 횡크와 호환시킨 장르. 브라질리언 횡크라고도 부름. 끝없는 호환성……

아프로-큐반Afro-Cuban

19세기, 흑인 노예들의 클럽이라고 할 수 있는 카빌도스Cabildos를 중심으로 발전, 고유한 아프리카 리듬 보존. 맘보mambo의 어원은 '신과의 대화.' 리듬으로 신과 대화하는 몸. 플라멩코의 단조. 스페인 집시 모듈과의 결합. 안달루시아 민속 음악과 아프로 모듈이 결합하여 18세기부터 과히라Guajira 등 다양한 비트의 이름, 장르의 이름으로 존재하다가 손son으로 정리되는 모듈. 재즈와 만나 맘보, 차차차, 살사 등 다양한 하위 모듈로 분화. 뉴욕의 클럽으로 가면 살사, 아프리카 가나로 다시 건너가 끼워지면 하이 라이프High life, 도미니카 공화국의 메렝게, 다시 스페인으로 건너가 플라멩코에 끼워져 누에보 플라멩코Nuevo Flamenco, 아프로-카리비안과 레게가 끼워져서 레게톤reggaeton, 서로서로 끼워지며 카리브의 여러 다른 비트들과 결합, 새로운 장르로 생성.

펠라 쿠티 모듈 Fela Kuti module

아프로비트Afrobeat, 아프로를 다시 아프리카에 결합시킨 스타일. 나이지리아의 위대한 펠라 아니쿨라포 쿠티Fela Anikulapo Kuti, 또는 줄여서 그냥 '펠라'라고 불리는 이 사람은 1938년에 태어나 1997년에 에이즈로 사망. 발로 하는 명상음악이면서 반제국주의 음악이며 동시에 제임스 브라운의 훵크를 아프리카에 재접속시킨 팝이면서 반복적인 제의 음악이면서 일종의 프로파간다. 그렇다. 프로파간다. 서구를 향해 던지는 메시지. 그래서 토속적인 아프리카 자체를 지양하고 그것을 신대륙에서 온 아프로-아메리칸 음악에 끼웠다. 인권운동가이자 반제국주의자. 빨갱이. 수차례 군부독재의 위협 속에서 투옥. 남성 섹시즘. 부인이 수십 명에 자식도 수십. 자신의 코뮌이자 스튜디오면서 삶의 터전, 독립국으로 선포된 칼라쿠타 공화국Kalakuta Republic의 수장. 1971년, 록밴드 크림Cream의 멤버 진저 베이커Ginger Baker와 함께한 라이브 음반으로 서구 세계에 알려지기 시작. 「Why Black Man Dey Suffer」(1971), 「Zombie」(1976), 「Black President」(1981) 등 수많은 걸작들이 있는데, 우리나라에도 두 장짜리 베스트 음반이 나와 있다.

탱고의 복수the revenge of tango

쿠바 리듬이 19세기에 유럽으로 건너가 단화된 것이 아바네라. 이것이 우루과이 몬테비데오에서 밀롱가Milonga가 되고 밀롱가가 탱고로 진화. 부에노스아이레스는 스페인계는 물론이고 이탈리아계, 프랑스계, 특히 독일계 등 유럽 출신 노동자들의 이주지. 사창가 보카 지역에서 발전. 스윙과 함께 1930년대 세계 대중음악계를 주름잡았으나 2차 대전 이후 스윙에 밀림. 기본적으로 아프로적 요소가 희박. 죽어가는 탱고를 기사회생시킨 건 아스토르 피아졸라Ástor Piazzolla. 탱고에 재즈를 접속. 다시 말해 탱고에 아프로를 끼움. 1970년대에 다양한 실험. 실제로 '탱고 블루스'라는 제목의 음악도 있음. 2000년대, 프랑스 출신 고탄 프로젝트Gotan Project의 이정표가 되는 앨범 「탱고의 복수La Revancha Del Tango」(2001)는 샘플링된 힙합 비트를 탱고와 결합. '고탄'은 '탱고'의 말장난. 프랑스 젊은이들, 특히 제3세계 출신 아이들의 은어. 뒤집기. 탱고를 뒤집는 신선한 탱고. 보다 적극적인 아프로 수용. 라운지적인 클럽에서 유통되는 탱고로 재탄생. 탕게토Tanghetto, 구스타보 산타올라야Gustavo Santaolalla가 이끄는 바호푼도 탱고 클럽Bajofondo Tango Club 역시 비슷한 계열. 최근에 '카예 13Calle 13'이라는 레게톤 그룹은 '탕고 델 페카도(Tango Del Pecado: 죄의 탱고)'라는 곡에서 (그리 성공적이진 않으나) 카리브의 레게톤과 탱고의 혼합을 보여줌.

그 이외etc

아프로 켈트 사운드 시스템Afro Celt Sound System. 말 그대로 켈틱 음악에 아프로 모듈을 접속. 발칸 비트 박스Balkan Beat Box. 발칸 집시 음악과 유태인 음악 클래즈머를 힙합과 접속. 고란 브레고비치Goran Bregovic는 둘째치고 보반 말코비치 오르케스타Boban Markoví c Orkestar 나 코차니 오르케스타Kocani Orkestar 같은 팀도 발칸 집시 음악을 록적인 모듈과 호환. M.I.A.는 스리랑카 출신의 영국 뮤지션. 라가의 비트를 최신 힙합 비트와 결합. 인도 출신의 영국 뮤지션 탈빈 싱Talvin Singh은 빼어난 타블라 연주자이면서 동시에 일렉트로니카 뮤지션.

인도와 아프로를 끼움. 비틀스의 조지 해리슨. 전설적인 인도 플레이백 뮤지션 모하메드 라피Mohammed Rafi. 1960년대 트위스트 사운드와 인도음악의 놀라운 결합. 아난다 샹카르Ananda Shankar는 사이키델릭 록과 시타르 플레이를 결합. 레바논 출신의 라비 아부 칼릴Rabih Abou-Khalil은 아랍 기타 '우드' 연주의 대가. 비밥이나 프리재즈를 아랍 모듈에 결합. 에르킨 코라이Erkin Koray는 터키의 신중현……

샘플링과 시퀀싱sampling and sequencing

음악에 있어서 모듈들 간의 이와 같은 즉각적인 결합을 가능하게 해준 것은 소리를 데이터로 처리하는 다양한 컴퓨터 프로그램들이다. 예를 들어 스타인버그 사의 '큐베이스Cubase'나 '누엔도', 에이블턴 사의 '라이브' 같은 프로그램들은 매우 쉽게 소리들을 데이터화, 나아가 모듈화하여 다른 소리들과 믹싱할 수 있도록 도와준다. 이렇게 모듈화됨으로써 서양의 소리, 동양의 소리, 아프리카의 소리 따위의 개념은 쓸데없는 것이 된다. 보다 근본적으로 데이터의 세계에서는 음악적 소리, 비음악적 소리 같은 구분도 전혀 쓸모없다. 또한 시퀀싱의 단위로 패턴화됨으로써 모든 것이 '리듬화'된다. 이것은 매우 중요하다. 멜로디 역시 비트 단위로 쪼개진 소리들의 모듈을 구성하는 하나의 레이어일 뿐이다. 따라서 음악 안에서 리듬과 멜로디를 구분하고 멜로디에 보다 창의적인 가치를 부여하려고 하는 서양적인 뿌리 깊은 무의식적 서열화를 막아준다. 비트 단위의 재구성은 서양음악 위주의 음악 생산방식, 해석 방식, 또는 규범화 방식에 근본적으로 의문을 제기한다. 카피라이트라는 개념 역시, 기본적으로는 멜로디를 중시하는 서양음악적 발상에 근거하고 있다. 서양음악에는 왜 리듬에 관한 카피라이트는 없는가! 그 관점에서는 아프리카 음악은 절대 카피라이트를 획득할 수 없다. 그것은 아무 때나 가져다 쓰기만 하면 되는 리듬-하인일 뿐이다. 그러나 디지털 음악 생산 프로그램들은 그와 같은 전통적인 음악관을 전면 부정한다. 오히려 디지털한 방식을 통해, 비트 단위로 존재하는 아프리카 음악은 '음악적 허브'가 된다.

문화적 호환cutural compatibility

아프로는 수많은 플러그인 과정에서 증식한다. 아프로 모듈이 탄생하고 자라는 과정에서도 그러했지만, 모듈화된 아프로들은 모듈화된 형태 자체로 세상에 존재하는 다수의 음악적 모듈과 호환된다. 이 과정에서, 마치 USB 포트나 MIDI 규약*처럼, 아프로는 세상 대중음악들이 호환되는 통로이자 프로토콜로 작동한다.

물론 이런 문화적 '호환'은 늘 있어왔다. 한자가 끼워진 우리말을 생각하면 된다. 호환되는 과정에서 각각의 문화적 정보는 자기 자신을 어느 정도 버리고 변형된다. 원래 이러한 호환의 과정은 수백 년 수천 년의 세월을 두고 천천히 진행되어왔지만 최근에는 급격하고 집중적으로, 그리고 간단하게 이루어진다. 어떤 정보들은 소통의 단계를 생략하고 호환되기도 한다. 예전에는 결합된 요소들의 이음매가 지워져 있었지만(일본 말에서 한자를 분리할 수 없고 김치에서 멕시코

---

* Musical Instrument Digital Interface. 디지털 음악 기기들이 서로 통신할 수 있도록 하는 일종의 프로토콜. 미디의 아버지로 일컬어지는 데이브 스미스Dave Smith 가 1981년에 오디오 엔지니어링 협회(Audio Engineering Society)에 기고한 논문에 처음으로 그 스탠더드가 제안되었다.

가 원산지인 고추를 빼낼 수 없듯), 모듈화된 정보들은 서로 다른 시간, 공간의 성격을 간직한 채 끼워진다. 프로토콜만 맞으면 이질적인 요소들이 쉽게 끼워지고, 쉽게 빠진다.

모듈화된 문화modularized culture

개별 문화적 단위가 모듈화된다는 것은 그것이 프로토콜을 이해하고 호환가능한 문화적 칩으로 만들어짐을 뜻한다. 문화의 다양한 분야에서 이런 일이 벌어진다. 예를 들어 월 스트리트에 자리 잡은 요가 강습소는 모듈화된 인도다. 진짜 인도가 월 스트리트에 접속될 경우 시스템은 다운된다. 왜냐하면 진짜 인도는 월 스트리트 전체를 '공(空)'의 상태로 지울 것을 요구하기 때문이다. 인도 구루들의 설법과 수행, 삶에 대한 태도 등이 월 스트리트의 이윤추구적 방식, 양화(量化)된 삶의 태도와 버그를 일으키지 않도록 매뉴얼로 정리된 상태로 고층 빌딩의 어느 공간에 다른 사무실과 함께 존재하게 된다. 모듈화된 인도는 진정한 인도는 아니다. 그러나 인도적인 것이 살아가는 한 방식이다.

티베트 모듈the Tibetan module

비슷한 예로, 우리가 접하는 티베트 모듈을 들 수 있다. 중국의 탄압 속에서 난민촌으로 쫓겨난 티베트은 서방 세계와 호환되기 위해 스스로를 모듈화한다. 달라이라마는 모듈화된 티베트의 화신이다. 그는 전 세계 순례를 한다. 모듈화된 티베트 역시 진정한 티베트는 아니다. 어떤 때는 진정한 티베트의 가르침과 상반된 결과를 낳을 수도 있다. 모듈화된 선(禪)은 소유를 정당화하고 소유와 이기심에 지친 육체와 영혼을 살살 달래서 다시 한 번 힘차게 출근길에 올라 이윤추구에 몰두하게 만든다. 그러나 티베트 정신세계의 모듈화는 어떤 의미로는 목숨을 건 절박한 선택일 것이다. 그렇게 티베트의 생명이 분화되어 서구문명에 깃들도록 하지 않으면 티베트의 생존은 히말라야의 희박한 산소를 마시며 가슴 저려 하다가 기화된다.

모듈의 해체deconstruction of module

모듈은 스스로 해체되기도 하고 다른 모듈에 의해 해체되기도 한다. 모듈러 중에는 오류들을 수정하지 않고 거대화된 것들도 있다. 그것은 시간이 지나면 저절로 해체되지만 다른 모듈, 또는 모듈러 안에 플러그인된 모듈들의 활동에 의해 의도적으로 해체되기도 한다. 앞의 해체를 '해체'라 부르고 뒤의 해체를 '폭발'이라 부른다. 모듈의 발파를 위해 존재하는 모듈의 하나가 '예술 모듈art module'이다. 예술 모듈은 시스템의 의도적인 오작동을 통해 모듈의 폭발을 시뮬레이션한다.

모듈러 시modular poetry

나는 4년 전, 다음과 같은 시를 썼다.

당신의 텍스트는 나의 텍스트
나의 텍스트는 당신의 텍스트
당신의 텍스트는 텍스트의 나
나의 당신의 텍스트는 텍스트
나의 텍스트는 텍스트의 당신

텍스트의 당신은 텍스트의 나

당신의 나는 텍스트의 텍스트

텍스트의 나는 텍스트의 당신

당신의 나의 텍스트는 텍스트

나의 당신은 텍스트의 텍스트

— 당신의 텍스트 1—사랑하는 당신께[*]

이 시는 "당신의 텍스트는 나의 텍스트"라는 한 문장에서 출발한다. 이 문장은 다른 여러 플러그인들을 가능하게 하는 작동모듈이다. 한 문장의 단어들을 다르게 배치하여 플러그인시키면 다른 문장이 된다. 나와 너 사이에 텍스트가 있다. 나와 너와 텍스트가 플러그인된다. 이 세상에는 매우 많은 나와 매우 많은 너와 매우 많은 텍스트들이 있다. 그것들이 서로 호환되면서 더 큰 모듈, 모듈러가 된다. 나와 당신과 텍스트가 끼워지는 것을 우리는 사랑이라 부른다. 사람들은 사랑을 한다. 사랑은 플러그인의 결과다. 사랑은 나선형의 반복이다. 반복된 것은 회전한다. 나선형의 회전체는 상승하거나 하강한다. 그렇게 하여 시간의 처음, 또는 끝으로 간다. 나선형의 회전체는 후렴구가 된다. 후렴구는 일종의 허브가 된 모듈이다.

모듈과 진정성module and authenticity

모듈화된다는 것은 이중의 의미를 지닌다. 모듈화되면 진정한authentic 그 자체의 정체성과 거리distance가 생긴다. 그것은 소외일 수도 있고

---

[*] 성기완, 『당신의 텍스트』, 문학과지성사, 2008.

서구의 제3세계 착취 과정의 일부일 수도 있다. 하지만 동시에 혼밖에 남지 않은 것들의 문화적 생존 방식이기도 하다. 카메룬 시인 엘롤롱그 에파냐Elolongue Epanya는 「탐탐」이라는 시에서 이렇게 노래한다.

너의 가죽이 삶에 묶여 뼈마디 굵어진 검은 손에 닿아 팽팽해질 때
너는 북소리의 욕망을 분만한다.
문득 환상 속의 물소 떼인 듯 내 풍만한 손이 너의 소리나는 배꼽을
두드리면
내게서 욕망이 억눌렸다 깨어나는 천년의 시간이 되살아난다.
(……)*

여기서 북소리는 아프로의 억눌렸던 욕망을 분만하는 '소리-모듈'을 상징한다고 볼 수 있다. 북소리에 의해 분만된 아프리카 사람들의 욕망과 바람은, 천년 전의 그것이기도 하고 새로운 것이기도 하다. 그 오래되었으면서도 지금 이 순간의 것인 소리들은 오늘 우리가 무의식적으로 TV나 MP3 플레이어를 켰을 때 다시 우리의 청각 기관으로 플러그인 된다. 그렇게 그것들은 끊임없이 재생산된다. 아프리카 현자들이 '오래된 이야기'에 관해 말했듯, 그것은 '하나가 아니다.' 아프리카 탐탐에서부터 울려퍼진 수많은 북소리가 전 세계의 지역 음악과 결합하면서 지금 이 순간에도 태어나고 있다. 음악에 있어서 아프로 모듈의 존재 방식, 그것은 문화적인 생존 방식의 가장 성공적인 모습을 보여주고 있다.

---

* Lilyan Kesteloot(편집), *Anthologie Négro-Africaine*, Edicef, 1992, p.168.

'나'라는 모듈the I module

나는 모듈module이다. 나는 호환가능하다. 나는 나를 사용한다. 나는 나를 플러그인한다. 말들을 서로서로 플러그인한다. 소리를 녹음하고 그것들을 레이어링한다. 현관의 열쇠 구멍에 열쇠를 끼우고 당신에게 나를 끼운다. 나는 당신에게 다가간다. 나는 동기화된다. 당신의 시간에 접속한다. 당신을 사랑한다. 당신은 어디에도 없다. 당신은 비밀이다. 당신은 이따금 내 연락을 씹는다. 당신은 내 거울이다. 당신을 본 적이 없다. 어디선가 당신을 본 적이 있다. 당신의 텍스트는 나의 텍스트. 나는 당신의 텍스트를 사용한다. 당신의 텍스트에 나의 텍스트를 플러그인한다.

시그널 플로우, 휴머니즘으로서의 반휴머니즘signal flow, an anti-humanism as a humanism

샘플된 소리들은 조건 없이 흐른다. 다른 데이터들과 인사치레 같은 것 하지 않고 바로 결합한다. 인사하고 이름 부르고 한참 이야기하고 상견례 비슷한 것 거치고 나서야 조금 더 깊게 만나고…… 하는 식의 만남은 자연스럽게 소통을 규범화하고 서열화한다. 휴머니즘은 지나치게 뜨겁게 사람들끼리 포옹하고 나서 그 뜨거움의 값을 요구한다. 시그널의 반휴머니즘을 적극적으로 받아들이면 받아들일수록 차별은 줄어들 것이다.

참고 문헌

Majhemout Diop, *Contribution à l'étude des Problemes Politiques en Afrique Noire*, Editions Présence Africaine, 1958.

Sory Camara, *La Parole très anciennes*, La pensée Sauvage, 1982.

Michel Leiris, *L'Afrique fantômes*, Gallimard, 1934.

Lilyan Kesteloot(편집), *Anthologie Négro-Africaine*, Edicef, 1992.

www.wikipedia.org

음악이 하늘에 구멍을 뚫는다

지난해 여름이 떠오른다. 아마도 늦여름, 8월의 마지막 주나 그 전 주쯤이었을 것이다. 나는 한 여인을 장작더미 위에 올려놓고 화형시켰다. 검은 슬립을 입은 여인이었다…… 지난해 늦은 여름밤, 검은 슬립의 여인은 제단이 치워진 사원의 차갑고 웅장한 대리석 홀에 홀로 앉아 있었다. 이따금 아래 춤을 흔드는 커튼이 드리워진 넓은 창으로 달빛이 스몄다. 그녀의 치렁치렁한 머리칼을 따라 내려온 달빛이 하얗게 빛나는 긴 다리로 흘러 대리석 바닥을 흥건하게 적셨다. 그녀는 고개를 숙이고 울고 있었고 그날은 축제의 마지막 날이었다. 나는 무표정하게 남아 있는 시간들을 준비했다. 남아 있는 시간들의 순서는 정해져 있었다. 그녀의 몸으로부터 흐른 슬픈 강물이 내 발치로 접근해올 때 나는 피하지 않았다. 그때 난 맨발이었다. 그리고 거의, 알몸이었다. 강물은 대리석 바닥의 냉기를 머금고 있었다. 내게 전해진 냉기는 뒤꿈치를 타고 위로 치솟아 머리칼을 쭈뼛 세우고는 허공으로 휘발되었다. 우리는 슬픔의 띠로 칭칭 감겨 하나가 되었다. 나의 손은 허공을 쥐고 있었다. 마치 다가올 끝을 위해 준비해놓은 둔중하고 날카로운 무기처럼, 허공의 잔인함이 손에 쥐어졌다. 허공은 내 손안에서 무언가를 묵묵히 기다리고 있었다. 그러나 노래하는 사람의 운명이 노래를 듣는 사람의 그것과 결국 하나가 되듯,

집행관은 늘 제물과 같은 운명이 되는 법이다. 어쩌면 이 흐름 속에서 내가 제물일지도 몰랐다. 지금 흐르는 이 시간은 마치 자장가의 시간과 같았다.

지난해 늦은 여름밤, 나는 울고 있는 그녀 앞에서, 허공을 바라본 채 조지 거쉬인의 「서머 타임Summer Time」을 흥얼거렸다. 그녀는 슬쩍 고개를 들어 지금 이 순간 자장가를 흥얼거리는 나의 옆모습을 바라보았다. 이것보다 더 잔인한 노래가 또 있을까. 몸서리쳐지도록 무시무시한 노래였다. 나는 이 자장가를 가능한 한 동요 없이, 아무 일 없을 거라는 암시가 전달되도록 담담하게 불러 나갔다. 마치 엄마가 자장가를 부를 때 아가를 잠에 빠뜨리기 위해 그렇게 하는 것과 마찬가지였다. 엄마는 고요한 목소리로 아이를 유혹한다.

아가야, 아무 일 없을 거야, 너는 죽는 게 아니란다, 단지 잠에 빠지는 것이니 울지 말고 어서 잠들려무나.

여름날, 삶은 아무렇지도 않고……
Summer time, and the livin' is easy……

— 「서머 타임」 가사 일부

거쉬인의 이 노래는 2,600개가 넘는 버전이 있다. 20세기의 가장 히트한 노래 중의 하나일 수 있다. '둥기둥……' 하는 첫마디의 리듬은 아가가 자는 것을 돕기 위해 부드럽게 흔들리는 요람의 진동을 느끼게 해준다. 「서머 타임」을 듣는 사람은, 심지어 이 노래가 자장가라는 것을 모르는 사람들조차도, 의식하지 못한 채로 그 첫마디의 리듬을 따라 아가가 잠 속에 빠지는 것을 느낀다. 그러면서 무의식적으로 스스로 아가를 재우는 클라라가 된다. 그렇다. 이 노래는 아가를 재우는 클라라의 노래다. 클라라는 누구인가. 듀보스 헤이워드 Duboss Heyward가 쓴 희곡에 조지 거쉬인이 음악을 붙인 니그로 오페라 「포기와 베스」에 나오는 인물이다. 이 오페라 속에서 「서머 타임」을 부르는 그녀는 주연은 아니다. 그러나 그녀의 역할은 「서머 타임」이라는 노래 때문에라도 매우 중요하다. 오페라 「포기와 베스」의 첫 장면에서 클라라가 자기 아이를 재우며 이 노래를 부른다. 「포기와 베스」에 「서머 타임」은 네 번 나오는 것으로 설정되어 있고 그중의 한 번은 3막에서 베스가 부르기도 한다. 극을 이끄는 중심 테마다. 아가를 재우는 일은 무엇일까. 그건 무엇보다도 부드럽게 시간이 가길 바라는 일이다. 아가가 잠에 빠지기를 기다리는 동안 모든 것이 조용한 방을 떠다니는 먼지처럼 서서히 가라앉기를 기다린다. 초침의 간격이 점점 벌어져 나중에는 영원의 간격으로 확장되는 것을 느낀다. 살바도르 달리가 그린, 늘어진 시계. 아가를 재우는 일은 아가를 꿈의 상태, 사이키델릭한 혼돈의 상태로 끌어들이는 일이다. 그 시간 동안의 권태를 참으며 느릿느릿 그 권태를 즐기는 일, 그 권태 속에서 아가가 망각의 상태로 빠지기를 기다리는 일이다. 아가를 재우는 일은 조용한 유혹이다. 아가를 재우다 보면 자기 자신도 잠든다. 남을 유혹해놓고 결국에는 그 유혹의 심연에 함께 빠지는 일이다. 클라라는 그렇게 아가를 잠 속으로 유혹하고 오페라 「포기와 베스」는 조용히, 관객들을 마력적인 자기 세계 속으로, 일종의 반수면 상태로 끌어들이며 시작한다. 엄마는, 그리고 엄마의 시간은 아가와 함께 죽음의 호수에 빠진다. 또는, 음악이 뚫어놓은 구멍으로 들어가 영원의 상태를 맛본다. 그 안에서 아가와 엄마는 하나다.

"음악이 하늘에 구멍을 뚫는다."
— 보들레르

순간 하늘에 큰 구멍이 뚫렸다. 하늘이 열렸다. 열린 장막으로 빛이 새들어왔다. 나는 그녀의 흐느낌을 듣고 있었다. 나의 눈은 검은 휘장 사이로 빛나는 그 아름다운 몸을 향해 빛을 뿜었다. 그것이 달이었다. 음악은 그녀의 가슴에도, 나의 가슴에도 큰 구멍을 뚫어놓았다. 우리를 휘감은 슬픔의 주파수가 공명하며 하늘로 올라갈 때 죽음이 보였다. 빠르게 내려오는 것과 천천히 올라가는 것들이 마주치며 북소리를 만들었고 그때 튄 잔인한 파편들이 회오리처럼 휘돌면서 축제의 끝을 제사로 만드는 뼈아픈 멜로디를 만들었다. 나는 축문을 읽어 내려가기 시작했다.

황혼, 멱라수[*]

1
안녕, 은빛 강물
다발로 엮여 흘러가던
금빛 머리칼

---

* **멱라수**(汨羅水): 예전에 우리나라에서 '미수이 강'을 이르던 말. 중국 초나라의 굴원이 투신한 강으로 알려져 있다.

니 속으로 뛰어들어가 적시던 내 몸
황혼의 둑에 말리고
나는 너를 그리며
붉게 잊으리
밤이 시작되면
그렇게 노랠 부르리

2
종이학 모양의 꽃이 핀
죽음의 세계
긴 휘장 두 장이 은하수를 타고 내려와
노을 가득한 강물에 다리를 적셔
향기가 나고
그 향기를 돛 삼아 떠나는 사람

오 기쁜 탄식이여
즐거운 비가여

널 보고 싶어 하고 싶지 않다
너의 표정은
멜로디처럼 지척에 있는데
반짝이는 별들 속엔
눈물이 출렁
술 달린 장식들과 하얀

살을

꿈꿔도 되니

언뜻 눈을 떴다. 꿈이었나. 우리는 강변북로를 질주하고 있다. 나는 핸들을 잡은 채 나도 모르게 어떤 멜로디를 흥얼거리고 있었나 보다. 아니, 라디오에서 어떤 노래가 나오고 있었던 걸지도 모른다. 내 옆에 앉은 너는 잠들어 있다. 슬프고 지친 표정이다. 생일 케이크가 뒷자리에 아무렇게나 놓여 있다. 아직 포장을 뜯지도 않은 그 케이크는 상자 속에서 이리저리 놀아 모서리 부분이 문드러져 있다. 세레모니가 시작되기도 전에 훼손된 그 케이크가 지금의 상황을 말해준다. 이미 나는 어떤 노래를 불러버렸고 그 노래는 시집에 실려버렸다. 그러니 어쩔 수 없는 일이다. 한 번 시집에 실린 시들은 영원히 그 시집의 감옥에 갇히게 된다. 시들은 입에서 입으로, 마치 혀처럼, 또는 손에서 손으로, 마치 진동처럼, 눈에서 눈으로, 마치 실타래처럼, 귀에서 귀로, 마치 파도처럼, 너울거리는 자유의 시기를 거친다. 그 시기를 거쳐 시는 마침내 화산이 터지듯 태어난다. 그러고는 천천히 시집 속에서 식는다. 그렇게 운명을 견디는 법, 또는 운명에 순응하는 법을 터득하면서 글자들로 남는다. 그것은 죽음을 받아들이는 일과 마찬가지다.

지난해 늦은 여름밤, 나는 그렇게 차갑고 푸르스름한 흥얼거림으로 장작더미에 불을 붙여 한 덩어리의 기억을 화형시켰다. 지금, 잿더미가 된 기억의 시체를 싣고 나는 어디로 돌아가고 있나. 새벽 네 시. 내가 그리로 돌아가고 있다는 것을 아무도 모른다. 내가 돌아가는 곳은, 화려했던 오후의 산책로일지도 모른다. 오후는 차라리 적막했다. 언제나 그렇듯, 오후는 과거의 시간이다. 땅거미가 질 무렵 우리는 모든 것이 붉어지는 시간을 본능적으로 준비한다. 그리고 과거를 떠올리게 된다. 오후는 과거의 시간이다. 그 시간 속에서 우리는 함께 웃고 있다. 우리 이외에 아무도, 아무것도 없다는 듯이 이 적막의 융단에 반짝임을 수놓고 있는 바람 소리와 햇빛의 속삭임, 이따금 들리는 새소리와 이제 지칠 대로 지쳐가는 초록 안에서 왠지 행복은 터질 것만 같아서 권태로웠다. 우리의 욕망은 핑크색 풍선처럼 부풀어 올랐고 침처럼 흘러내리는 우리의 미소는 동물적이었다. 그때 벤치에 앉아서 듣던 노래를 너는 기억하니? 나의 기타 소리를 들으며 흐뭇해하는 너의 머리칼을 스치고 지나가던 바람의 부드러운 침입을 당연한 듯 허락하던 일을 기억하니? 술잔 안으로 꽃잎이 떨어졌지. 너는 또 해보고 또 해보고 또 해보라고, 자꾸자꾸 나에게 노래를 시켰고 내가 기타를 퉁기며 노래를 부를 때마다 조금씩 내게 다가왔고 취기가 올라 고개를 뒤로 젖히고 웃을 때마다 목소리의 잔영은 조금씩 부서져갔고 그림자가 길어지면서 기억이 아련해질 만큼 멀어져갈 때 결국 너는 내게 기댔지. 기억하니. 꽃향기 맡으러 언덕을 올라 조용한 벤치를 찾던 우리의 시간을. 우리 모두는 꼭 그렇지 않은, 딱히 뭐라 이야기할 수 없는 그런 정지된 시간을 가지고 있다. 삶의 공백, 진공상태 속을 행복하게 부유하는 너와 나의 끝없이 반복되는 키스, 사랑한다는 그 말, 정말 아무 뜻도 없는 그 말, 완전한 거짓말, 그 말을 토해놓고 서로 놀라 서로의 눈을 바라보게 되는, 다시는 헤어질 수 없을 것 같아서 너무나 치명적인, 그러나 이미 그 말을 한 바로 직후부터 헤어짐이 시작되는, 미래로 흐르던 시간이 갑자기 방향을 틀어 먼 과거로 빨려 내려가는, 그런, 다시 못 올, 조용할 때마다 이승으로 솟구쳐 오르며 노을을 이루는 그런 저승의 시간.

다시 옆을 보니 아무도 없다. 순간적으로 고개를 돌려 뒷자리를 보니 케이크도 없다. 모든 것이 사라졌고 비는 그쳐 있었다. 고속도로 진입로를 하염없이 걷던 나는 갑자기 정신이 들었다. 한기가 느껴졌다. 저녁이 오고, 선선한 바람이 분다. 여름이 끝나가고 있다. 그때 우리 모두는 집으로 돌아간다. 지친 몸을 침대에 던질 때 그 누구도 내게 아무것도 묻지 말아주길. 나는 나의 혀를 결이 다른 저 시간 속에 내동댕이치고 왔다. 나는 벙어리다.

라마냐, 피오스크, 달리아 3

카페쇼 마법 극장과 라이크 아슐리 극장이 어떻게 다르냐고 C가 물었다. 좋은 질문이었지만 대답하기 쉽지 않았다. 사실 둘은 같은 극장이라고 할 수 있기 때문이다. 그러나 둘은 둘이기도 했다. 그렇다면 약도를 그려줄 수 있냐고 C가 다시 물었다. 그건, 그리 어려운 일이 아니었다. 그림은 그리면 그만이니까. 설사 그 극장들이 두 개의 다른 장소에 있다 하더라도, 그것은 가능한 일이다. 그러나 그 둘이 한곳에 있다는 것을 어떻게 설명할 수 있을까. 간단하다. C에게 약도를 그려주었다. 그것은 소리 지도였다. C가 약도를 듣는 동안 나는 잠자코 중얼거렸다.

Lamagna, Fiosk, Dalia

라마냐, 피오스크, 달리아.

이 세 곳은 어느 날 갑자기 생각난 이상향들이다.
라마냐는 남미에 있고 피오스크는 그린란드, 그리고 달리아는 태평양에 있다.
달리아는 곧 물에 잠기게 되어 있는 섬이다.

주인공이 세 지방을 순례하는 이야기.

라마냐, 피오스크, 그리고 달리아 순으로.

달리아는 죽음이기도 하다.

그 셋은 지도상에는 다른 지점으로 표기되지만

실은 같은 곳이다.

그것을 어떻게 설명할 수 있을까.

방법이 있다.

세상이 보이는 것으로 이루어져 있지 않다는 걸 알려주면 된다.

소리로 이루어진 세계 속에서 그 세 곳은 같은 곳이다.

세 곳에서는 같은 소리가 난다.

카페쇼 마법 극장과 라이크 아숄리 극장도 마찬가지다.

……여기까지 써놓고, 나는 담배를 한 대 피웠다. 그때 불현듯 수년 전에 써놓은 글 하나가 떠올랐다. 헤매듯 그 글을 찾았다. 그걸로 마무리를 할까 싶어서였다. 그러나 왜 그런지 그 글은 찾아지지를 않는다. 어느 폴더에 숨겨놨는지, 아니면 제 스스로 어느 폴더로 숨어들었는지, 아니면 내가 지워버렸는지 도무지 모르겠다. 그러나, 절망적으로 이 잡듯이 컴퓨터를 뒤지다가 대신 이 글을 찾았다. 그리고 단념했다. 찾으려 했던 그 글 역시, 대신 찾은 이 글과 마찬가지로, 미완성의 상태일 것이다. 더 이상 오지 않을 사람을 기다리는 일은 부질없는 짓이다.

……마침 김 형의 도움으로 여비를 충분히 보태 멀리 떠날 수 있게

되었다. 지금이야말로 멀리 떠날 시점이다. 마음이 그렇게 움직였을 때 떠나지 않으면 발바닥에 이끼가 낀다. 눈동자 속에 마흔 이끼가 떠다닐 정도로 산 세월이 내게 그렇게 말한다.

오늘 밤에 다시 만나기로 했다. 시간을 들여 조금씩 이별하자고 했다. 좋은 제안이었다. 나도 그러자고 했다. 그러나 솔직히 말해 오늘 만나 다시 밥을 먹지 않아도 우리는 그렇게 조금씩, 천천히 헤어질 것이다. 아니, 사실은 지금까지 계속 그래왔다. 반 발짝씩 가까워지면서 마음으로는 한마디의 느낌만큼씩 멀어졌다고나 할까.

저녁에 만날 필요까지는 없다. 그렇게까지 하고 싶지는 않다는 생각이 다시 밀려들었다. 어제의 분이나 원망이 아직 풀리지 않아서 오늘 다시 바보처럼 눈물을 보이거나, 아니, 또다시 이 모든 것이 시작될 낌새가 감정들 사이로 끼어드는 것도 싫다.

오늘 그냥 떠날래요. 급히 마감할 원고가 있기도 하고 마침 떠날 기회가 생겼어요. 사실 오늘 만나서 해맑게 웃기에는 어제의 원망이 앙금으로 남아 있어 오히려 그런 내 감정을 존중하고 싶은 생각이에요. 내가 자주 부르던 노래 중에 「센티멘털 저니Sentimental journey」가 있죠.
"상심의 여행을 떠나려 하네
아픈 마음을 데리고"
……
이렇게 시작하는 이 노래의 가사가 내 이야기가 될 줄이야. 노래를 자주 부르면 그 노래처럼 된다면서요.

그럼……

혹시라도 그녀가 예전처럼 내 차를 타고 회사에 가자고 아침에 제안을 해왔다면 나는 오늘 밤의 만남을 취소시키지 않았을 수도 있다. 그러나 그녀는 그러지 않았다. 창문으로 오전의 햇살이 스며든다. 햇살은 남겨진 사람에게 때로 치명적이다. 어제도 그랬다. 그녀와 메신저로 한바탕 가슴 아픈 상처를 남기는 이별 이야기들을 주고받다가 멍해졌을 때도 그랬다. 책장 쪽으로 스며드는 오후의 햇살이 그 이면에 존재할 음습한 그림자를 떠올리게 했다. 아니, 그냥 부유하는 먼지들과 햇살의 따스함에서 모종의 살의를 느꼈다. 나에 대한, 그리고 그녀에 대한.

토요일쯤에 돌아올 거에요. 그때 볼 수 있으면 봐요.

나는 이렇게 문자를 남겨놓고 차편을 알아본다. 멀리 떠난다는 건 무엇일까. 생각해보면 시간의 길을 따라 우리는 까마득히 멀리 와 있다. 그런데도 우리는 지금을 여기라고 생각하고 그 여기를 지겨워하면서 다시 멀리 떠나고 싶어 한다. 나는 왜 이렇게 생겨 먹었을까. 아니, 우리는.

아, 그보다 더 전에 그녀가 내게 한 말이 생각난다.
당신은 한 번도 이 작업실을 그냥 '집'이라고 한 적이 없어요. 작업실, 아니면 충정로 집, 그런 식으로 불렀죠. 나는 당신에게 돌아갈 집이 있다고 생각했죠. 어차피 그럴 바에야 돌아가는 게 좋다고 생각한 거예요.

부정하고 싶지만, 사실이다. 나의 그런 부족함을, 헤어짐의 명분을 찾으려는 그녀의 절박하면서도 날카로운 감각이 파고들었고 나는 내가 인정한 사실에 깊은 자상을 입는다. 정확하다고 할 수 있다. 어정쩡함을 완전히 벗지 못한 것을 인정하는 수밖에 없다.

창문에 붙여놓았던 푸른색 하트를 떼어낼까 하다가, 말았다. 가위로 오린 푸른색 종이 하트가 붙어 있는 창으로 스미는 빛이 방바닥에 허약한 느낌이 들 만큼 길게 휘어진 검은 하트의 그림자를 만들었다. 거기에 손을 대보았다. 그 안에 따뜻하고 검은 섬, 달리아가 있었다. 나는 그걸 그냥 이 방바닥에 남겨놓고 싶었다. 그 시절은 어쨌든 아름다웠고 추했다. 여행에서 돌아오면 어떻게든 방을 뺄 방법을 알아볼 것 같다.

에필로그

불편한 진실요? 글쎄요. 마흔이 넘으니 생각들이 휘발돼서 좋네요. 망각이 얼마나 큰 힘인지! 그러나 사실 모든 불편한 관계들이 힘듭니다. 불편함은, 애초부터 존재하는 것이 아니라 초래되는 것입니다. 처음에는 모르죠. 모서리가 약간 각져 있는 의자에 앉아 있다고 합시다. 시간이 지나면 나의 허벅지 아래 근육이 당겨오죠. 그러면서 '불편해'집니다. 그러면 내 허벅지가 잘못인가요, 그 각져 있음이 잘못인가요. 그렇게 스스로 되물을 때 마음이 불편해집니다. 그래도 한 번 닫힌 문은 열리지 않습니다. 더는 생각하지 말아야죠. 불편함을 없애기 위해서는, 이제 잊고 자리를 털고 일어나야죠. 산책이나 가야겠어요.